KB268767

風雲劒俠傳

풍운 검협전

송진용 新무협 판타지 소설

FANTASTIC ORIENTAL HEROES

풍운검협전 3

송진용 新무협 판타지 소설

초판 1쇄 찍은 날 § 2008년 3월 24일
초판 1쇄 펴낸 날 § 2008년 3월 31일

지은이 § 송진용
펴낸이 § 서경석

편집장 § 문혜영
편집책임 § 김대식

펴낸곳 § 도서출판 청어람
등록번호 § 제1081-1-89호
등록일자 § 1999. 5. 31
어람번호 § 제2-1451호

주소 § 경기도 부천시 원미구 심곡1동 350-1 남성B/D 3F (우) 420-011
전화 § 032-656-4452 팩스 § 032-656-4453
http://www.chungeoram.com
E-mail § eoram99@chollian.net

ⓒ 송진용, 2008

ISBN 978-89-251-1245-9 04810
ISBN 978-89-251-1177-3 (세트)

풍운 검협전

風雲劍俠傳

송진용 新무협 판타지 소설

FANTASTIC ORIENTAL HEROES

3

혈사기(血師旗)

도서출판 청어람

目次

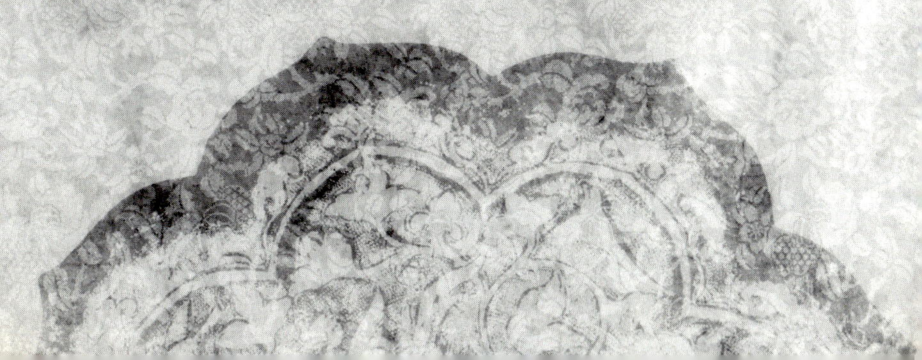

第一章
나타난 깃발

후원에는 이미 많은 사람들이 모여 있었다. 하나같이 강호의 내로라하는 선배 고수가 아닌 자들이 없다.

최명판관 염숭의 잔치에 참석하기 위해 찾아온 몇몇 문파의 원로 급 인물들도 보였는데, 그중 눈에 띄는 사람은 단연 소림사의 각원 선사(覺原禪師)였다.

수수한 잿빛 승복을 걸치고 머리에 털모자를 썼는데, 흰 눈썹이 귀밑에 이르도록 늘어져 있어서 더욱 인상적인 노스님이다.

주름살이 가득한 얼굴에 장엄한 신색을 띠고 있으니 보는 것만으로도 절로 공경심이 우러날 만했다.

그 곁에는 도척(道尺)이 공손하게 서 있었다. 안하무인이고 제철 만난 망아지처럼 거침없던 그가 제 사부 곁에서만큼은 혼난 강아지처럼 얌전을 떨고 있었던 것이다.

그 모습을 본 운몽은 피식 웃음을 짓지 않을 수 없었다. 걸걸한 음성으로 한껏 호기를 부리던 도척이 바로 저 도척이라고는 믿어지지 않았던 것이다.

먼발치에서도 그런 운몽을 바라본 도척이 험악하게 인상을 쓰며 눈을 부릅떴다.

군중들이 둘러싸고 있는 중앙에는 과연 태백쌍악과 아미산의 운수 비구니가 대치하고 있는 중이었다.

소령 사태는 운수 비구니의 뒤쪽에 서서 매서운 눈길로 대악을 노려보며 침묵하고 있었는데, 주름진 그 얼굴에 노여움이 가득 떠올라 있었다.

그녀는 자신의 신분과 강호에서의 체면을 생각해서 억지로 참고 있는 중이고, 대신 운수 비구니가 나선 게 틀림없었다.

모여든 사람들을 둘러본 대악 염창이 쯧쯧 하고 혀를 찼다.

"강호의 인물들치고 쓸데없이 호기심만 많고, 남의 일에 참견하는 걸 좋아하지 않는 자가 없지. 이것 좀 봐. 심심해 죽겠던 참에 신나는 구경거리가 생겼다고 좋아하는 얼굴들이로군 그래."

대악은 비록 강호에서 악명이 높지만 배분이 높은 축에 끼는 사람이었다.

하지만 지금 숭의산장의 후원에 모여 있는 사람들 중에는 대악보다 한 배분이나 두 배분 높은 선배 고인들도 있었다.

소령 사태만 해도 대악보다 나이에 있어서나 강호의 이력에 있어서나 한참 선배 격인 인물인 것이다.

그러나 운수 비구니는 대악보다 한 배분 아래의 후배다. 그녀가 가로막고 서서 살기를 뿜어대니 대악은 화가 나는 중에 괘씸하기도 했다.

그가 사람들을 휘둘러보며 카랑카랑한 음성으로 말했다.

"이곳의 주인은 엄연히 따로 있는데, 아미산의 노선배께서는 마치 이 후원을 통째로 빌린 것처럼 행동하니 이게 어찌 된 일이오? 다른 사람은 후원에 한 발도 들여놓아서는 안 된다는 숭의산장만의 법칙이라도 있었던 게요? 그렇다면 미리 알지 못해서 실수한 일이니 내가 깨끗이 사과하리다."

대악은 의도적으로 눈앞의 운수를 무시한 채 소령 사태를 들먹이며 말했다. 운수 비구니의 눈매가 더욱 매서워졌다.

"닥쳐라!"

그녀가 뾰족하게 소리쳤다. 눈에서 차가운 기운이 줄기줄기 뿜어지고 있다.

소령 사태도 지그시 어금니를 악물고 대악을 노려보고 있었다. 자신이 직접 나서서 저 악당을 당장 때려죽일 수 없는 게 분한 듯했다.

소령 사태는 운몽의 일로 가뜩이나 심사가 편치 않던 중이었다. 그런데 태백쌍악이 후원에 들어와 이곳저곳 기웃거리며 돌아다니고 있지 않은가.

태백쌍악은 다만 후원의 풍치를 구경할 생각일 뿐이었는데, 그가 철없는 운몽을 꾀어 나쁜 길로 이끌고 있다고 여긴 사태는 노여움이 왈칵 치솟았다.

체면과 신분을 생각하지 않고 즉시 뛰어나가 그들을 가로막았고, 운수 비구니가 사부 대신 전면에 나서서 대악과 대치함으로써 일촉즉발의 상황까지 한숨에 달려온 것이다.

많은 사람들이 모여들었지만 누구도 소령 사태를 달랠 생각을 하지 못했다. 정도를 추구한다는 명분이 있어서 그렇지, 젊은 날에 드날렸던 그녀의 악명 또한 지금의 태백쌍악에 못지않다는 걸 모르는 사람이 없기 때문이다.

저렇게 나이 들어서도 여전히 그때의 팔팔한 성질이 남아 있다는 게 놀랍기도 하고 부럽기도 하다.

운수 비구니 또한 그런 제 사부의 면면을 충실히 물려받아 강호에서 매정하고 독하기로 둘째가라면 서러워할 사람이었다.

그녀의 무공이 높고 성품이 대쪽 같아서 젊었을 때의 제 사부가 돌아온 것 같다고 다들 말할 정도인 것이다.

그 운수 비구니가 대악의 면전에 삿대질을 하며 소리쳤다.

"너 같은 자가 아직 살아서 활개 치고 있다는 게 분하기 짝이 없다. 마땅히 죽어 없어져야 강호에 한 푼이나마 보탬이 될 것이야!"

대악이 코웃음을 쳤다.

"흥, 아미산에 운수 비구니가 있다는 말은 익히 들었다. 벌써부터 궁금했었지. 그런데 이제 보니 사문의 진전을 받아 무공이 뛰어난지는 모르지만 예의범절은 조금도 배우지 못한 못된 비구니에 불과하군."

잔뜩 비위가 상한 대악 염충이 이죽거리자 사람들은 모두 의아하게 생각했다.

평소 알고 있던 대악의 성품대로라면 운수 비구니의 말이 끝나기 전에 벌써 이를 악물고 살기를 뿜어내며 지독한 살수를 펼쳤어야 했기 때문이다.

그들의 입담이 거칠어질수록 분위기도 덩달아 험악해질 수밖에 없다.

저쪽에서 몇몇 명숙들과 이마를 맞대고 대책을 상의하던 최명판관 염숭이 두 손을 흔들며 나섰다.

"두 분은 잠시 화를 멈추시오. 내일이 바로 본인의 잔칫날이라 이렇게 멀리서 축하해 주기 위해 오셨으니 모두 내 손님이외다. 주인의 체면을 조금만 생각해 주지 않으시겠소?"

염숭이 그렇게 겸양하는 것 또한 의아하지만 그가 내일 있을 잔치의 주인공이라는 걸 생각하면 그럴 만했다. 그 또한 참을 수밖에 없는 입장인 것이다.

그러나 태백쌍악에게는 사실 염숭의 잔치가 어떻게 되든 눈곱만큼도 관심없는 일이었다. 오직 운몽을 보고 찾아온 것이니 그렇다.

젊었을 때부터 아니꼽게 여겨왔던 소령 사태와 그녀의 뒤를 이어 명성을 날리는 운수 비구니를 이런 곳에서 딱 만나자 물러서고 싶은 마음이 없었다.

제 사부를 이어받아서 운수 비구니의 무공이 대단하다고 하지만 자신의 무공 또한 그리 녹록지 않다고 여기니 더욱 그렇다.

대악이 아니꼽다는 얼굴로 최명판관을 힐끔 바라보고 중얼거렸다.

"주인이 손님 대접을 공평하게 해야 편안한 잔칫상을 받는 게지. 이거야 원, 나 같은 흑도의 떨거지는 오나가나 설움을 받을 뿐이니 마음이 편하겠어?"

그리고 두루 휘돌아 보았는데 모여든 자들이 모두 백도의 무리들이니 한숨이 절로 나왔다.

'제기랄, 이 모양이니 흑도에 발 담고 있는 놈들은 늘 멸시받고 경멸당하는 거야. 도대체 누구 하나 나서서 거들어주려는 자가 없군. 모래알처럼 제각각 놀 뿐이지 단결할 줄을 몰라.'

속으로 그렇게 투덜거리며 둘러보다가 한쪽에 웅성거리며 모여 있는 젊은이들을 보았다. 그 속에 운몽이 몇몇 영준해 보이는 수재들과 어울려 있었다.

그를 본 대악이 반색을 했다.

"운 소협, 마침 거기 있었군요. 주인장과의 만찬은 즐거우셨소?"

눈앞의 운수 비구니를 무시하고 갑자기 운몽을 불러대니 다들 어리둥절했다.

운수 비구니가 소태 씹은 얼굴이 되어 움켜쥔 주먹을 부르르 떨었다.

대악의 말을 들은 강호의 노기인들이 웅성거렸다. 대악의 악명과 함께 그가 얼마나 오만한 자인지 익히 들어 알고 있기 때문이다.

그런데 대악이 새까만 후배로 보이는 청년에게 공손하게 구니 놀람이 더 커질 수밖에 없다.

운몽이 멋쩍은 웃음을 흘리며 나섰다. 모두가 지켜보는 앞에서 운수 비구니가 대악에게 망신을 당하는 게 고소하면서 한편으로는 불쌍하게 여겨졌던 것이다.

아미산에서는 티격태격했고, 그녀에게 맞은 기억도 있지만 그래도 교분을 나눈 사이 아니던가.

운지를 생각하면 아미파를 미워할 수가 없듯이, 운수 비구니 역시 미워할 수가 없다.

역시 그들이 서로 싸우게 놔둘 수는 없는 일이었다.

"두 분 선배님은 이런 곳에서 재미를 보고 있었군요. 하지만 소생은 별 재미가 없었답니다. 서로 눈치를 보고 격식을 차리느라고 할 말도 제대로 못하는 그런 자리란 재미없게 마련이지요. 그것보다는 들판에 나가 미친 듯 뛰어다니고 나무에 기어오르며, 물을 첨벙거리고 고기를 움켜잡기도 하는 그런 시간이 훨씬 재미있지 않겠어요?"

"하하하, 운 소협의 마음이 어쩌면 내 마음과 똑같소? 우리 격식이나 찾고 항렬이나 따지고 있는 이 빌어먹을 곳을 떠나 말을 타고 호쾌하게 벌판을 달려봅시다. 그게 대장부가 할 일이지. 어찌 이런 곳에서 점잖을 떨며 노닥거리는 게 대장부의 일이겠소? 그렇지 않소?"

운몽은 천성이 놀기 좋아하고 낙천적이며 자유분방한 사람이었다. 하지만 대악은 음흉하고 음침한 자였는데, 다 늙은 지금은 오히려 호기로운 사내로 바뀐 듯하니 놀라웠다.

대악의 말에 운몽이 손뼉을 치며 좋아했다.

"그럽시다, 그래요! 염 대인을 뵙고 인사를 드렸으니 된 거지, 굳이 내일까지 기다리며 잔칫밥을 얻어먹을 건 없지 않겠어요? 우리 그만 갑시다."

"하하, 그럽시다. 운 소협이 가겠다면 가는 거지. 내가 어디든 모시겠소. 제기랄, 잔칫밥인지 눈칫밥인지 따위는 깨끗이 포기하는 게 좋겠어. 먹고 체하느니 안 먹는 게 보약이지."

그가 소령 사태와 운수 비구니를 완전히 무시한 채 돌아섰다.

소령 사태는 물론 운수 비구니의 눈에서 불길이 와르르 쏟아질 수밖에 없다.

"거기 서!"

날카롭게 외친 운수 비구니가 더 참지 못하고 많은 사람들이 지켜보고 있다는 것도 잊은 채 몸을 날려 대악을 덮쳤다.

"앗!"

운몽이 깜짝 놀라 외칠 때 대악은 이미 그럴 줄 알고 있었다는 듯 여유룹게 몸을 피해 운수의 일격을 흘려보냈다.

역시 강호에서 닳고 닳은 능구렁이답게 겉으로는 방심한 것처럼 보였어도 속으로는 만반의 대비를 하고 있었던 것이다.

운수 비구니의 장력이 날카로운 바람 소리를 내며 스쳐 지나갔다. 사람들이 그것이 미치는 범위 밖으로 물러서느라고 소란이 일었다.

누구도 나서서 운수 비구니를 말리려고 하지 않았다. 오히려 '과연 이 싸움이 어떻게 결판날까?' 하고 궁금해서 눈을 반짝인다.

"제기랄, 그동안 지은 죄가 있어서 그만큼 참고 양보했건만, 기어이 이 빌어먹을 까까머리 계집애가 앙칼을 떠는구나. 그렇다면 나도 더 참지 않을 테다."

부지런히 몸을 움직이며 쉬지 않고 중얼거리는 그 소리를 모든 사람이 똑똑히 들었다. 소령 사태라고 듣지 못했을 리가 없다.

노사태는 노여움이 머리꼭지에까지 치솟았다. 그녀가 바드득 이를 갈며 운수에게 소리쳤다.

"인정사정 봐줄 것 없다! 오늘 네 손으로 강호의 큰 해악 하나를 제거해 버려라!"

사부의 말을 들은 운수 비구니가 부쩍 힘이 난 듯 더욱 매섭게 대악을 후려치고 걷어찼다.

2

소령 사태는 이미 오래전에 아미파의 절학에 정통했으며 그 속에서 기기묘묘한 변화를 찾아내 새롭게 길을 열어 종사의 반열에 든 노사태다.

그녀의 절기를 모두 물려받은 운수의 솜씨는 과연 매섭기 짝이 없었다.

그녀가 손을 뻗고 다리를 번쩍 쳐들자 듣지도 보지도 못했던 기막힌 초식들이 와르르 쏟아져 나온다.

어떤 것은 날카롭기가 송곳 같고, 어떤 것은 힘차기가 밀려드는 파도 같으며, 어떤 것은 깃털처럼 가볍고 어떤 것은 태산처럼 장중해서 종잡을 수가 없다.

그것을 지켜보던 사람들이 모두 감탄성을 터뜨렸다. 우레 같은 갈채가 쏟아진다.

과연 소령 사태의 수법은 아미파에서 나왔지만 아미파의 정통을 벗어나 새로운 길을 창시한 것이었다. 그것이 운수 비구니를 통해 쏟아져 나오니 지켜보던 사람들은 눈이 황홀해졌다.

거기에 대응하는 대악의 수법도 모두를 깜짝 놀라게 했다.

그는 다리가 여덟 개나 달린 괴물 같았다.

귀령십보(鬼靈十步)를 밟으며 두 발이 보이지도 않을 정도로 빠르게 이리저리 몸을 움직여 맴돌았는데, 순식간에 여덟 번이나 방위를 바꾸고 위치를 이동하는 몸놀림이 허깨비 같았다.

그것만으로도 대악 염창이 허명을 얻은 자가 아니라는 걸 모두에게 각인시키고도 남음이 있다.

"흥!"

염창의 재빠른 움직임에 당황했던 운수 비구니가 싸늘한 코웃음을 쳤다. 그리고 그녀 또한 빠르게 움직이기 시작했는데, 사방에서 돌개바람이 몰아치는 것 같았다.

아미파의 절기인 나한추명보(羅漢追冥步)였다.

빠르고 경쾌하게 움직일 때는 지금처럼 종잡을 수 없는 바람과 같고, 한 걸음 한 걸음 신중하게 내딛으면 불가의 부동보(不動步)가 되어 산악처럼 장중해진다.

운수 비구니는 연약해 보이는 중년의 여승이라는 것이 믿어지지 않을 만큼 재빠르고 힘차게 움직였다.

그림자처럼 따라붙어 대악의 운신을 방해하며 두 손을 뻗어 맹렬하게 후려치고 잡아채 간다. 빠르게 흐르는 흑운 속에서 번갯불이 번쩍이는 것 같은 출수였다.

두 사람은 먼지를 날리며 두어 바퀴 원을 그리고 맴돌았다.

그동안 운수 비구니가 다섯 번 손을 뻗고 걷어찼지만 대악은 매번 아슬아슬하게 피하기만 할 뿐 반격하지 않았다.

운수 비구니의 수법을 살펴보려는 의도이기도 하고, 자칫 그녀를 다치게 하면 이곳에 모여 있는 백도의 무리들이 하나가 되어서 달려들 걸 염려하기 때문이기도 했다.

게다가 운몽이 그녀와 잘 알고 있는 사이라니 더 망설여지기도 한다.

그처럼 대악에게는 꺼려하는 게 있으니 초식이 거듭될수록 자연히 마음이 초조해지면서 숨이 가빠졌다.

전력을 다해도 승리를 장담할 수 없는 상대인데 마음에 부담을 갖고 피하기만 하니 몇 배나 더 긴장하고 지칠 수밖에 없었던 것이다.

다섯 번이나 때리고 걷어찼지만 대악을 잡지 못한 운수 비구니는 더욱 화가 났다.

사부님은 물론 많은 사람들이 지켜보고 있는 가운데 보기 좋게 대악을 제압해야 할 텐데 그러지 못하니 초조해지기도 한다.

그런 한편 마음속으로는 과연 대악이 남다른 솜씨가 있는 마두라는 감탄을 하게 된다.

"형님, 왜 그렇게 쩔쩔매는 거야? 주먹은 뒀다가 엿 바꿔 먹을 작정이오? 왜 때리지 못하지?"

한쪽에서 발을 구르며 지켜보던 소악 황령이 기어이 소리를 버럭 질렀다. 여차하면 달려들어 돕겠다는 듯 옷소매를 둘둘 말아 올린다.

그것을 본 소령 사태가 날카롭게 말했다.

"너는 거기서 꼼짝 말고 있어!"

황령이 눈을 부릅떴다. 이글거리는 눈으로 소령 사태를 노려보지만 마음 한구석에는 두려움이 없을 수 없다.

비록 칠십을 넘긴 노비구니이지만 그녀의 명성을 생각해 볼 때 결코 무시할 수 없는 것이다.

황령이 이러지도 저리지도 못해 끙끙거릴 때 최명판관 염숭도 마음이 급해졌다.

이대로 두었다가는 운수 비구니와 대악의 싸움이 반드시 피를 보고 말 것 같았기 때문이다.

염숭이 내일 있을 잔치의 주인공이라는 체면을 벗어 던지고 손수 나설 작정으로 늘어진 옷자락을 거머쥐었다.

그것을 막 허리춤에 찔러 넣으려는데 저쪽에서 오십대의 도사 한 사람이 먼저 장내로 훌쩍 뛰어들었다.

청성파의 도사로서 청성사로(靑城四老) 중 막내인 송풍선검(松風仙劍) 청악 진인(靑岳眞人)이다.

"남의 잔치에 와서 이게 대체 무슨 난리란 말이오? 다들 그 만두시오!"

음성에 내공을 실어 우렁차게 외친 그가 운수 비구니와 대악의 싸움판으로 뛰어들며 두 팔을 활짝 벌렸다.

자신의 웅장한 내공으로 두 사람을 밀어 떼어놓으려는 것인데, 자연히 대악에게 더 위협적이었다.

아미파는 청성파와 함께 오래전부터 구대문파의 하나로 나란히 자리했고, 청악 진인과 운수 비구니가 서로 안면이 있으니 그럴 수밖에 없는 일이다.

"흥! 한 사람으로 부족하니 두 사람이 해볼 모양이구나! 좋다. 몇 명이 되었든 다 나와라. 너희들 백도의 고수들은 머릿수가 많고 나는 혼자이지만 조금도 두렵지 않다!"

대악이 버럭 소리쳤지만 그의 얼굴에는 당황하고 다급해하는 기색이 역력했다.

운수 비구니를 피하는 것도 이제 한계에 다다라 어쩔 수 없이 낭패를 보게 되었는데 청성파의 늙은 도사까지 가세하지 않는가.

대악은 이 많은 사람들 앞에서 망신을 당할 수밖에 없다는 생각으로 아찔해졌다.

운수 비구니의 갈퀴 같은 다섯 손가락이 지척에 육박했고, 청악 노도의 음유한 장력이 가슴에 와 닿기 직전이었다.

대악은 이를 악물었다. 분노와 수치심으로 얼굴이 숯불처럼 달아올랐다. 진퇴양난이다.

운수 비구니의 아미호조수(峨眉虎爪手)를 피하자면 청악 노도의 청성면장을 피할 수 없고, 그것을 상대하면 아미호조수에 어깨가 붙잡히고 말 형편인 것이다.

'좋다! 이렇게 된 이상 함께 죽을 수밖에. 이 고약한 계집중은 운 소협과의 의리를 보아 양보할 수밖에 없고, 저 괘씸한 청성파의 늙다리 도사 놈을 저승 동무로 삼아야겠다.'

짧은 순간 그렇게 작정한 대악이 운수 비구니의 다섯 손가락을 무시한 채 휙, 몸을 틀어 정면으로 청악 노도와 마주했다.

그는 운수 비구니의 손가락에 잡혀 어깨가 부러지는 대가로 자신의 마지막 남은 힘을 모두 끌어올려 청악 노도를 죽여버릴 악독한 마음을 먹은 것이다.

그러기 위해서는 노도의 일장을 피하지 않고 몸으로 받아야 하니 자신 또한 살아나지 못할 것이고, 요행이 살아난다고 해도 평생 회복할 수 없는 불구의 몸이 되고 말 게 뻔했다.

대악은 악독한 마음으로 내력을 한껏 끌어올려 두 손에 실었다. 자신의 성명절기인 적수마장(赤手魔掌)을 쳐내려는 것이다.

그 위태로운 순간 운몽이 벼락처럼 뛰어나오며 소리쳤다.

"다들 손을 멈추시오!"

풍소애를 차고 오르내리던 절세의 경공신법을 한껏 발휘

하자 그의 몸은 그대로 번갯불이 되었다. 눈앞이 번쩍한 것 같은 순간에 이미 대악을 가로막고 서서 두 팔을 좌우로 힘껏 뿌린다.

콰르릉—

창졸간에 뿌린 장력이라고는 믿어지지 않게 웅장한 뇌성이 터져 나왔다.

한줄기 막강한 잠력이 철벽처럼 두텁게 뻗어나가 왼손으로는 운수 비구니의 전진을 가로막고 오른손으로는 청악 노도의 면장을 밀어버렸다.

"허엇!"

그 의외의 일에 청악 노도가 급한 숨을 들이켰고, 운수 비구니 또한 깜짝 놀라 급히 장력을 회수해 들였다. 운몽의 두 손에서 뿜어져 나오고 있는 암경이 무시무시했던 것이다.

청악 노도는 순간적으로 망설이느라 몸을 뺄 시간을 잃고 말았다. 그가 할 수 없이 장력에 내력을 더 집중해서 원래대로 밀어냈다.

운몽과 노도의 장력이 허공에서 서로 부딪쳤다.

쿠웅, 하는 묵직한 파공성이 터져 나왔고, 두 사람 사이의 공간이 후끈한 열기로 달아올랐다. 이글거리는 불덩이가 떨어진 것 같다.

그 뜨거움에 청악 노도가 경악한 얼굴로 부르르 몸을 떨었다. 운몽 또한 입술을 악문 채 창백해진 얼굴로 눈을 부릅뜨고 있었다.

그의 뇌정신장(雷精神掌)은 이미 십성의 경지에 올라 있었으나 청악 노도의 두터운 면장과 부딪치자 적지 않은 충격을 받을 수밖에 없었던 것이다.

청악 노도는 운몽의 장력에 실려 쏟아져 나온 삼양신공(三陽神功)에 크게 놀랐다.

"너는 누구냐!"

버럭 소리치며 저도 모르게 세 걸음을 쿵쿵 물러나 다섯 보의 거리를 둔다.

운수 비구니 또한 크게 놀라 눈을 휘둥그레 뜨고 운몽을 바라볼 뿐 감히 움직일 생각을 하지 못했다.

운몽이 두어 번 길게 숨을 들이마셔서 기혈을 안돈시키고 두 손을 맞잡았다. 하지만 노도를 노려보는 얼굴은 싸늘했고, 그 눈길은 더욱 차가웠다.

"소생은 운몽이라고 합니다. 실례했습니다."

더 말하고 싶지 않다는 듯 찬바람이 돌게 휙 몸을 돌이킨 운몽이 대악에게 다정하게 말했다.

"이곳은 아무래도 우리에게 맞지 않는 곳 같군요. 이제 그만 떠나는 게 좋을 것입니다."

"운 소협이 명하는데 어찌 따르지 않을 수 있겠습니까?"

대악이 다들 보라는 듯 더욱 정중하게 말하며 몸까지 숙여 보인다.

그 모습에 운몽이 당황해서 어쩔 줄 몰라 했고, 모여든 강호의 명숙이며 후기지수들은 입만 딱 벌렸다.

모두 제 눈을 믿을 수 없다는 얼굴들로 멍하니 운몽을 바라보고 대악을 바라본다.

운몽이 청악 노도와 운수 비구니는 외면한 채 소령 사태에게 가볍게 포권하고 말했다.

"노사태께서 걱정해 주시는 마음은 잘 알고 있습니다. 하지만 안심하십시오. 저는 악한 마음을 품을 줄 모르고 악한 행동은 더더욱 할 줄 모릅니다. 잘 아시지 않습니까? 태백쌍악 두 분 선배님과 동행이 된 것은 우연한 일로 만나 정을 쌓았기 때문입니다. 다른 뜻은 없으니 안심하셔도 됩니다."

"끄응—"

소령 사태가 마지못한 듯 된 숨을 내쉬었다.

사태는 주위를 돌아보고 자신의 불같은 성격 때문에 이와 같은 소란이 일어났다는 걸 뒤늦게 깨달았다.

'태백쌍악이 후원을 기웃거린다고 발끈할 게 뭐란 말인가. 조금만 참았으면 되었을 것을…….'

쥐구멍이라도 찾고 싶을 만큼 민망해진다.

태백쌍악이 아무리 악명 높은 마두라고 해도 숭의산장에서만큼은 참고 있어야 했다는 뒤늦은 후회로 얼굴이 화끈거렸다.

하지만 사태는 높은 자존심 때문에 자신의 그런 마음을 겉으로 드러내지 못했다.

그녀가 '흥!' 하고 코웃음을 치고 나서 여전히 오만하고 쌀쌀맞게 말했다.

"네 녀석이 조금이라도 엉뚱한 마음을 품거나 못된 행동을 한다면 그때는 절대로 용서하지 않겠다."

운몽이 여전히 포권한 채 빙그레 웃었다.

소령 사태가 한쪽에 모여 서 있는 젊은이들을 바라보았다. 그들 속에 몇몇 아리따운 소저들이 있었는데, 운몽을 바라보는 눈길이 남다르다는 걸 즉각 알아챌 수 있었다.

소령 사태가 볼을 씰룩이며 운몽을 매섭게 노려보았다.

"아미산을 떠나던 날 나에게 했던 맹세를 잊지 않았겠지?"

평생 한 여자만을 사랑할 뿐, 다른 여자들에게는 절대로 눈을 돌리지 않겠다는 다짐을 상기시키는 것이다.

운몽이 머리를 끄덕였다.

"소생이 아무리 철들지 않은 망아지 같기로서니 어찌 그 엄중한 맹세를 잊을 수 있겠습니까? 사태께서는 걱정 마시옵소서. 다만 사태께서도 제가 드렸던 한마디를 잊지 말아주시기를 원할 뿐입니다."

소령 사태의 얼굴에 기쁨과 안타까움과 번민이 물결쳐 흘러갔다.

다른 사람들은 운몽이 무슨 말을 하는 건지 이해하지 못했으나 사태는 그 말뜻을 잘 알고 있었던 것이다.

제가 끝까지 약속을 지킨다면 운지와 맺어질 수 있도록 힘써달라고 했지 않았던가.

그 말에 약속을 해주지는 않았지만 부정하지도 않음으로써 사태는 심중으로 어느 정도 허락하고 있다는 걸 보여주기도 했었다.

운몽이 그때의 말을 상기시키자 소령 사태는 걱정이 되는 한편 그가 가엾게 여겨지기도 했다.

사태가 한숨을 쉬고 손을 흔들었다.

"잊지 않고 있다. 잊지 않았어. 그러니 너는 부디 네 행실이나 조심해서 실족하는 일이 없도록 하렴."

운몽의 얼굴에 기쁨이 물결처럼 번진다. 그가 얼른 머리를 숙이고 말했다.

"감사합니다. 사태의 후의(厚意)를 잊지 않겠습니다. 그럼 이만 하직 인사 올립니다."

그가 다시 한 번 소령 사태에게 정중하게 인사하고 나서 홀가분한 얼굴로 돌아섰다.

사람들은 그때까지도 운몽과 소령 사태를 바라보기만 하고 있었다.

아미소령으로 이름 높은 노기인과 운몽이 서로 미워하는 것 같다가 갑자기 변해 사질 간이라도 되는 것처럼 다정해 보이니 이상하게 생각될 수밖에 없어서 어리둥절했다.

3

"장주님, 저, 저, 저것……."

운몽과 태백쌍악이 막 후원을 벗어나려 할 때 다급하게 외치는 총관의 음성이 들려왔다.

대체 무엇 때문에 그러는가 싶어 걸음을 멈춘 운몽이 뒤돌아보았다.

총관 나대헌이 한곳을 가리키고 있었는데, 얼굴이 백지장처럼 창백해져서 손을 부들부들 떨고 있었다.

"억!"

"아니, 저건!"

그가 가리키는 곳을 바라본 노기인들이 모두 크게 놀라 눈을 부릅뜨고 입을 딱 벌린 채 말을 하지 못했다.

천천히 그들이 바라보는 곳으로 시선을 돌린 운몽도 '억!' 하고 놀란 외침을 터뜨리고 말았다.

대악 염충이 온몸을 부르르 떨며 입을 꽉 다물었고, 소악 황령도 찢어질 듯 눈을 부릅뜬 채 '어? 어?' 소리만 연발했다.

그들의 시선이 향한 곳은 후원에서 가장 높은 누각인 매향각(梅香閣) 지붕 위였다.

높은 용마루 위에 작은 삼각형의 깃발 하나가 꽂혀 펄럭이고 있었던 것이다.

은은히 세상을 밝혀주고 있는 밝은 달빛 아래 피처럼 붉은 그것이 펄럭일 때마다 금사(金絲)로 수놓은 기이한 문양이 번쩍였고, 그 복판에 박혀 있는 검은색의 수인(手印)이 뚜렷이 보였다. 왼 손바닥을 활짝 펴서 찍어놓은 것인데, 특이하게도 손가락이 여섯 개인 수인이다.

"혈사기(血師旗)!"

누군가가 커다랗게 소리쳤다.

그 소리에 감전이라도 된 것처럼 다들 부르르 몸을 떤다.

"혈사기다."

운몽도 낮게 중얼거렸다. 어금니를 악물고 있어서 발음이 모호한 소리였다.

그는 반정도관을 떠나기 전 사부가 보여주었던 그 깃발을 잊지 않고 있었다.

어찌나 강렬한 인상을 받았던지 한 번 보았을 뿐인데도 머릿속에 각인되어 있었던 것이다.

혈사기와 그것의 주인이라는 혈영자(血影子)를 찾아 강호에 나왔는데, 뜻밖의 곳에서 이렇게 갑자기 그 깃발을 보게 되자 가슴이 싸늘하게 얼어붙는다.

"운 공자, 어서, 어서 이곳을 떠납시다."

"그러는 게 좋겠소. 한시도 미적거릴 수 없으니 어서 떠납시다."

대악과 소악이 턱을 덜덜 떨며 옷소매를 잡아당겼지만 운몽은 핏발이 서도록 부릅뜬 눈으로 오직 매향각 지붕 위에 꽂힌 깃발을 노려볼 뿐 움직이려 하지 않았다.

도대체 저것을 언제 누가 저기에 꽂아놓은 건지 아무도 아는 사람이 없었다.

누구보다 이목이 밝은 운몽마저 매향각 용마루 위로 올라가 깃발을 꽂아놓은 자의 기척을 조금도 느끼지 못했으니 귀신이 곡할 노릇이다.

한쪽에 모여 서 있는 젊은이들은 어리둥절해서 선배 고인들을 바라보고 서로를 돌아보기만 했다.

그들은 저 깃발이 무엇인지 알지 못했다. 누구도 그들에게 혈사기가 어떤 물건인지 말해주지 않았던 것이다.

사부는 제자에게 말해주지 않았고, 아비는 아들에게 말해주지 않았으니, 그 깃발에 대한 것을 떠올리고 말하는 것조차 강호에는 하나의 금기처럼 되어 있었기 때문이다.

그것이 한때 무시무시한 살육과 피바람을 몰고 왔었기 때문인데, 그때의 끔찍한 일을 겪은 노기인들은 두 번 다시 과거의 기억을 떠올리려 하지 않았고, 그들의 후인들은 그런 사부와 아버지의 공포를 이해했다.

하지만 삼대라고 할 수 있는 지금의 젊은이들에게는 그 작은 핏빛 깃발이 주는 의미가 실감될 수 없는 게 당연했다.

그것이 강호에서 사라진 지 어느덧 오십 년이 지났다. 세상에서 영영 사라져 버렸다고 여기기에 충분한 세월이었다. 그래서 사람들은 더욱 그 깃발과 그것에 얽힌 이야기를 꺼내려 하지 않았다. 묻어두면 저절로 사라져 버릴 과거라고 생각했기 때문이다.

이대로 한 세대만 더 지나면 그때는 먼 옛날의 전설이 되어 버릴 것이고, 어느 바람 부는 날 밤, 할아버지가 손자에게 무서운 옛날얘기를 들려주는 것처럼 이야기될 것이다.

그렇게 되기를 바라고 있는 게 강호의 물을 먹고사는 모든 사람들의 공통된 소망이었는데, 그 깃발이 오늘 이렇게 나타난 것이다.

노고수들은 눈을 비비며 다시 보았고, 그러다가 서로를 멍하니 돌아보았다. 누구도 입을 열어 말하는 사람이 없었다.

젊은이들은 그 심각한 분위기에 압도당해 절로 주눅이 들어 힐끔힐끔 용마루 위의 깃발을 훔쳐볼 뿐, 감히 말을 꺼낼 수가 없었다.

"아미타불……."

각원 선사가 합장하고 떨리는 음성으로 낮게 불호를 외웠다.

소령 사태의 주름진 얼굴은 회를 칠해놓은 것처럼 새하얗게 변해 있었다. 온몸을 부들부들 떠는 것이 심상치 않아 보인다.

"돌아가자, 돌아가."

그녀가 겨우 그렇게 말하고 운수 비구니와 함께 허둥지둥 후원을 떠나지만 내일 있을 잔치의 주인공인 최명판관 염숭은 붙잡지도, 작별의 인사말도 건넬 수 없었다.

넋이 나가서 오직 깃발에만 시선을 고정시킨 채 주변의 일들을 까맣게 잊은 것이다.

"우리도 이만 돌아가자."

소림의 각원 선사가 부르르 몸을 떨고 나서 급히 후원을 떠났다.

산적 같아 보이는 도척이 영문을 모르겠다는 얼굴로 입맛을 다시며 그 뒤를 따른다.

그렇게 아미와 소림사에서 대표자 격으로 온 두 명의 노기인이 말도 없이 떠나 버리자 장내는 순식간에 썰렁해지고 말았다. 염숭의 칠순을 축하해 주기 위해 찾아왔던 노기인들이 앞 다투어 도망치듯 떠나 버렸기 때문이다.

염숭은 얼이 빠진 사람 같았다.

내일 있을 자신의 칠순 잔치가 엉망이 되어버렸다는 걸 아는지 모르는지,

"깃발이, 깃발이 다시 나타나다니……."

하고 중얼거릴 뿐이었다.

젊은이들 중 더러는 그와 같은 사태를 보고 심각성을 깨달은 듯 서둘러 제 집과 사문으로 가기 위해 서로 작별을 했다. 사부와 부친에게 이 일을 보고하고 이유를 물어보기 위해서이다.

분위기가 어수선해진 중에 담옥상이 이청풍과 상문경, 채시화 등과 함께 급히 다가왔다.

"운 형."

그가 난감한 듯 운몽을 부르고 울상을 지어 보인다.

그때까지도 멍하니 용마루 위의 깃발만 바라보고 있던 운몽이 천천히 그들을 돌아보았는데, 무심하게 가라앉은 얼굴에 표정이 없었다.

처음 보는 그 모습이 무서웠던지 채시화와 상문경이 흠칫하고 어깨를 떨었다.

이청풍이 침통한 어조로 말했다.

"분위기가 심상치 않으니 우리들도 급히 각자의 사문으로 돌아가야 할 것 같소."

"그러는 게 좋겠지요."

"운 형은 어쩌시려오?"

잠시 생각하던 운몽이 천천히 말했다.

"저는 이곳에 조금 더 남아 있어야 할까 봅니다."

"그래요? 조금 전에는 떠난다고 하지 않았소?"

"사정이 이렇게 바뀌었으니 호기심을 참을 수 없군요."

운몽이 여전히 표정을 바꾸지 않은 채 말했다.

그는 아직까지도 가슴이 뛰고 긴장으로 목이 뻣뻣해 있는 중이었다.

어떻게 찾아야 할지 막막하기만 하던 혈사기가 이처럼 쉽게 눈앞에 나타났다는 게 기쁘기도 했지만 사부의 말을 떠올리고 긴장했던 것이다. 두렵기도 하다.

운몽도 다른 젊은 청년들과 마찬가지로 혈사기에 감추어진 내력에 대해서는 알지 못했다. 사부가 그것만은 말해주지 않았기 때문이다.

하지만 사부는 오 년 안에 그 깃발의 주인인 혈영자를 찾아 죽이지 못하면 아미산이 그에 의해 불타고 살아 있는 모든 것이 죽을 것이라고 했다.

그건 상상만 해도 끔찍하고 무서운 일이었다.

그때부터 운몽의 머릿속에는 혈영자라는 인물이 삼두육비(三頭六臂)에 인육을 뜯어 먹는 무시무시한 나찰이나 마귀처럼 각인되어 있었다.

그를 상징하는 혈사기가 이곳에 나타났으니 혈영자도 반드시 나타날 것이다.

운몽은 그자가 나타나기를 기다리지 않을 수 없었다.

그자가 나타나면 반드시 죽여야 한다는 사명감과 함께, 가슴이 떨리는 두려움 때문에 정신이 멍한 상태였다.

운몽이 숭의산장에 머물겠다는 말을 하자 누구보다 놀란 사람은 태백쌍악이었다.

대악 염창이 핼쑥하게 질린 얼굴로 소리쳤다.

"뭐라고? 아니, 운 공자는 지금 뭐라고 하셨소?"

"두 분은 철선공자 여 형을 찾아서 그를 데리고 이곳을 떠

나십시오. 저는 남아서 일이 어떻게 진행되는지 지켜봐야겠
습니다.”

“운 공자! 공자는 저 깃발이 무엇을 의미하는 건지 아시
오?”

대악이 정색을 하고 꾸짖는다. 운몽은 입을 꾹 다문 채 머
리를 설레설레 흔들었다.

“휴, 그만둡시다. 말을 꺼내기도 무섭다오. 어쨌든 저 깃발
이 나타난 이상 이곳은 더 머물 곳이 못 되오. 어서 떠나는 것
만이 목숨을 부지하는 길이니 서두릅시다.”

대악이 간곡하게 말하지만 운몽은 그의 말에 따를 마음이
없었다.

그가 떠밀 듯 태백쌍악을 내몰았다.

“두 분은 어서 이곳을 떠나십시오. 저는 더 이상 동행할 수
없습니다.”

“운 공자, 대체 왜 이러는 것이오? 설마 그깟 호기심 때문
에 하나뿐인 목숨을 내던지겠다는 거요?”

운몽은 자신을 진심으로 걱정해 주는 대악에게 모든 걸 털
어놓고 싶었다. 하지만 그럴 수 없는 일이라는 걸 잘 알기에
더 답답하다.

“좋소, 운 공자가 정 그렇게 고집을 부린다면 우리도 가지
않겠소.”

대악이 그렇게 말하고 동의를 구하듯 소악을 바라보았다.

소악은 퉁방울같이 부릅뜬 눈을 쉴 새 없이 이리저리 굴리고 있는 중이었다.

깜짝 놀라 대악을 바라보고 운몽을 보더니 땅이 꺼지도록 한숨을 내쉰다.

"형님이 그렇게 한다면 그렇게 하는 거고, 운 공자가 그렇게 하겠다면 그러는 거지 뭐. 제기랄, 운 공자 아니었으면 벌써 죽었을 목숨인데 여태까지 살았으니 덤이지 뭐요. 여기서 죽는다고 해도 까짓 아까울 것 없어. 남읍시다. 남아서 운 공자를 도와야지."

죽음마저도 불사한다는 듯한 그들의 비장함에 담옥상 등은 깜짝 놀랐다. 소악의 말을 듣고 그들이 운몽에게 구명지은을 입었다는 걸 짐작할 수 있었기 때문이다.

그래서 이처럼 굳은 마음을 먹고 그를 따르는 모양이니 마음에 걸리는 바가 없지 않았다.

자신들 또한 운몽으로 인해 사지(死地)에서 목숨을 구해 살아나지 않았던가.

고개를 숙이고 묵묵히 생각에 잠겼던 담옥상이 결연한 얼굴로 말했다.

"좋소, 운 형이 이곳에서 무엇을 하려는 건지 모르나 나 또한 이곳에 남아 운 형을 돕도록 하겠소."

그 말에 화산수재 곡수린이 어두운 얼굴을 했다.

구명지은이라면 그 또한 담옥상과 함께 운몽에게 갚을 수 없는 빚을 졌기 때문이다. 하지만 그는 담옥상처럼 이곳에 남겠노라고 선뜻 말할 수 없었다.

상문경에 대한 연모의 마음이 운몽으로 인해 상처를 입었으니 그 서운함을 잊을 수 없어서였다.

잠시 머뭇거리던 그가 기어들어 가는 음성으로 말했다.

"나는 아무래도 화산으로 돌아가야겠소. 사부님께 이곳의 일을 말해 드려야 하니 어쩔 수 없구려."

"좋소, 그렇다면 돌아가는 길에 천웅보에 들러 나 대신 소식을 좀 전해주구려."

천웅보가 있는 막간산은 절강 땅에 있고 화산은 섬서에 있으니 정반대되는 곳이다. 그러니 담옥상의 말은 곡수린의 편협함에 대한 비웃음이나 다름없었다.

곡수린도 그 말에 숨어 있는 담옥상의 비웃음을 잘 알았다. 하지만 마음이 내키지 않는 일을 어찌할 것인가.

그가 붉어진 얼굴을 숙였다.

"잘 알겠소. 그렇게 하도록 하지요. 그럼……."

곡수린이 포권하고 나서 달아나듯 재빨리 사라졌는데, 그러기 전에 상문경을 힐끔 돌아보았다.

그 애틋하고 원망 어린 눈길이 간절하련만 상문경의 얼굴은 싸늘하기만 했다.

그가 사라지고 나자 그때까지도 거취를 정하지 못하고 있던 상문경이 결심한 듯 말했다.

"좋아요. 저는 담 사형과 함께 남아서 운 소협을 돕도록 하겠어요."

"아니, 그럴 필요 없소이다. 나는 혼자 있는 게 편해요. 그러니 다들 떠나시는 게 좋겠군요."

운몽이 두 팔을 내두르며 만류하지만 그녀와 담옥상은 요지부동이었다.

이청풍이 빙긋 웃으며 나섰다.

"두 분이 그렇게 하겠다고 마음을 정했으니 그럼 그러시구려. 하지만 나는 사문으로 돌아갈 수밖에 없으니 사매와 함께 떠나겠소. 마침 우리 태을산장과 천웅보가 가까운 거리에 있으니 내가 담 형 대신 말을 전해 드리리다."

이청풍의 말에 채시화가 몹시 실망한 듯한 눈으로 제 사형을 흘겨보았다.

그 속을 모를 이청풍이 아니지만 짐짓 보지 못한 척하고 운몽의 손을 잡았다.

"운 형, 우리가 만난 지는 얼마 되지 않았지만 나는 마음속에 이미 운 형에 대하여 십년지기보다 더한 정을 품었다오. 그러니 이곳에서의 일이 끝나면 지체하지 말고 태을산장으로 찾아와 나와 함께 밤새워 술을 마시고 그동안의 일들을 이야기해 주지 않겠소? 사부님께서 대단한 미주가인지라 우리 산장에는 좋은 술이 넘치도록 많으니 술 걱정은 하지 않아도 될 것이오."

그의 은근한 정에 운몽이 진심으로 감동하여 말했다.

"반드시 그렇게 하지요. 이곳에서의 일이 끝나면 밤을 낮 삼아 태을산장으로 달려가겠소이다."

그 말에 비로소 채시화의 샐쭉했던 얼굴이 환하게 풀어진다.

"사매, 우리는 어서 가자. 가서 운 형을 맞을 준비를 해야 지."

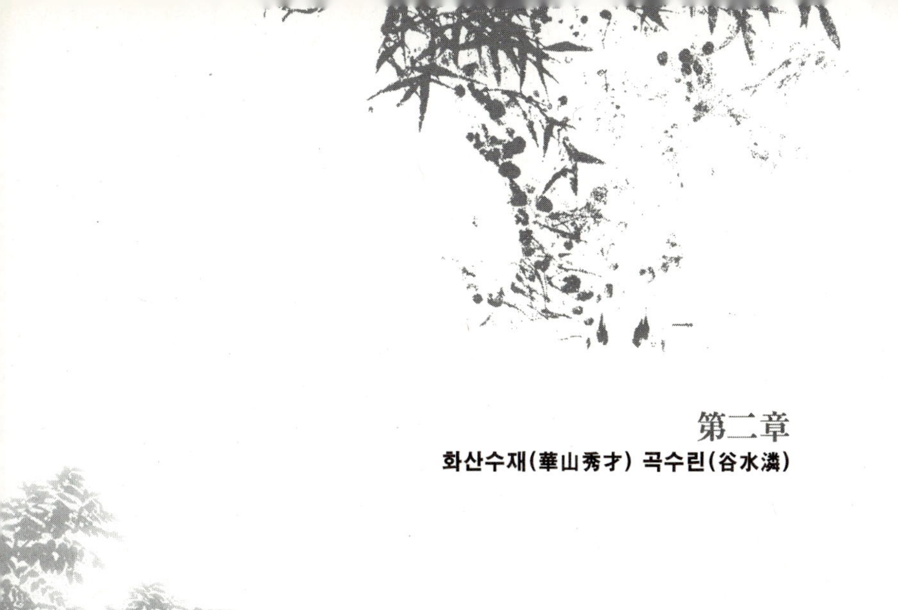

第二章
화산수재(華山秀才) 곡수린(谷水潾)

곡수린은 숭의산장을 벗어나 미친 듯 달렸다.

마음속에 가득한 미움과 원망은 운몽에 대한 것이기도 하면서 야속한 상문경에 대한 것이었고, 또한 이렇게 떠날 수밖에 없는 자기 자신에 대한 것이기도 했다.

그는 부끄러웠다.

흡혈검귀 손막소에게 당해 운몽에게 신세를 졌던 일이 부끄럽고, 지금 이렇게 도망치듯 떠나야 하는 제 처지가 부끄러웠다.

상문경을 생각하고, 운몽을 바라보던 그녀의 얼굴과 눈빛을 떠올리기만 하면 가슴이 답답해지면서 울분이 치솟아 견디기 힘들었다.

'그건 모두 내가 부족하고 못난 때문이다.'

곡수린은 그 모든 걸 자기 탓으로 돌리려고 애썼다.

내 수양이 부족한 때문이고, 내 무공이 그만 못하기 때문이라고 생각하지만 그래도 마음이 편해지지 않았다. 오히려 불만이 더 커진다.

운몽을 생각하면 자기 자신이 더 초라해져서 괴롭고, 상문경을 생각하면 그녀의 야속함이 원망스러우면서 운몽이 미워졌다.

결국 모든 게 운몽에 대한 원망으로 돌아갈 수밖에 없는 것이다.

답답한 마음을 달래기라도 하려는 듯 미친 듯 달려가던 곡수린이 우뚝 멈추어 섰다.

인적이라고는 찾아볼 수 없는 황량한 황토 벌판인데, 커다란 무덤처럼 불쑥 솟아 있는 언덕 위에 앉아 있는 두 사람을 보았던 것이다.

달빛이 은은하다고는 해도 깊은 밤중이다. 이처럼 황량한 곳에 나와 있다면 운치를 즐기는 청춘남녀라야 할 것이다.

하지만 그들은 허리가 구부정한 늙은이와 수수한 옷차림의 시골 처녀였다. 그게 곡수린을 혼란하게 했다.

막 숭의산장에서의 괴변을 보고 온 터라 부쩍 경계심이 인다.

그가 의심의 눈길로 힐끔거리며 몇 그루의 소나무가 박혀 있는 언덕 아래를 지나갈 때였다.

"흥!"

소녀의 쌀쌀맞은 코웃음 소리가 들려왔다. 곡수린이 흠칫 놀라 언덕 위를 바라보았다.

"어디를 그렇게 정신없이 가는 거야? 이리 와봐."

엉덩이를 털며 일어선 소녀가 대뜸 함부로 말했다.

혹시 아는 사람인가 싶어 유심히 보았지만 처음 보는 소녀였다.

"아가씨가 사람을 잘못 본 것 같소."

곡수린이 퉁명하게 대꾸해 주고 다시 걸음을 옮겼을 때였다.

이번에는 늙은이가 흐흐, 하고 음침한 웃음을 흘리고 나서 말했다.

"어린것이 겁도 없구나? 감히 아가씨가 부르시는데 무시하다니?"

곡수린은 가뜩이나 마음이 심란하던 터에 이런 어처구니없는 일을 당하자 발끈 화가 났다. 평소의 침착하던 그와는 달리 민감하게 반응한다.

"나는 노인을 본 적이 없고 저 아가씨도 그렇소. 괜한 사람에게 시비 걸지 말고 달구경이나 하다가 곱게 갈 길을 가시오."

“저런 싸가지없는 놈을 봤나!”

노인이 소리쳤고, 소녀가 훌쩍 몸을 날렸다.

“어?”

그 모습을 본 곡수린이 깜짝 놀라 눈을 휘둥그레 떴다.

언덕을 달려 내려오는 소녀의 신법이 귀신같았던 것이다.

그들은 소박한 시골 소녀로 변해 있는 장청과 그녀의 늙은 하인으로 변장한 흡혈검귀 손막소였다.

그런 것을 꿈에도 알 리 없는 곡수린으로서는 당황스럽고 어이없기만 했다.

순식간에 언덕을 달려 내려와 곡수린의 앞을 막아선 장청이 매섭게 말하며 한 손을 불쑥 내밀었다.

“내놔.”

“뭘 말이오?”

곡수린이 주춤 물러서며 잔뜩 경계한 채 검 자루를 움켜쥐고 물었다.

“흥! 내가 모를 줄 알아?”

장청이 뱀처럼 차가운 눈으로 그런 곡수린을 노려보며 품에서 금으로 만든 귀고리 한 개를 꺼내 흔들어 보였다.

“이거 말이야. 한 짝을 네가 가지고 있지?”

“허, 이거야 원.”

곡수린은 기가 막혔다.

“한밤중에 강도처럼 불쑥 나타나 길을 가로막고서는 보지

도 못한 귀고리 한 짝을 내놓으라고 떼를 쓰다니? 아가씨는
과연 제정신으로 그러는 거요?”
　그래도 화산파의 제자라는 체면 때문에 점잖게 말한다.
　장청의 눈매가 더욱 날카로워졌다.
　“잡아떼려는 거야? 흥, 마음대로 해봐. 네 옷을 홀딱 벗겨
놓고 샅샅이 뒤질 테다. 만약에 내가 이걸 찾아내면 그때는
네 눈알을 파내고 혀를 뽑아서 다시는 보지도, 말하지도 못하
게 할 테야.”
　마치 장난하듯 하는 말이 끔찍하기 짝이 없다.
　곡수린이 기어이 벌컥 화를 냈다.
　“작은 아가씨의 입담이 너무 지독하구나! 듣지 못한 걸로
하고 그냥 갈 테니 다행으로 알아라.”
　엄하게 꾸짖고 비껴가려고 하자 장청이 몸을 옮겨 다시 그
의 앞을 가로막았다.
　두 팔을 활짝 벌리고 서서 생글생글 웃는다.
　“그럼 우리 술래잡기를 해볼까? 이런 달밤에 그것도 재미
있을 거야. 네가 나를 피해서 갈 수 있으면 이 귀고리 한 짝도
마저 줄게.”
　“정말 귀찮은 아가씨로군.”
　잔뜩 눈살을 찌푸린 곡수린이 더 상대하지 않겠다는 듯 옆
으로 훌쩍 뛰었다. 그녀를 비껴가려는 것이다. 하지만 장청은
마치 그의 그림자라도 된 것처럼 따라붙었다.

여전히 두 팔을 활짝 벌린 채 앞을 가로막고 서서 생글생글 웃고 있다.

그러나 곡수린을 바라보는 두 눈만큼은 얼음처럼 차갑고 음침하게 가라앉아 있었다.

"내놔."

막무가내다.

"소저, 장난이 너무 심하오."

정색을 하고 꾸짖는 말에 장청이 하얀 이를 드러내고 웃었다.

"너는 쥐새끼야. 고양이가 쥐새끼의 목숨을 가지고 장난치며 노는 건 자연스런 일이지. 안 그래?"

"이런 고약한 일이 있나!"

양보하고 주저하며 참았던 곡수린이 기어이 버럭 화를 냈다.

"비켜라! 그러지 않으면 밀치고 갈 테다. 다치더라도 내 탓을 하지 마."

"흥! 궁지에 몰려서 발악을 해봐야 쥐새끼는 쥐새끼일 뿐이지. 제까짓 게 고양이를 어떻게 하겠어? 안 그러니?"

"에잇!"

곡수린이 힘껏 손을 뻗어 그녀의 어깨를 밀었다. 은연중에 화산파의 자하신공(紫霞神功)을 실어 죽엽수(竹葉手)의 수법으로 밀어낸 것이다.

그대로 얻어맞는다면 겉은 멀쩡해도 내부의 장기가 모조리 상하는 중상을 입게 될 게 뻔했다.

죽엽수는 이미 강호에 소문난 화산파의 지독한 면장이다. 함부로 펼칠 게 아닌 것이다.

하지만 화가 머리꼭지까지 치솟은 곡수린은 상대가 어린 소녀라는 것을 생각하지 않고 대뜸 그것을 썼다.

그의 장력이 어깨를 밀어오지만 장청은 꼼짝도 하지 않았다. 모르는 것 같다.

'내가 너무 흥분했다.'

곡수린은 저의 일장이 그녀의 어깨에 닿을 무렵에야 후회했다. 뉘우치며 급히 장력을 회수하려 했으나 이미 쏟아져 나간 장력을 모두 되돌릴 수는 없었다.

퍽, 하는 소리와 함께 장청의 어깨 어림에 그의 장력이 부딪쳤다. 그리고 곡수린이 눈을 휘둥그레 떴다. 자신의 손바닥이 마치 젖은 찰흙에 닿은 것처럼 물컹하고 미끄러졌기 때문이다.

그가 정신을 차렸을 때, 죽엽수에 실었던 자하신공은 온데간데없이 흩어져 버리고 손바닥은 장청의 어깨에서 미끄러져 덧없이 허공을 움켜쥐고 있었다.

그의 놀람이 가시지 않았는데, 눈앞에 장청의 하얀 손바닥이 어른거렸다.

쉿, 하는 작고 여린 바람 소리와 함께 한줄기 담백한 향취가 끼쳐 온다.

앗! 하고 놀란 곡수린이 칠궁운연(七宮雲衍)의 보법으로 급히 몸을 움직이며 다섯 번 방위를 바꾸었다.

그는 비로소 장청이 어리기만 한 소녀가 아니라는 걸 짐작했다.

언덕에서 달려 내려올 때의 신법을 보고 놀랐지만 심각하게 여기지는 않았었다. 어린 아가씨가 무공이 높아야 얼마나 높을 것인가 하고 안일하게 생각했던 것이다. 그런데 이처럼 부딪쳐 보고 나자 비로소 눈앞의 순박하게 생긴 시골 아가씨가 무서운 상대라는 걸 알았다.

"호호호, 저것 좀 봐. 쥐새끼는 원래 겁이 많아서 저 혼자서도 깜짝 놀라 펄쩍펄쩍 뛴다니까."

회오리바람처럼 맴돌아 한순간에 일곱 걸음이나 떨어지는 곡수린을 가리키며 장청이 까르르 웃었다.

곡수린은 얼굴이 뜨거워지고 말았다. 제가 놀란 게 그녀가 그저 손을 살랑살랑 흔든 것 때문이었다는 걸 안 것이다. 아무런 수법도 아니었다.

"나를 놀리다니!"

곡수린이 버럭 소리쳤다.

그러자 장청이 가볍게 땅을 밀며 다가왔는데, 얼음을 지치듯 가볍고 재빠르며 깨끗한 신법이었다.

눈 깜짝할 사이에 면전에 들이닥친 그녀가 아무런 말도 없이 불쑥 손을 내뻗었다.

이번에는 장난이 아니다.

급히 무릎을 굽혀 몸을 낮춘 곡수린이 매화칠권의 초식으로 그녀의 몸을 밀며 때리고 붙잡으려 했다.

"제법 재롱을 떨 줄 아는 쥐새끼였네?"

장청의 비웃음이 귓전을 긁어댄다.

하지만 곡수린은 화를 낼 여유도 없었다. 눈앞을 어지럽게 하며 이리저리 쓸어오고 덮어오는 그녀의 작은 두 손 때문이다.

대체 무슨 수법인지조차 알 수가 없었다.

휙휙거리며 스쳐 가는 경풍에 볼이 얼음에 닿은 것처럼 시렸다.

재빠르고 교묘하기가 화산파의 그 어떤 장법보다 뛰어나 보이는 장청의 솜씨에 곡수린은 기가 질리고 말았다. 어디로 움직여도 두 자의 거리를 두고 그림자처럼 따라붙는 그녀의 신법에도 기가 막힌다.

2

"너는 누구냐?"

곡수린이 창백해진 안색으로 버럭 소리치며 부지런히 주먹과 손바닥을 내뻗어 후려치고 밀어댔다. 그러나 십여 차례

화산수재(華山秀才) 곡수린(谷水潾) 51

에 걸친 그의 맹렬한 공격은 장청의 옷자락 하나 건드리지 못했다.

그녀는 정말 고양이가 되었고, 자신은 그 앞에서 쩔쩔매는 쥐새끼가 된 것 같았다.

아무리 애를 써도 장청의 작은 두 손이 펼쳐 놓은 그물에서 빠져나갈 수가 없고 뿌리칠 수가 없다.

곡수린은 절망했다.

'내가, 이 화산수재 곡수린이 고작 작은 소녀조차 어쩌지 못하고 쩔쩔매다니……'

그런 솜씨를 가지고 화산파에서도 알아주는 수재라고 으스대며 강호에 나온 자기 자신에 대하여 혐오하는 마음이 생긴다.

그 짧은 순간에 사부를 원망하고 화산파를 원망하는 마음도 깃들었다.

화산파가 오백 년의 역사를 가진 강호의 으뜸 문파이고, 자신의 사부가 그 화산파에서도 다섯 손가락 안에 꼽히는 화산오로(華山五老) 중 한 명이라는 게 부끄러워졌다.

'사부는 대체 나에게 무얼 가르쳐 준 것이며, 화산파에 대체 뛰어난 절기가 있기는 한 것일까?'

그런 회의가 드는 건 장청의 수법 앞에서 어린애처럼 쩔쩔매기만 하는 자신의 보잘것없음이 부끄러웠기 때문이다.

"역시 쥐새끼처럼 잘 도망 다니네?"

장청의 비웃음이 천둥소리처럼 머릿속에 울렸다.

너무 분하고 절망스런 나머지 이성을 잃을 지경이 된 곡수린이 으헝! 하고 범이 울부짖듯 크게 부르짖으며 온 힘을 모아 두 손을 쭉 밀어냈다.

십성에 이른 자하신공이 노도처럼 밀려 나간다.

곡수린은 그 일장에 자신의 모든 걸 걸었다.

목숨과 명예와 사랑을 한 번에 걸었으니 필사적이 될 수밖에 없다.

우르릉거리며 무섭게 밀려 나가는 장력 앞에서도 장청은 헤실헤실 웃기만 할 뿐 조금도 두려워하지 않았다.

그녀가 연약해 보이기만 하는 작은 손바닥을 가볍게 밀어냈다.

은은한 향기를 품은 한줄기 장력이 미풍처럼 부드럽게 뻗어 곡수린의 자하신공을 맞는다.

아무런 소리도 나지 않았다.

장력과 장력이 정면으로 충돌했으니 당연히 충격음이 있어야 하고, 그것에 의한 반탄력이 느껴져야 정상인데 바늘을 물에 떨어뜨린 듯 잠잠했던 것이다.

"아!"

곡수린의 안색이 창백해졌다.

'이럴 수가 있나?'

장청을 바라보는 눈에 놀람과 불신이 가득했다.

자신의 십성 공력을 실은 장력이 마치 허공을 때린 것처럼 소리없이 사라져 버렸기 때문이다. 그러나 하늘거리는 봄바람 같은 그녀의 장력은 여전히 남아서 부드럽게 밀려들었다.

그것이 가슴에 시원하고 서늘한 기운을 남긴 채 머리카락을 쓰다듬으며 스쳐 간다. 그 즉시 곡수린은 제 안에서 빠르게 퍼져 나가는 음산한 한기를 느꼈다.

"호호호호."

장청이 곡수린을 가리키며 호들갑스럽게 웃었다.

사랑에 빠진 한 소녀가 정인을 놀리며 기뻐하는 것 같다.

멍하니 그녀를 바라보는 곡수린의 안색이 빠르게 창백해져 갔다.

숨쉬기도 힘들어하는데, 마치 얼음굴에 빠진 사람처럼 숨을 내쉴 때마다 허연 입김이 뿜어져 나왔다.

그는 이제 이를 악물고 온몸을 잔뜩 웅크린 채 덜덜덜 떨고 있었다.

장청을 바라보는 눈에 두려움과 원망과 한이 가득 서려 있다.

장청이 사뿐사뿐 다가와 그런 곡수린의 이마를 콕콕 찌르며 다정하게 말했다.

"너는 죽을 거야. 나의 빙옥청살장에 제대로 맞았거든. 절대로 살아날 수 없어."

곡수린은 무어라고 욕을 해주고 싶었다. 그러나 턱을 덜덜 떨며 한기와 싸우느라 아무 말도 할 수가 없었다.

장청이 노래하듯 흥얼거렸다.

"앞으로 칠 일 동안 온갖 참혹한 고통을 겪을 텐데, 피가 얼음보다 차가워지고, 혈맥이 꽁꽁 얼어서 조금씩 파괴되어 가는 고통은 상상할 수도 없을걸? 칠 일 동안 네가 과연 그 고통을 견딜 수 있을지 궁금해."

"으으……."

"칠 일 후에 너는 꽁꽁 얼어버릴 거야. 누가 건드리기만 해도 쨍, 하고 깨져 버리지. 산산조각나는 거야. 어때? 재미있겠지?"

장청은 말하는 동안 내내 곡수린의 뺨을 쓰다듬었다.

누가 멀리서 보았다면 밝은 달빛 아래에서 한 소녀가 정인을 쓰다듬으며 꿀보다 달콤한 사랑의 말을 소곤거리는 줄 알 것이다.

"이, 이, 이 악독한… 년……."

곡수린이 턱을 덜덜 떨며 겨우 말했다.

그는 빙옥청살장(氷玉靑殺掌)이 무엇인지 알지 못했다. 처음 들어본다.

하지만 그것이 지독한 음기를 가진 사악한 장법이라는 건 이제 너무 잘 알게 되었다.

일전에 흡혈검귀 손막소의 음장에 당했던 것보다 더 지독한 음장이었던 것이다.

순식간에 죽지 않고 칠 일 동안 온몸의 혈관과 혈맥과 조직이 서서히 얼어붙는 고통을 맛보아야 한다면 그건 너무 가혹하고 잔인한 일이라는 생각이 들었다.

하지만 자신은 이제 아무것도 할 수 없는 무력한 몸이 되었으니 스스로 죽을 수도 없지 않은가.

그런 생각이 곡수린에게 절망과 공포와 증오를 가져다주었다.

그의 마음을 잘 안다는 듯 장청이 곡수린의 싸늘해진 뺨을 부드럽게 어루만지며 말했다.

"살 수 있을지도 모른다는 희망 따위는 버려. 빙옥청살장의 음기를 해소할 사람은 이 넓은 천하에 오직 나뿐이니까 말이야."

곡수린의 증오로 이글거리는 눈빛마저 얼어붙고 있다.

"대라신선이 온다고 해도 어쩔 수 없지. 그런데 나에게는 너를 살려주고 싶은 마음이 조금도 없거든? 그러니 어쩌겠어? 그냥 서서히 얼어 죽어야지. 안 그래?"

그 지독하고 악독한 말이 빙옥청살장보다 더욱 차갑게 곡수린의 가슴속으로 파고들었다.

"말해봐. 내 귀고리 한쪽을 누가 가지고 있지? 그걸 말해주면 지금 죽여줄 수도 있어."

'그녀가 나를 당장 죽여준다면 칠 일 동안 이 고통을 겪지 않아도 될 것이다.'

곡수린에게는 이제 그 생각만 가득할 뿐 다른 아무것도 생각나지 않았다.

벌써 내 정신마저 얼어붙어 가고 있는 건 아닌가? 하는 의심이 들면서 더욱 겁이 난다.

"우, 운… 몽……."

그가 자꾸만 몽롱해져 가는 정신을 억지로 추스르며 가까스로 말했다.

그래 놓고 스스로 깜짝 놀랐다.

'어떻게 된 거냐? 나는 누가 그것을 가졌는지 알지 못하는데 왜 그의 이름을 말해 버렸지?'

당장 후회했지만 덜덜 떨리는 턱으로는 더 이상 말을 할 수 없었다.

곡수린의 가슴속에는 운몽에 대한 원망이 가득했는데, 때문에 이런 극한의 공포에 내몰리자 저도 모르게 그의 이름이 튀어나왔던 것이다.

운몽이라는 놈도 이 악녀를 만나 나처럼 이렇게 당했으면 고소하겠다는 못된 마음이면서, 그가 불쑥 나타나 다시 구해주었으면 하는 절실한 소망이기도 했다.

운몽이 흡혈검귀 손막소의 수라음살장에서 자신과 담옥상을 구해주었던 일을 잊지 않고 있는 것이다.

그런 상반된 마음 때문에 곡수린은 더욱 혼란스러워졌고, 그래서 저도 모르게 그의 이름을 중얼거리고 말았다.

장청의 눈매가 매서워졌다.

"흥! 역시 그놈이었단 말이지? 죽일 놈 같으니."

'운몽을 알고 있단 말인가?'

곡수린의 머릿속에 그런 의문이 들었다.

장청이 불쌍하다는 얼굴로 그를 물끄러미 바라보았다.

곡수린 또한 그녀를 마주 보았는데, 그의 열망은 이제 한 가지뿐이었다. 그녀가 저를 통쾌하게 죽여주기를 바라는 것이다.

하지만 장청에게는 그럴 마음이 없었다.

그녀가 싸늘하게 코웃음 치고 귀찮다는 듯 손사래를 쳤다.

"됐어, 이제 꺼져 버려. 어디로든 네 마음대로 가."

곡수린이 남은 힘을 다해서 쥐어짜듯 겨우 말했다.

"나, 나, 나를… 죽, 죽여……."

"흥, 내가 왜?"

"……."

"지금 죽여줄지 말지는 내 마음이야. 나는 생각이 바뀌었어. 네가 사실을 말했어도 죽이지 않을 거야. 호호호—"

"이, 이… 악독한 년……."

"흥, 너 같은 쥐새끼는 온갖 고통을 느끼면서 천천히 죽어버려야 해. 그래도 내 화는 풀리지 않을 거야. 화산수재라고? 핏, 우리 집 부엌의 쥐새끼라도 너보다는 낫겠다. 그럼 수고해."

장청이 지독한 조롱의 말을 던지고 홀가분하게 돌아섰다.

콧노래를 흥얼거리며 손막소와 함께 멀어지는 그녀의 뒷모습을 바라보던 곡수린의 두 눈에서 눈물이 흘러내렸다.

제 처지가 이렇게 된 게 비참해서이고, 그녀 앞에서 죽여달라고 애원했던 일이 부끄러워서였다. 그리고 운몽에 대한 미안한 마음이 그를 더욱 참혹한 심정으로 떨어뜨렸다.

'내가 이렇게 비겁한 놈이었단 말인가?'

그런 생각에 더욱 자학하게 된다.

화산에서 도를 수행하고, 정종심법을 닦으며 몸과 마음이 모두 정갈해졌다고 믿었는데, 죽음의 공포 앞에 놓이자 그 모든 게 물거품처럼 사라져 버렸다. 미워하는 마음과 시기하는 마음이 두려움과 범벅이 되었을 뿐이다.

곡수린은 그런 자신을 욕하고 저주하며 비틀비틀 걸음을 옮겨놓았다.

어디든 사람들의 눈에 띄지 않는 한적한 곳을 찾아 죽음을 맞으려는 것이다.

온몸이 갈수록 차가워지고 덜덜 떨려서 걸음을 걷기조차 힘들었지만 그는 이를 악물고 조금씩 멀어져 갔다.

밤이 더욱 깊어졌고, 몇 마리의 늑대가 어슬렁거리며 다가왔으나 곡수린의 몸에서 뿜어지고 있는 한기에 놀란 듯 재채기를 하며 달아나 버렸다.

곡수린은 검을 지팡이 삼아 간신히 한 걸음씩 옮겨놓고 있었는데, 자신이 어디로 가고 있는지, 무엇을 하고 있는지조차 모르는 사람 같았다.

얼마나 더 시간이 흘렀을까, 눈에 보이던 흐릿한 풍경이 갑자기 사라져 버렸다.

멀리서 희뿌연 새벽빛이 하늘을 물들여 오고 있을 무렵이었다.

곡수린은 천 길의 단애 위에 우뚝 서 있었다.

밋밋하던 황토 평원이 갑자기 쩍 갈라져 버린 것처럼 발아래 까마득한 골짜기를 드리웠던 것이다.

그래서 깎아지른 절벽이 되어버린 그 평원의 끝에 곡수린은 위태롭게 서 있었다.

깊고 넓은 골짜기였다. 저쪽 끝까지 족히 삼십여 장은 떨어져 있다.

거기에서 다시 밋밋한 황토 평원이 이어지고 있었지만 새가 아닌 이상 골짜기를 건너갈 수가 없다.

곡수린은 자꾸만 흐려지는 눈을 애써 부릅뜨며 자신의 발아래를 내려다보았다.

시커먼 어둠에 싸여 바닥이 보이지 않는 깊은 골짜기를 멍하니 바라보던 그의 눈에 기쁨이 어렸다.

칠 일 동안 이 고통을 견디느니 여기서 제 스스로 목숨을 끊어버리는 게 좋다고 생각한 것이다.

한 걸음만 내딛으면 천 길의 벼랑 아래로 떨어져 흔적조차 찾을 수 없이 부서져 버릴 것이다.

죽음의 두려움과 유혹 앞에서 곡수린은 망설이며 눈물만 뚝뚝 떨어뜨렸다.

지나온 자신의 모든 삶이 주마등처럼 머릿속에 떠오르고 사라져 갔다.

사부와 사형제들의 얼굴이 차례로 떠오른다.

곡수린이 이를 악물고 머리를 털 듯이 흔들었다.

대단한 줄 알았던 제 무공이 실은 이렇게 보잘것없는 것에 지나지 않았다고 생각하자 분했다.

화산파의 무공이라는 게 그 어린 계집애의 두 손도 당하지 못할 정도밖에 되지 않는다는 데에 실망이 커진다.

그럴 리도 없지만, 만약 살아서 화산으로 돌아갈 수 있다고 해도, 그래서 화산파의 무공을 대성한다고 해도 그 어린 계집 애를 이길 수 있을 것 같지 않았다.

그렇게 생각하자 한 가닥의 희망마저도 사라져 버렸다.

죽어버리는 것만이 이 고통과 치욕에서 벗어나는 유일한 길이라는 생각만 커진다.

문득 상문경의 차갑고 도도한 얼굴이 떠올랐다. 그러자 가 슴이 아파왔다.

자신의 마음을 몰라주고, 조금도 관심조차 주지 않았던 그녀.

하지만 운몽을 바라볼 때면 싸늘하던 눈에 따뜻한 정감이 가득해지지 않았던가.

그 생각을 하자 서러움이 왈칵 밀려들었다. 운몽에 대한 원망도 다시 생겨난다.

'죽자. 더 이상 살아서 무엇하랴.'

그가 덜덜 떨리는 발을 뻗었다.

잠깐 망설이지만 이내 허공을 밟는다.

곡수린의 몸이 기우뚱하고 앞으로 기울었다. 돌부리에 채여 넘어지는 것 같다.

그리고 이내 천 길의 벼랑 아래로 까마득히 떨어져 내렸다.

귓전에 스쳐 가는 매서운 바람 소리와 빠르게 어두워지는 눈앞의 경물들.

곡수린은 질끈 눈을 감아버렸다.

자유로웠다.

제 몸이 둥실 허공에 떠 있는 것 같은 착각이 들었다.

두 팔을 벌리면 새처럼 훨훨 날 수 있을 것 같다.

중심을 잃은 몸이 낙엽처럼 맴돌았다. 어지러웠다.

이렇게 끝나는 게 인생이라면 참 허망하다는 생각도 들었다.

도대체 무엇 때문에 살아왔던가. 무엇을 잡으려고 그토록 열심이었던 것일까.

이렇게 잠깐이면 끝나 버릴 목숨인 것을…….

'아플까?'

불쑥 그런 생각이 스쳐 갔다.

저 아래, 까마득하고 어두운 바닥에 철썩, 하고 떨어지는 그 순간에 고통을 느낄 수 있을까? 하는 생각이다.

온몸이 흙덩이처럼 부서지고, 살과 뼈가 흔적도 없이 흩어져 버리는 그 순간에 과연 고통을 느낄 수 있을까?

피식 웃음이 나왔다.

그렇게 떨어져 간다.

출렁―

끝없는 심연으로 빠져들어 가는 것처럼 추락하던 곡수린의 몸이 부드럽고 질긴 그물에 걸렸다.

그의 무게를 감당할 수 없는 듯 날카로운 소리를 내며 늘어졌던 그것이 다시 곡수린의 몸뚱이를 허공으로 튕겨 올렸다.

절벽을 따라 늘어져 있는 넝쿨풀들이 이리저리 얽혀 질긴 그물처럼 늘어져 있었는데, 그것에 걸렸던 것이다.

그의 몸뚱이가 맥없이 허공으로 던져지자 절벽 면을 뒤덮고 있던 넝쿨풀들 속에서 막강한 흡입력이 생겨 솟구쳐 오른 그의 몸뚱이를 빨아들였다.

감추어져 있던 동굴이 절벽의 입인 것처럼 흡, 하고 숨을 들이마셔서서 빨아들이는 것 같았다.

그것을 아득히 느끼면서 곡수린은 의식을 잃고 말았다.

얼마나 시간이 지났는지 모른다. 낮인지 밤인지도 알 수 없다.

눈을 뜬 곡수린은 제가 지금 지옥에 와 있다고 믿었다. 음습하게 몸을 적시고 있는 습기와 한 치 앞을 내다볼 수 없는 어둠, 그리고 숨을 쉬기 거북하게 만드는 고약한 냄새가 가득했던 것이다. 시체가 썩는 그런 냄새였다.

곡수린은 죽어서까지 제 팔자가 이처럼 기구하다는 데에 기가 막혔다. 절로 한숨이 나온다.

"흥."

어둠 속에서 불쑥 들려온 차가운 코웃음 소리.

곡수린이 불에 덴 듯 깜짝 놀라 두리번거리지만 보이는 건 아무것도 없었다. 코앞을 알아볼 수 없는 칠흑의 어둠 속인 것이다.

'저승사자가 분명해. 아니면 지옥에 떨어진 군생들을 고문하는 나찰일 거야.'

그런 생각에 등골이 으스스해졌다.

음침한 어둠이 품고 있는 한기가 뼛속에 스며들지만 이미 제 몸 안에 더할 수 없이 지독한 음기를 채워 넣고 있는 곡수린으로서는 아무것도 느낄 수 없었다.

뼈와 근육이 얼어가는 지독한 느낌만 그를 끔찍한 고통으로 몰아갈 뿐이다.

'이상하다? 내가 죽지 않았단 말인가? 죽었다면 어찌 아직
도 음한지기에 의한 고통을 느낀단 말인가?'

곡수린은 턱을 덜덜 떨면서 그런 생각을 했다.

죽은 자에게 고통이 남아 있을 리 없지 않은가. 하지만 자
신이 살았을 리가 없으니 더욱 혼란스러워진다.

그가 의아해하는데 어둠 속에서 또다시 코웃음 소리와 함
께 음산하고 끔찍한 음성이 들려왔다.

"너는 누구냐? 설마 내 먹이란 말이냐?"

마치 쇳조각 두 개를 비벼대는 것 같은 소리였다. 소름이
돋고 귀가 따가워져서 견딜 수가 없다.

제 귀를 틀어막고 웅크렸던 곡수린이 떨리는 음성으로 물
었다.

"누구십니까? 제가 죽었습니까? 살았습니까?"

"흥, 죽은 것도 아니고 산 것도 아니니 좋지도 나쁘지도 않
지. 그리고 너는 아직도 나의 물음에 대답하지 않았다."

다시 그 끔찍한 소리가 들려왔으므로 곡수린이 '악!' 하고
비명을 터뜨리며 제 귀를 막고 뒹굴었다. 하지만 그 소리는
사라지지 않고 그의 머릿속으로 파고들었다.

괴인이 다시 물었다.

"말해라. 너는 대체 누구지? 왜 이곳에 떨어졌느냐?"

곡수린이 덜덜 떨리는 제 턱을 누르며 겨우 말했다.

　"저는, 저는 화산파의 제자입니다. 곡수린이라고 하지요. 몸에 지독한 부상을 입었으므로 스스로 죽으려고 했던 것이랍니다."

　그 말을 하는 데 한참의 시간이 걸렸다. 그동안 묵묵히 듣고 있던 괴인이 머리를 갸웃거렸다.

　"그래? 화산파의 어린아이란 말이지? 하지만 나와는 상관없는 일이다. 내 관심은 오직 하나인데 그게 참 선택하기 어렵단 말이야. 도대체 내가 너를 먹어야 하느냐, 말아야 하느냐? 너는 내가 어떻게 했으면 좋겠느냐?"

　'누구인지 모르지만 저자는 분명 지옥의 나찰일 것이다.'

　곡수린은 그렇게 믿었다. 그렇지 않고서야 어찌 산 사람을 잡아먹을지 말지 고민한단 말인가.

　하지만 잡아먹힐 땐 잡아먹히더라도 당장 머릿속을 긁어대는 고통은 면하고 싶었다.

　곡수린이 이를 딱딱 부딪치며 한마디 한마디를 힘겹게 말했다.

　"제발 아무 말도 하지 말아주십시오. 더는 견디지 못하겠습니다. 아니면 차라리 지금 통쾌하게 저를 죽이고 뜯어 먹으십시오. 그게 낫겠습니다. 저는 손가락 하나 움직이기도 힘들 정도로 기력이 쇠해 있으니 쉬운 일일 것입니다."

　그 말이 효과를 보았을까? 잠시 침묵이 흘렀다. 귓속에 이명이 들릴 만큼 절대의 적막이 된다.

“휴—”

어둠 속에서 낮게 한숨 쉬는 소리가 들려왔다. 그러더니 이글거리는 두 개의 차가운 빛이 불쑥 떠올랐다. 그리고 쩔그렁거리며 쇳덩이가 돌바닥에 끌리는 소리가 가까워진다.

곡수린은 너무 놀라고 두려워서 제 몸 안에 있는 한기마저 잊을 지경이 되었다.

주저앉은 채 필사적으로 엉덩이를 밀며 물러나려 하지만 몸이 얼어붙은 것처럼 꼼짝도 하지 않았다.

어떻게 했는지, 팟! 하는 가벼운 소리가 나더니 주위가 희미하게 밝아졌다.

어리둥절해서 돌아본 곡수린은 비로소 제가 동굴 안에 들어와 있다는 걸 알았다.

‘내가 왜?’

그런 의문이 들었다.

저는 분명 천 길의 절벽 위에서 몸을 던졌지 않은가.

지금쯤은 살과 뼈가 산산이 흩어져 사라지고 없어야 한다.

그런데 이렇게 살아서 동굴 안에 들어와 있으니 어리둥절해질 수밖에 없었다.

‘잠시 악몽을 꾼 걸까?’

그런 생각도 들지만, 빙옥청살장의 지독한 음기를 느끼고 있으니 결코 꿈이 아니었다는 걸 알 수 있다.

천천히 눈길을 돌린 곡수린이 ‘억!’ 하고 놀란 외침을 터뜨렸다.

　동굴 벽에 낡은 유등이 하나 걸려 있는데 그것의 심지에 불이 붙어 있고, 그 불빛 아래 한 사람의 괴인이 우뚝 서 있었기 때문이다.

　얼마나 오랫동안 자르지 않았던지 눈처럼 하얀 머리카락이 길게 늘어져 뒤꿈치를 덮고 있었다. 그러니 그가 남자인지 여자인지, 늙었는지 젊었는지 알아볼 수가 없다.

　얼굴마저 온통 머리카락으로 뒤덮여 있는데, 그 속에서 이글거리는 두 개의 눈빛이 흘러나오고 있었다.

　괴인의 두 발과 손에는 족쇄와 수갑이 채워져 있고, 굵은 쇠사슬로 이어져 있었다. 그것이 땅에 끌리는 소리가 쩔그렁거리며 음산하게 들린다.

　"다, 다, 당신은… 사람입니까, 귀신입니까?"

　곡수린이 한기마저 잊을 만큼 놀라 덜덜 떨며 간신히 물었다.

　괴인이 머리카락 속에서 말했다.

　"음식 대신 네가 떨어졌으니 너는 내 음식이냐? 아니면 대체 뭐지? 너는 스스로 죽으려고 떨어졌다고 했는데, 그렇다면 스스로 내 먹이가 되기로 작정했던 것이냐? 이상하구나. 나에게 음식을 가져다주던 그자는 대체 어떻게 된 거지? 왜 네 녀석이 스스로 떨어졌을까?"

　머릿속을 긁어대는 쇳소리는 아니었지만 까마귀가 우는

듯하여 여전히 듣기 거북한 음성이었다. 남자인지 여자인지 더욱 알 수가 없다.

곡수린이 턱을 덜덜 떨며 말했다.

"누가 이곳에 먹을 걸 가져다준단 말씀입니까? 어떻게요?"

이곳은 깎아지른 절벽의 중턱에 있으니 의아하기만 했다.

괴인이 흐흐, 웃고 나서 말했다.

"매월 한 번씩 먹을 걸 떨어뜨려 주지. 그러면 동굴 아래의 넝쿨에 걸려 출렁거리느니라. 나는 그걸 받아먹고 살아온 것이야."

"그랬군요."

곡수린은 비로소 제가 넝쿨에 걸려 튕겨져 올랐을 때 괴인이 저를 빨아들인 이유를 알게 되었다.

마침 그때가 음식이 떨어질 무렵이었고, 괴인은 곡수린이 음식인 줄 알고 격공섭물(隔空攝物)의 신공으로 빨아들였던 것이다.

第三章
기연이라는 것

곡수린이 부르르 몸을 떨고 다시 말했다.

"저는 스스로 죽으려는 결심을 품고 절벽에서 뛰어내렸을 뿐, 당신을 위한 먹이는 아닙니다."

"그럼 내가 너를 먹어서는 안 된다는 것이냐?"

"당신은 그렇게 할 수 있을 것입니다. 보다시피 저는 몸에 엄중한 내상을 입어 죽어가고 있는 중이니까요. 당신이 저를 뜯어 먹는다고 해도 꼼짝할 수 없으니 참으로 한심한 일이지요."

곡수린이 탄식하고 조금 더 침착해진 얼굴로 다시 말했다.

"제 몸을 뜯어 먹어도 좋으니 제발 저를 빨리 죽여주십시오. 그러면 저승에 가서도 당신께 감사할 것입니다.”

“너는 왜 그렇게 죽으려고 하는 거지?”

괴인이 의아한 듯 물었다.

곡수린이 한숨을 쉬었다. 허연 입김이 풀풀 뿜어지고 냉기가 동굴 안을 얼릴 듯하다.

“살아도 며칠 살지 못할 텐데 그 삶이 죽는 것보다 고통스럽다면 당신은 그래도 며칠을 더 살고자 하시겠습니까?”

무엇을 생각하는지 한동안 말이 없던 괴인이 입을 열었다. 더욱 음침해진 음성이 천천히 흘러나온다.

“죽지 않게 된다면?”

“뭐라고요?”

곡수린의 눈이 휘둥그레졌다.

“흥, 네가 감히 내 앞에서 죽는 걸 말하다니. 너는 솔직히 말해봐라. 정말 죽고 싶은 거냐? 아니면 살고 싶으냐?”

“살 수 있다면 어찌 죽을 걸 바라겠습니까? 다만 살아도 산 게 아닌 처지가 될 것이라 그게 더 두렵지요.”

“좋다. 계절이 오십여 번 바뀌는 동안 나를 찾아온 사람이라고는 네가 처음이니 그것 또한 보통의 인연이 아니지. 내가 너를 살려주겠다.”

곡수린의 눈이 더욱 커진다. 그가 놀라서 ‘아!’ 하고 탄성을 터뜨렸다.

“당신은, 당신은…… 오십여 년 동안이나 이곳에서 이렇게

살고 있었단 말입니까? 정말 그렇다면 들어보지 못한 괴사(怪
事)로군요. 어떻게 이런 곳에서 그 오랜 세월 동안 홀로 살 수
있단 말입니까? 저는 믿을 수가 없습니다.”

“흐흐, 네가 믿든 믿지 않든 상관없다. 너는 살 생각이 있
느냐?”

“당신이 나를 살려주실 수 있다면 당연히 살고 싶지요. 하
지만 저는 지독한 음장(陰掌)에 맞은지라 대라신선이 온다고
해도 제 몸에 들어온 음독을 해소할 수가 없을 것입니다.”

“흥, 누가 그러든?”

“이 악독한 음장으로 나를 때린 사람이지요.”

“누구인지 지독한 허풍쟁이로구나. 세상에 해독하지 못할
독장이 어디 있단 말이냐? 나는 그런 말을 들어보지 못했다.”

괴인의 말에 곡수린은 한 가닥 희망의 빛을 보았다. 그건
절망 속에서 갑자기 비쳐든 것이기에 더욱 크고 간절했다.

곡수린이 덜덜 떨리는 손을 가슴 앞에 모으고 꾸벅꾸벅 머
리를 숙이며 말했다.

“정말 이 음장의 독을 해소시킬 수 있다면 제발 저를 살려
주십시오. 그 은혜는 잊지 않겠습니다.”

“그 대신 너는 나를 위해 한 가지 일을 해주어야 한다. 할
수 있겠느냐?”

“한 가지가 아니라 열 가지, 백 가지라도 약속하겠습니다.”

괴인의 눈빛이 당장 싸늘해지고, 듣기 거북한 음성에 미움

이 담겼다.

"홍, 그렇게 말하는 놈치고 제대로 약속을 지키는 놈이 없지. 너는 당장 제 목숨만 구하고 보자는 생각으로 함부로 말하는 게 분명해."

"그렇지 않습니다. 소생은 화산의 문하로서 신의가 얼마나 크고 중요한지 배워 알고 있습니다."

곡수린이 다급하게 말하자 그의 심중을 꿰뚫어 보기라도 하려는 듯 한동안 쏘아보던 괴인이 비로소 말투를 부드럽게 하여 다시 말했다.

"그렇다면 너는 나에게 한 약속을 반드시 지킬 수 있겠구나?"

비록 말투가 부드러워졌다고 해도 여전히 까마귀가 우는 듯 듣기 거북한 음성이었다. 하지만 곡수린은 이제 그것을 생각할 여유가 없었다. 괴인의 손에 자신의 운명은 물론 목숨이 달려 있다는 걸 아는 터라 더욱 간절해지기만 했다.

"맹세하겠습니다."

"좋다. 나는 너에게 많은 것을 바라지 않겠다. 네가 내 이름으로 한 사람을 죽여준다면 그걸로 족하다."

그 말을 할 때 괴인의 어조에는 증오와 원망이 가득했고, 온몸에서 날 선 칼날 같은 살기가 뻗어 나왔다.

"아!"

곡수린이 깜짝 놀라 괴인을 바라보았다. 가슴이 철렁하고 내려앉는다. 두려웠다.

그가 설마 자기 대신 사람을 죽이라는 조건을 내걸 줄 몰랐던 것이다.

어렸을 때부터 사문의 존장들로부터 올바른 가르침을 받고 자라온 곡수린에게 괴인의 조건은 당혹스러운 것이었다.

"그는, 그는… 어떤 사람입니까?"

"왜? 혹시 그가 네 사부일까 봐 그러는 것이냐?"

"그럴 리가 없겠지요. 하지만 어쨌든 저는 아무 죄도 없는 사람을 죽이고 싶지 않습니다."

"흐흥, 꼴에 화산파의 제자랍시고 정의감을 내세우는구나? 좋다. 그렇다면 너는 여기서 죽어라. 내가 너를 살려주지 않았다고 원망할 수도 없겠지. 네가 죽은 다음에 나는 네 살을 뜯어 먹어 시장기를 면해야겠다."

곡수린이 점점 죽음의 그늘이 짙게 드리우는 얼굴로 멍하니 괴인을 바라보았다.

'이 사람은 정말 냉정하구나. 아니, 냉혹하다고 해야 할 것이다. 내가 약속을 하지 않는 이상 정말로 나를 위해서 손가락 하나 까닥하지 않을 것이다. 그렇다면 나는 이렇게 죽을 수밖에 없구나.'

그런 생각이 들어 가슴이 미어지는 것 같았다.

왜 죽어야 하는지도 모르고, 자신을 이렇게 만든 그 소녀가 누구인지도 모르는 채 죽는다면 한을 품은 귀신이 되어 구천을 떠돌 것이다.

'살아서는 상 소저에 대한 연정 때문에 초라해지더니 죽어서는 저승에 들지도 못하는 원귀가 되어야 한단 말인가? 그건 너무 억울하다.'

그런 생각도 든다.

곡수린의 눈에서 절로 두 줄기 눈물이 주르륵 흘러내렸다.

그것을 바라보던 괴인이 측은하다는 듯 말했다.

"그냥 눈 딱 감고 한 사람만 죽이면 되는 일인데 뭐가 그렇게 어려워? 강호인의 목숨이라는 게 늘 죽음과 직면해 있지 않느냐? 네가 죽이지 않아도 그놈은 늙어서라도 죽게 될 것이다. 나는 다만 그렇게 되는 꼴을 보고 싶지 않다는 것뿐이야."

곡수린은 다시 생각했다.

'그렇다. 강호에 나온 이상 언제 어떻게 죽을지 모르는 목숨 아닌가. 그러니 늘 죽음을 곁에 두고 산다는 게 맞는 말이다. 내가 딱 그 꼴이지.'

그런 생각의 끝에는 독한 마음이 찾아왔다.

'내가 죽이지 않아도 다른 누군가에 의해 죽을지도 모르고, 괴인의 말처럼 늙어서 죽을 수도 있다. 어쨌든 죽는다는 건 다름없지 않은가. 한 사람을 죽이지 않으면 내가 죽고, 내가 살기 위해서는 한 사람을 죽여야 한다는 것도 따지고 보면 이치에 합당한 일이다. 하나를 더하고 하나를 빼는 것처럼 한 사람이 살았으니 한 사람이 죽어야 조화가 이루어졌다고 할 수 있지 않겠는가?

그런 생각으로 자신을 유혹하는 건 이렇게 허망하게 제 삶을 마칠 수 없다는 간절함 때문이었다.

상문경을 만나 그녀의 사랑을 얻어야 하고, 그 요악한 계집애를 찾아 복수해야 하며, 강호에 이름을 드날리고, 장차 화산파의 장문인이 되어야 하지 않겠는가.

저의 그런 소망을 떠올리자 더욱 살고 싶어진다.

곡수린이 망설임을 던져 버리고 힘껏 말했다.

"하겠습니다! 저를 살려주신다면 당신을 대신해 한 사람을 죽여서 은혜를 갚겠습니다!"

"흐흐흐, 잘 생각했다."

곡수린이 허락한 즉시 괴인이 수갑에 이어진 쇠사슬을 쩔 그렁거리며 손을 뻗어 완맥을 움켜쥐었다.

차갑고 단단한 쇠 집게에 걸린 것처럼 꼼짝할 수가 없다.

"응?"

잠시 곡수린의 몸 상태를 살펴보던 괴인이 놀라더니 다른 한 팔을 뻗어 어깨를 꽉 움켜잡았다.

창으로 찌르는 것 같은 고통 때문에 곡수린은 신음을 흘렸다. 이를 악물고 진땀을 뻘뻘 흘린다.

괴인의 얼굴을 뒤덮고 흘러내린 백발 사이로 스산한 눈빛이 쏟아져 나왔다.

"너는 누구에게서 이 장력을 맞았지?"

"그건, 그건……."

곡수린은 장청이 누구인지 알지 못한다. 그러니 뭐라고 말해줄 수가 없다.

괴인이 다시 음산하게 말했다.

"늙은이더냐? 젊은이더냐? 아니, 중년일 수도 있겠군."

"그렇지 않습니다. 나이 어린 소녀였습니다."

"뭐라고? 어린 계집애였다고?"

괴인이 깜짝 놀랐다. 더욱 으스스한 한광을 뿜어내는 눈으로 곡수린을 노려보며 말한다.

"흐흐, 네가 이 지경이 되고서도 나를 놀리려는 것이냐?"

"그럴 리가 있습니까? 저는 한 소녀에게서 이 지독한 음장을 맞았고, 달리 대항할 수도 없었습니다. 그녀가 누구인지도 모르는데 이와 같은 일을 당했으니 원통하고 분할 뿐입니다."

죽어가는 곡수린이 거짓말을 할 리 없다고 여긴 괴인이 침묵했다.

그의 어깨를 쥐었던 손을 슬그머니 풀고 나서 한참 만에야 다시 말했는데, 혼자서 중얼거리는 것 같기도 했다.

"이상한 일이다, 이상한 일이야. 그는 갑자기 마음이 변하여 어린 계집애를 제자로 받아들였단 말인가? 아니면 벌써 죽어 몸뚱이가 썩어버렸는데, 어린 계집애가 우연히 비급을 얻어 스스로 익힌 것일까? 아, 정말 알 수 없구나. 그가, 그가…
설마 아직도……."

그 뒤로도 고개를 갸웃거리며 무어라고 더 중얼거렸는데
알아들을 수 없었다.

기다리던 곡수린이 참지 못하고 물었다.

"선배님은 정말 저를 살려주실 수 있습니까?"

이제 그는 괴인을 선배라고 불렀다. 그가 강호의 기인이자
괴인이라는 걸 알았기 때문이다.

번쩍거리는 눈으로 한동안 노려보던 괴인이 음침하게 말
했다.

"흐흐흐, 내가 이것을 모를 줄 아느냐? 빙옥청살장은 천하
에 둘도 없는 음장이지. 천하가 넓고 고수의 반열에 든 자가
모래알처럼 많으니 강호에는 도대체 몇 개의 신공이 있는지
헤아릴 수 없다. 하지만 빙옥청살장같이 지독한 음장은 다시
없고, 그것을 익힌 자는 딱 한 명이 있을 뿐이다."

"아, 선배님은 이 음장에 대하여 잘 알고 계셨군요?"

"흐흐흐, 이것이 다시 나타났으니 강호가 피에 잠기고 주
검이 산을 이루겠구나. 잘됐다. 잘된 일이야. 모두 다 죽어버
리라고 해."

괴인의 지독한 말에 곡수린이 부르르 몸을 떨었다.

머릿속에 불쑥 한 가지 생각이 떠오른다.

'혹시 숭의산장에서 보았던 핏빛 깃발과 괴인이 말하는 사

람이 관련있는 게 아닐까? 그 깃발을 보자마자 강호의 명숙들이 하나같이 사색이 된 얼굴로 떨지 않았던가.'

그때의 일을 생각하는데, 괴인이 곡수린의 머릿속을 들여다보기라도 하듯이 물었다.

"너는 무엇을 생각하지?"

곡수린이 깜짝 놀라 황급히 말했다.

"아무것도 아닙니다. 저는 다만 정말 살 수 있을까? 하는 걸 생각했을 뿐입니다."

"흥, 네 녀석은 운이 매우 좋다고 해야 할 것이다."

'그렇지 않소. 운이 좋다면 내가 어찌 그 요악한 계집애의 손에 걸려 이와 같은 꼴이 되었겠소?

그런 불만이 가득했지만 곡수린은 감히 입을 열어 말하지 못했다.

괴인이 다시 까마귀가 웅얼거리는 것 같은 음성으로 말했다. 도대체 감정이 깃들어 있지 않았고, 쉰 듯한 억양인지라 알아듣기 힘들다.

"이 넓은 천하에서 나를 만나기란 하늘의 별을 따는 것보다 어려운 일인데 이렇게 만났으니 그렇지. 이 지독한 음장의 한기를 해소할 수 있는 사람은 그를 제외하고 딱 두 명이 있을 뿐인데 그중 한 사람이 바로 나라는 걸 너, 꼬마 녀석이 어찌 짐작이나 했겠느냐?"

"아, 선배님은 정말 빙옥청살장을 다스릴 수 있는 분이시군요?"

곡수린이 기쁨으로 소리쳤다. 이제는 살 수 있다는 희망이 더 커졌다.

"명심해라. 너는 나에게 약속을 지키겠다는 맹세를 했다는 걸."

"결코 잊지 않겠습니다. 뼈가 부서지고 몸이 가루가 되지 않는 한 반드시 선배님이 말씀하신 사람을 죽여 약속을 지키고 구명지은에 보답하도록 하겠습니다."

"흐흐흐, 좋다. 하지만 만에 하나라도 네 녀석이 약속을 지키지 않는다면 나는 금제를 깨고 동굴 밖으로 나가 너를 붙잡아서 갈기갈기 찢어놓고 말 테다. 그뿐 아니라 화산파의 도사는 물론 살아 있는 것들을 모두 죽이고, 화산에 불을 질러 다시는 세상 사람들이 화산이라는 걸 알지 못하고, 화산파가 이 땅에서 영영 사라져 버리게 할 테다."

"으으으─"

너무 끔찍하고 무서운 말에 곡수린이 진저리를 쳤다. 허풍이라고 할지라도 그건 두 번 다시 생각하기도 싫은 말이었던 것이다.

괴인이 곡수린을 옆구리에 끼더니 손가락을 튕겨 유등의 불을 껐다. 그리고 박쥐처럼 어둠에 조금도 구애받지 않고 동굴 깊숙이 달려들어 갔다.

마치 발이 땅에 닿지도 않는 것 같았다. 허공에 둥둥 뜬 채

물살에 나뭇잎 떠내려가듯 그렇게 유연하고 거침없이 이동하는 것이다.

2

벽면에 주먹만 한 야명주 몇 알이 박혀 있어서 동굴 안에는 은은한 빛이 감돌고 있었다.

물속에 들어앉아 있는 것처럼 푸르고 음침한 빛으로 가득 차 있다.

그곳은 하나의 석실이었는데, 괴인이 침실로 사용하는 곳인 듯했다. 중앙에 한 개의 침상이 놓여 있었던 것이다.

옥으로 된 침상은 야명주의 빛을 받아 푸르고 투명한 맑은 빛을 띠고 있었다. 아름답고 신비해 보인다. 저와 같은 옥덩이는 세상에 또 없을 것 같았다.

저 정도 되는 크기의 옥덩이를 찾는 것도 힘들 것이지만, 그것도 잡티 하나 없이 순수한 옥으로만 된 것이니 더욱 그렇다.

괴인이 곡수린을 침상에 내려놓고 반듯이 눕게 했는데, 곡수린은 그 즉시 등짝을 통해 전해지는 은근한 온기를 느낄 수 있었다.

청량하고 맑은 기운이 스며들어 꽁꽁 얼어붙어 가던 가슴마저 시원해지는 것 같다.

그렇게 곡수린을 똑바로 눕힌 괴인이 그의 온몸을 주무르고 두드리며 안마하기 시작했다.

쇠사슬 찔그렁거리는 소리가 음악 소리처럼 경쾌하게 들려오는 건 괴인의 움직임이 박자에 맞고 강약의 조화가 신통했기 때문이다.

괴인의 손바닥이 경혈에 머물거나 문질러 갈 때마다 곡수린은 제 안에서 하나의 열기가 피어나 퍼져 나가는 걸 느꼈다.

괴인에게서 흘러드는 은근하면서 따뜻한 한줄기 기운이 마치 산과 들을 비추는 봄의 햇살 같았던 것이다.

무려 한 시진에 걸쳐서 안마가 끝나고 나자 괴인은 많이 지친 듯 숨이 거칠어져 있었다. 그러나 곡수린은 날아갈 것 같았다.

몸 안에 서늘한 기운이 아직 남아 있기는 하지만 온몸을 꽁꽁 얼리는 것 같던 한기가 거짓말처럼 사라졌기 때문이다.

곡수린을 일으켜 앉힌 괴인이 그의 명문에 손바닥을 붙였다.

자신의 내공으로 마지막 음기를 몰아내려는 것이다.

이것이 중요한 고비라는 걸 아는 곡수린은 감히 딴생각을 하지 못하고 온 정신을 모아 운기행공에 들어갔다.

곧 등 복판을 통하여 질기며 부드러운 한줄기 기운이 흘러 들어 오기 시작했다.

　이내 그 부드럽던 기운은 맹렬한 기세로 곡수린의 혈맥들을 뚫어가기 시작했다.

　마치 장맛비에 불어난 골짜기의 물이 으르렁거리며 급하게 흘러내리는 것 같다.

　얼마나 시간이 흘렀을까.

　곡수린의 몸을 터뜨려 버리기라도 하려는 것처럼 무섭게 치달리던 기운이 더욱 거세지더니 단번에 임독양맥을 꿰뚫어 버리고 정수리로 솟구쳤다.

　곡수린은 머릿속에서 벼락이 친 것처럼 거대한 폭음이 울리는 소리를 들으며 정신을 잃어버리고 말았다.

　똑, 똑—

　물방울 떨어지는 소리가 규칙적으로 들려왔다.

　곡수린의 정신이 서서히 돌아오고, 그 소리는 그의 뇌리에 강한 울림을 남기며 스며들었다.

　죽음에서 다시 태어나 처음으로 듣는 세상의 소리인 것이다.

　한참 동안 그 단조롭고 영롱한 소리를 듣고 있던 곡수린이 천천히 눈을 떴다.

　자신은 여전히 푸른빛의 옥 침상 위에 가부좌를 튼 채 단정히 앉아 있고, 괴인은 보이지 않았다.

　몸을 얼려 버리던 한기가 씻은 듯 사라지고 없었다.

그래도 미심쩍어서 곡수린은 지그시 눈을 감고 한차례 사문의 신공을 운기해 보았다.

웅장하고 질긴 기운이 임독양맥을 따라 대주천을 하는데 거침이 없었다.

천리마를 타고 탁 트인 벌판을 호쾌하게 달리는 것 같은 통쾌함에 곡수린은 저도 모르게 입을 오므리고 긴 휘파람을 불었다.

몸 안에 고여 있는 기운을 내뿜는 것이니, 기혈의 운행이 극점에 이르렀다는 증거였다.

곡수린은 저의 내공이 부상을 입기 전과는 비교도 할 수 없이 높아졌다는 걸 느낄 수 있었다.

사문에 있을 때도 뚫지 못했던 임독양맥을 죽음의 목전에서 알지도 못하는 괴인에 의해 뚫게 되었으니 믿어지지 않기도 한다.

마음이 황홀해지는 중에 괴인이 무엇 때문에 음한지기만 몰아내주는 게 아니라 이와 같은 은혜를 베풀었을까? 하는 생각도 들었다.

곡수린이 운기를 마치고 숨을 들이마시며 눈을 떴다. 그러자 번쩍, 하고 한줄기 강렬한 신광이 쭉 뻗어나갔다.

그때를 기다렸던 듯, 괴인이 뒤꿈치에 닿은 백발을 끌며 석실 안으로 들어와 대뜸 말했다.

“지금부터 너에게 세 가지의 무공을 전수해 주겠다.”

엉뚱한 말인지라 곡수린이 눈을 크게 떴다.

"예?"

"그것을 위해서 나의 내력이 소모되는 것도 아까워하지 않고 임독양맥을 뚫어주었으니 너, 꼬마 녀석에게는 화가 변하여 복이 된 것이니라."

이제는 괴인의 까마귀 울음소리 같은 음성도 징그럽지 않았다. 그에 대한 고마움과 함께 궁금증이 커질 뿐이다.

"하지만 저는 이미 사문이 있고 사부님을 모셨으니 다른 사람의 무공을 배울 수 없습니다."

곡수린이 간곡하게 사양하자 괴인이 코웃음을 쳤다.

"그 잘난 화산파의 무공 말이냐? 험난한 강호에서 네가 그것으로 얼마나 버틸 수 있을 것 같지?"

곡수린은 아무 말도 할 수 없었다. 그 고약한 소녀를 생각하면 두려움으로 지금도 가슴이 떨리지 않는가.

그녀의 부드러운 손길 앞에서 자신의 무공은 어린애 장난과 다름없었다.

'하지만 당신의 무공이 얼마나 높은지 나는 알지 못한다.'

곡수린이 마음속으로 퉁명스럽게 대꾸했다.

괴인이 그런 곡수린을 묵묵히 바라보다가 다시 말했다.

"네가 나의 요구를 들어주려면 그 잘난 화산파의 무공으로는 어림도 없다. 너는 나에게 맹세했지? 그것을 지키려면 나의 무공을 배우는 수밖에 없다."

“나는 선배님에 대하여 아는 바가 전혀 없습니다.”

“흥, 그래도 꼴에 화산파의 제자랍시고 자존심은 있어서 꺼리고 가리는 게 많구나?”

괴인의 비웃음에 곡수린은 얼굴을 붉혔다. 사실 그랬던 것이다.

괴인이 비록 자신에게 은혜를 베풀었지만 생긴 모습과 하는 짓을 보면 결코 떳떳한 백도의 대협 같지 않았다.

제가 그래도 화산파의 제자인데 사악한 마공이나 사술을 배울 수는 없지 않은가 하고 생각했는데, 괴인이 그것을 꿰뚫어 보니 부끄럽기도 했다.

괴인이 다시 말했다.

“네가 죽여야 할 자는 화산보다 크고 장엄하다. 너는 화산파의 무공으로 그자를 죽일 수 있겠느냐?”

“아!”

괴인의 말에 곡수린이 깜짝 놀랐다. 세상에 그런 사람이 있다는 건 상상도 하지 못했던 것이다.

괴인의 말이 사실이라면 그 사람은 천하제일의 고수라는 말만으로는 부족한 절대자일 것이다. 그렇다면 그 이름이 세상에 널리 퍼졌을 것 아닌가.

잠시 생각하던 곡수린이 조심스럽게 물었다.

“소림사의 혜원 선사(慧元禪師)이십니까?”

혜원 선사는 팔십을 바라보는 나이로 이미 오래전에 강호를 떠나 산사에 칩거했다.

지금은 이름만 있을 뿐 과연 선사가 아직 살아 있는지, 아니면 벌써 열반에 들었는지도 분명치 않다.

하지만 강호에서는 아직도 그 혜원 선사를 제일의 고수라고 꼽고 있었다.

"흥!"

괴인이 즉각 코웃음을 쳤다.

"혜원이 뭐가 그렇게 대단하단 말이냐? 그는 나와 오십여 초를 싸울 만한 위인이지. 하지만 그뿐이다."

"엇?"

곡수린이 깜짝 놀랐다. 눈앞의 괴인이 혜원 선사를 이길 수 있다고 호언장담하니 그렇다.

그 말대로라면 괴인이야말로 천하제일의 고수 아니겠는가.

하지만 그는 이렇게 손발이 묶인 채 오십여 년 동안이나 이 어두운 동굴에 갇혀 있으니 알 수 없는 일이다.

잠시 생각하던 곡수린이 다시 한 인물을 떠올리고 말했다.

"권장법에 있어서는 천웅보주이신 일검진천 담가기, 담 대협과 태을산장의 장주이신 태을신군 장무혁 대인을 꼽고, 검으로는 낙산 신검장의 장주이신 화 대인을 현재의 무림에 있어서 최강으로 꼽습니다. 그분들 중 한 분이십니까?"

3

알 수 없다는 듯 머리를 갸웃거리던 괴인이 신검장주에 대해서 물었다.

"낙산의 화문량을 말하는 것이냐?"

"그분은 오래전에 돌아가셨습니다. 지금은 그분의 자제께서 신검장을 이끌고 계시는데, 세상 사람들은 그를 구주신검(九州神劍)이라고 부르지요. 화군천(華君天), 화 대인이랍니다."

"홍, 누군가 했더니 고작 화문량의 자식을 말하는 것이로구나? 내가 보았을 때는 철부지 꼬마 녀석에 지나지 않았는데 어느새 구주신검이라는 거창한 명호로 불린다니 참 세월이 무상하기는 무상한 거야."

괴인이 탄식했다.

"아, 선배님께서는 화 대인을 알고 계시는군요?"

곡수린이 반갑게 묻자 괴인이 다시 코웃음을 쳤다.

"그따위 코흘리개 꼬마 놈을 내가 알 게 뭐냐? 그놈이 천하를 오시하는 고수라고? 홍, 나의 십 초를 받아내면 인정해 주지."

"아!"

너무도 광오한 말인지라 곡수린은 기가 막히고 말았다.

"그 밖에 또 누가 있지?"

"소림과 무당, 아미 그리고 제 사문에 몇 분의 고인이 계시지만 모두 강호를 떠나 유유자적하게 노니는 분들이시니 거론하지 않겠습니다."

"흥! 아미산에 아직도 사람이 있더냐?"

곡수린이 아미파를 거론하자 괴인이 즉각 지독한 비웃음을 흘렸다.

'이 사람이 허풍이 심해도 이만저만 심한 게 아니로구나.'

곡수린은 그런 마음을 감추고 괴인의 비웃음을 듣지 못한 것처럼 태연히 말했다.

"아미파는 뿌리가 깊고 의기가 높은 명문정파이니 당연히 전해오는 신공절기도 많고, 그것을 익혀 절정고수의 반열에 든 비구니들도 많지요. 소림, 무당, 화산과 함께 강호의 기둥이 아닙니까?"

"닥쳐라!"

괴인이 날카롭게 소리쳤다. 얼굴을 가린 백발 사이로 쏘아져 나오는 눈빛이 살벌하기 짝이 없다.

'내가 말을 잘못했단 말인가?'

곡수린은 더럭 겁이 났다. 자신이 한 말을 곰곰이 생각해 보지만 괴인에게 실수한 말을 한 적은 없다. 그런데도 괴인이 불처럼 화를 내니 의아하면서 두려웠다.

"다시는 내 앞에서 아미파 운운하지 마라. 다시 그 말을 꺼낸다면 네 입을 찢어버리고 말 테다."

곡수린이 두려움으로 몸을 웅크렸다.

'이 사람은 아미파에 대해 지독한 원한을 가졌구나. 혹시 이런 꼴이 되어 오십여 년 동안이나 이곳에 갇혀 있었던 게 아미파 때문이 아닐까?

절로 그런 생각이 들었다. 그렇기 때문에 이처럼 지독하게 아미파를 미워하는 것인지 모른다.

하지만 곡수린은 자신의 생각도 잘못된 것임을 알았다.

손과 발에 수갑과 족쇄가 채워져 있기는 하지만 그는 자유롭게 움직일 수 있는 몸이었던 것이다.

마음만 먹으면 이까짓 동굴을 벗어나는 것쯤은 아무것도 아닐 것이다. 아니, 손발을 묶고 있는 쇠사슬을 끊어버리는 것도 썩은 새끼줄을 끊듯 쉬울 것이다.

그런데 괴인은 동굴을 떠나지 않았고, 쇠사슬을 끊어버리지도 않았다.

그 불편한 몸으로 오십여 년을 굴속에 갇혀 살았다니 이해할 수가 없다.

아미파에 원한을 가졌다면 당장 동굴에서 나와 아미산으로 달려가면 될 것 아닌가. 그런데 꼼짝하지 않고 있으면서 증오만 품고 있으니 더욱 이해할 수 없는 일이다.

괴인인 짜증 섞인 음성으로 채근했다.

"어떻게 하겠느냐? 너는 배울 테냐, 말 테냐?"

"제가 선배님을 대신해서 죽여야 할 사람이 누구인지 먼저 가르쳐 주시기 바랍니다.”

“흥, 너는 감히 나와 흥정을 하려는 것이냐?”

“그럴 리가 있겠습니까? 다만 누구인지 알아야 할 필요가 있기 때문입니다. 누구인지도 모른다면 어떻게 그 사람을 죽일 수 있겠습니까?”

그 말에 일리가 있었으므로 괴인이 고개를 끄덕이고 나서 천천히 말했는데, 까마귀 울음소리 같은 그 말속에 미움과 증오가 가득 들어 있었다.

“그놈은 가증스럽기 짝이 없는 놈이지. 뻔뻔하기도 하다. 너는 강호에서 동추수(東秋水)라는 이름을 들어보았느냐?”

“동추수?”

곡수린이 머리를 갸웃거렸다. 아무리 기억을 더듬어보아도 들어본 적이 없는 이름이었던 것이다.

“그렇겠지. 네까짓 어린 꼬마 녀석이 태어나기도 전의 일이니 알 리가 없지. 그럼 혹시 광명존자라는 이름은 들어보았느냐?”

“광명존자?”

곡수린이 여전히 어리둥절한 얼굴을 했다.

도호를 쓰는 것으로 보아 도가의 인물이 틀림없는 것 같은데, 그렇다면 들어보았을지도 모른다.

하지만 아무리 기억을 더듬어보아도 그런 도호를 가진 사람이 있었던가? 하고 고개만 갸웃거려질 뿐이었다.

"좋다."

곡수린의 곤혹스러워하는 표정을 살펴보던 괴인이 다시 말했다.

"그놈이 죽었는지 살았는지는 나도 모른다. 하지만 살아 있다면 너는 반드시 그놈을 찾아내 내 이름으로 죽여야 하고, 죽었다면 그놈의 후인이라도 찾아내 죽여야 한다. 그러면 내게 진 빚을 깨끗이 갚는 거야. 할 수 있겠지?"

후인에게까지 원한과 미움을 물려주다니 지독한 일이었다.

곡수린은 광명존자라는 사람에 대한 괴인의 원한이 얼마나 지독하고 모진 것인지 충분히 짐작할 수 있었다.

하지만 여전히 알 수 없는 것이 있다.

"그 사람을 후배는 전혀 모릅니다. 그런데 정말 그 사람이 소림의 혜원 선사나 일보이장의 주인들보다 무서운 고수란 말입니까? 그런데 후배는 어째서 조금도 그 이름을 듣지 못했을까요?"

"너뿐이 아닐 것이다. 강호에서 그 이름을 아는 사람이 거의 없을걸? 나와 광명존자, 그리고 빙옥청살장의 주인은 너희들이 들을 수 없는 이름이고, 너희들이 감히 생각할 수 없는 존재들이지."

"어째서 그렇습니까?"

"강호의 고수라는 것들이 땅 위에서 기고 뛰는 쥐새끼 같고 토끼 같은 것들이라면 우리 세 사람은 하늘을 훨훨 나는 독수리 같은 존재인 탓이다.”

괴인의 말속에는 커다란 자부심이 깃들어 있었다.

차원이 다른 세계에 사는 사람들이라는 말처럼 들리는 것이어서 곡수린은 은근히 화가 났다.

괴인의 말은, ‘우리 세 사람은 너희 같은 버러지들과 어울릴 수 없는 높고 고상한 존재’ 라고 큰소리치는 것과 다르지 않았기 때문이다.

그런 곡수린의 심기를 읽은 듯 괴인이 코웃음을 치고 말했다.

“왜? 너는 내 말이 믿어지지 않는다는 거냐?”

“그럴 리가 있겠습니까.”

퉁명스런 곡수린의 대꾸에 괴인이 흐흐, 하고 웃었다.

“너는 작은 계집애에게 속수무책으로 당해서 죽을 지경에 이르렀지? 그런데 그 작은 계집애가 우리 세 사람 중 한 명의 무공을 대충 배웠을 뿐이라면? 아니, 틀림없이 그럴 것이다. 그런데도 너는 꼼짝하지 못했지 않느냐?”

“으음―”

곡수린은 장청에게 당하던 일을 떠올리고 무거운 신음을 흘렸다.

확실히 그녀의 솜씨는 모질고 악독할 뿐만 아니라 교묘하고 무섭기 짝이 없었다. 제가 알고 있던 화산파의 절기며 신공이 그녀의 야들야들한 두 손 앞에서 아무 소용도 없지 않았던가.

'과연 그들 세 사람은 하늘 밖의 하늘에서 노니는 초인들이란 말인가?'

그 요악한 소녀를 생각하면 그런 생각이 절로 들었다.

괴인이 말한 세 사람이 천외천(天外天)의 인물들이라고 인정한다면 그중 한 사람을 자처하는 괴인이 이런 처지가 되어 있는 게 더욱 이해되지 않았다.

잠시 생각하던 곡수린이 다시 물었다.

"선배님의 말씀을 듣고 세 사람의 신비 고인들 중 한 명은 바로 선배님이고, 다른 한 명은 광명존자라는 걸 알았습니다. 그렇다면 나머지 한 명은 누구입니까? 그의 후인으로 보이는 소녀가 그렇게 지독하다면 그 사람도 지독한 사람일 테니 후배는 더욱 궁금해지는군요."

"그는 다만 야심을 품었을 뿐이지. 본성이 악한 자였다면 강호가 아직 이렇게 남아 있을 리가 없다."

"예?"

"그가 마음을 먹으면 강호는 사라져 버리는 거야. 강호에 그와 대적할 자가 없으니 어려운 일도 아닐 것이다."

"그렇다면 그 사람이야말로 천하제일의 고수이고, 천외천의 세 분 중에서도 가장 뛰어난 사람이겠군요?"

은근히 괴인을 도발하는 말이었다. 과연 괴인이 흥, 하고 코웃음을 쳤다.

"우리 세 사람은 서로 비슷하지만 굳이 따진다면 광명존자를 수위에 두어야 할 것이다."

"그렇다면 제가 선배님의 무공을 배운다고 할지라도 광명존자를 죽일 수 없을 것 아니겠습니까?"

"너는 내가 지난 오십여 년 동안 이곳에서 무엇을 했을 거라고 생각하느냐?"

"그건……."

"흥, 바로 그놈을 죽이기 위해서 모든 심력을 쏟아 부었다. 너는 다른 생각 하지 말고 나와의 약속을 지키기만 하면 돼."

'당신의 생각대로 된다면 얼마나 좋겠소? 하지만 그렇지 않을 것이오.'

곡수린은 속으로 그렇게 반박했다.

눈앞의 괴인이 오십여 년 동안 고심하며 절기를 수련하고 새롭게 만들어낸 건 이해할 수 있는데, 그렇다면 다른 두 사람은 그 세월 동안 놀고만 있었을 것인가? 하는 생각이 들어서였다.

그런 곡수린의 마음을 훤히 안다는 듯 괴인이 흐흐, 하고 비웃음을 흘리고 나서 다시 말했다.

"그놈이 아직 살아 있다면 팔십을 넘긴 상노인이다. 아무리 천신 같은 무위를 가졌다고 해도 과거의 일이지. 기력이 쇠해서 골골거릴 테니 젊은 네가 나의 절기로 그놈을 이기는 건 그리 어려운 일이 아닐 것이다.”

곡수린은 괴인의 말에 머리를 끄덕였다.

그가 아무리 초인적인 절대고수라고 해도 역시 세월 앞에
서는 무상할 수밖에 없는 것이다.

비록 내공이 더욱 깊어지고 무학에 대한 도리가 하늘에 닿
았을지 몰라도 뼈가 버석거리고 몸이 굳었으며 근육이 풀리
고 숨이 짧아졌을 테니 실제로 젊은 사람을 상대해서 싸우기
에는 무리가 있을 수밖에 없다.

하지만 지금의 저라면 역시 광명존자의 적수가 되지 못할
것이라고 생각했다.

괴인도 그것을 알기에 자신의 신공절학을 배우라고 재촉
하는 것 아니겠는가.

곡수린이 그런 제 생각을 감추고 다시 물었다.

“저는 나머지 한 사람이 누구인지 궁금합니다.”

“그는 자신을 혈영자라고 했지. 혈사기의 주인이다.”

“혈사기라면…….”

곡수린의 뇌리에 문득 불길한 생각이 들었다.

숭의산장에서 보았던 핏빛의 작은 삼각 깃발이 떠올랐기
때문이다.

“혹시 핏빛의 작은 삼각 깃발이 아닙니까?”

“응? 네 녀석이 그걸 어떻게 알고 있단 말이냐?”

괴인이 어리둥절해서 물었다.

"저는 얼마 전에 그것을 보았습니다. 최명판관 염 대인의 장원에서였지요."

"무엇이? 혈사기가 나타났다고? 그것도 염숭의 집에 말이냐?"

괴인이 크게 놀라 몸마저 떨며 소리쳤다.

본래의 음성을 감춘다는 생각마저 잊었을 만큼 격동했던지라 곡수린은 처음으로 괴인의 진짜 음성을 들을 수 있었다. 그리고 그 또한 크게 놀라 '억!' 하고 소리쳤다.

거칠고 건조하기는 했지만 분명히 여자의 뾰족한 음성이었던 것이다.

동굴 속에서 오십여 년 동안 갇혀 살았다는 괴인이 최명판관 염숭을 아는 것처럼 말하는 게 이상하련만 곡수린은 미처 그것을 생각할 새도 없었다.

"노선배는 여협이셨습니까?"

그가 놀란 어조로 급히 묻자 괴인이 고개를 흔들었다. 무성하게 늘어져 얼굴을 뒤덮고 있던 흰 머리카락이 물풀처럼 흩날리더니 진면목이 낱낱이 드러났다.

과연 나이를 짐작할 수 없게 하는 노파였다.

얼굴에 주름이 가득하고 검버섯이 군데군데 피어 있었는데 눈빛만은 매섭도록 날카롭고 생생하다.

괴노파가 쇠사슬 소리를 쩔그렁거리며 다가와 급히 물었다.

"너는 확실히 그것을 보았단 말이냐?"

“그 작은 핏빛 깃발이 바로 그것이라면 확실히 보았습니다.”

“아, 늦었다. 늦었어.”

괴노파가 탄식했다. 곡수린은 더욱 궁금해진다.

“무엇이 늦었다는 말씀입니까?”

“너는 일 년 전에 나를 만났어야 했다.”

뜬금없는 소리다.

“그런데 하필 혈사기가 나타난 지금 나와 만났단 말이냐?”

“제가 일이 이렇게 될 줄 어떻게 알 수 있었겠습니까?”

“그렇다. 너를 탓할 일이 아니지. 일이 이렇게 된 게 하늘의 교묘한 안배인지, 아니면 심술인지 알 수 없구나.”

괴노파가 다시 탄식했다. 그러더니 서둘러 말한다.

“나는 너에게 일 년의 시간을 주려고 했다. 하지만 이처럼 일이 급하게 되었으니 석 달의 시간밖에는 줄 수 없다. 그 안에 너는 나의 절기 세 가지를 완벽하게 익혀야 한다.”

“예? 그게 가능한 일일까요?”

“너는 이미 화산파의 무공을 높은 경지까지 익혔으니 기초가 튼튼하다고 할 수 있지. 네가 노력만 한다면 가능할 것이다.”

곡수린은 화산파의 무공을 고작 기초에 지나지 않다고 말하는 괴노파의 말에 내심 반발심이 생겼으나 제가 당했던 일을 떠올리면 인정하지 않을 수도 없었다.

‘좋소, 당신의 무공이 도대체 얼마나 대단한 것인지 한번

봅시다.'

그런 오기가 생기기도 하는 것이어서 곡수린이 입술을 잘 근잘근 깨물었다.

괴노파가 혼잣말처럼 다시 말했다.

"그런 일이 있었기에 양식을 가져다주는 일이 이렇게 늦어 졌던 것이로구나."

"역시 노선배님을 봉양하는 사람이 있었군요?"

괴노파는 곡수린의 말에 대꾸하지 않고 혼잣말을 계속했다.

"그가 굳이 염승을 택한 건 역시 나를 찾기 위해서이겠지. 하지만, 하지만…… 아, 은원이라는 것이 이처럼 복잡하고, 사 람의 정이라는 건 오묘해서 알 수가 없구나. 대체 몇 생을 거 듭나야 이 악연의 굴레를 벗고 성불할 수 있단 말이냐……."

괴노파의 중얼거림을 들으면서 곡수린은 이상하다고 생각 했다.

말투가 꼭 불가의 고승이 탄식하며 말하는 것 같았기 때문 이다. 그러나 아무리 보아도 괴노파는 비구니가 아니었다.

'도대체 이 안에는 얼마나 많은 비밀이 있고 은원이 얽혀 있단 말이냐? 괜히 귀찮고 복잡한 일에 말려들어 평생 고생하 는 건 아닌지 모르겠는걸?'

곡수린의 마음에 절로 그런 후회가 들었다.

第四章
누가 범인이냐

1

곡수린이 죽음의 위기에서 기연을 만나 스스로의 한계를 훌쩍 뛰어넘어 무공의 새로운 경지를 맛보고 있을 때, 숭의산 장에서는 긴장이 연속되고 있었다.

최명판관 염승은 벌써 이틀째 꼼짝하지 않고 자신의 서재에 틀어박혀 있기만 했다.

그의 칠순을 축하해 주기 위해 찾아왔던 수많은 사람들이 썰물처럼 빠져나가 버린 숭의산장은 썰렁하기 짝이 없었다.

몇몇 사람만 남아 가슴을 졸이며 앞으로 닥칠 일에 대한 두려움과 흥분을 삭이고 있었는데, 운몽과 태백쌍악, 철선공자 여상풍이 있고, 운몽을 돕기 위해 굳이 산장에 남은 담옥상과 상문경이 있었다.

그리고 또 한 사람, 후기지수 중에서도 단연 손꼽히는 기린아 화운평이 있다.

그는 한가롭고 태연해 보이기만 했다. 명숙들이 모두 사라져 버린 후원을 독차지하고 머물면서 담장 밖으로는 한 걸음도 나가지 않았다.

어떻게 보면 후원을 혼자서 지키려는 것 같았고, 어떻게 보면 모두 떠나 버린 후원을 독차지하게 되어서 매우 좋아하는 것 같았다.

그리고 그녀, 장청과 손막소 또한 아직 산장에 머물러 있었는데, 그들은 광장 서편의 텅 비다시피 한 임시 숙사를 독차지한 셈이었다.

곡수린 한 명을 혼내준 것으로는 그녀의 직성이 풀릴 리가 없다. 그래서 장청은 호시탐탐 채시화를 노리고 있는 중이었다. 그녀가 후기지수들 중 유일하게 남아 있는 여자이기 때문이다.

장청은 그녀가 남아 있는 것이 제 사형인 화운평을 사모해서라고 믿었다. 그래서 불같은 질투심에 마음이 초조해졌지만 손막소가 극구 만류하는 통에 어쩌지 못하고 눈치만 보고 있는 중이었다.

그러나 사실 상경문의 마음속에는 화운평이 들어앉을 자리가 없었다. 운몽이라는 존재로 이미 꽉 차버렸기 때문이다.

“도대체 왜 이렇게 조용한 걸까요?”

대악 염창이 여전히 두려움이 가득한 얼굴로 물었다. 하지만 운몽이라고 이유를 알 리가 없다.

그들은 먹는 둥 마는 둥 저녁 식사를 마치고 텅 빈 후원에 나와 서성이는 중이었다.

매향각의 용마루 위에는 아직도 작은 핏빛의 삼각 깃발이 꽂혀 펄럭이고 있었다.

벌써 이틀이나 지났는데 누가 그것을 걷어가지도 않았고, 아무 일도 일어나지 않았으니 수상하기만 했다.

운몽은 거의 하루종일 그 깃발을 바라보며 후원에서 서성였다. 마음이 초조하기가 장맛비에 불어나는 개울가에 나앉아 있는 것 같았다.

누구든 그 깃발을 가지러 오는 자가 바로 혈영자일지도 모른다는 생각 때문인데, 안타깝게도 이틀이 지나도록 혈영자는커녕 의심 가는 자 한 명 얼씬거리지 않았다.

“헛소문이 아니었을까요? 아니면 누가 장난을 친 것이거나.”

철선공자 여운평이 그렇게 말했다. 지금쯤은 누구나 그런 생각을 할 만했다.

후원을 한 바퀴 돌아보고 난 운몽이 머리를 갸웃거리며 말했다.

"정말 이상한 일이군요. 대체 누가 저 깃발을 꽂았으며, 어째서 아무 일도 없는 걸까요?"

소악 황령이 퉁명스럽게 받는다.

"쳇, 아무래도 어떤 할 일 없는 놈이 장난질을 친 게 아닌가 싶소이다."

"그렇지 않을 거야."

대악 염창은 여전히 심각하고 여전히 두려움 가득한 얼굴이었다.

"여태까지 혈사기를 가지고 장난친 놈은 한 명도 없었다. 생각해 봐. 누가 감히 그럴 엄두를 낼 수 있겠느냐?"

"하긴."

소악 황령이 시뻘건 혀로 입술을 핥으며 쓴 입맛을 다셨다. 그의 얼굴에도 불안하고 두려워하는 기색이 가득 떠오른다.

운몽이 참지 못하고 물었다.

"이제는 말해줘도 되지 않겠습니까? 대체 저 작은 깃발에는 어떤 사연이 있는 거지요?"

여태까지 수십 번도 더 물었지만 대악 염창은 좀체 입을 열려고 하지 않았던 것이다.

그들에게는 혈사기에 대해서 말하는 것조차 범해서는 안되는 금기인 것 같았다.

하지만 지금으로서는 혈사기에 대한 일을 아는 것처럼 보이는 사람이 대악 염창뿐이니 그에게 묻지 않을 수가 없다.

한동안 멍한 눈길로 매향각 위에 꽂혀 있는 작은 삼각 깃발을 바라보던 염창이 한숨을 쉬었다.

"휴, 나도 잘 모른다오. 다만 사부에게서 들었을 뿐인데, 이건 좀……."

그러면서 힐끔 동생의 눈치를 본다.

소악 황령이 퉁명스런 얼굴로 말했다.

"나는 처음부터 사부의 그 말이 다 지어낸 헛소리라고 믿었던 사람이니까 상관하지 말고 속 시원하게 말해 버려. 쳇, 혈사기라니? 대체 누가 그따위 엉터리 같은 말을 지어낸 거람?"

동생의 투덜거림에 끌끌, 혀를 찬 대악이 천천히, 그리고 낮게 말하기 시작했는데, 불안한 기색으로 쉴 새 없이 주위를 두리번거렸다.

"오십여 년 전의 일이라오. 당시 우리 형제는 열 살 무렵이었으니까 잘 모르지만 내 사부는 한창 강호에 명성을 떨치던 분이었으니 이 일에 대해서 잘 알지."

그 당시 태백쌍악의 사부 염처량(廉處凉)은 혈수인마(血手人魔)라고 불리던 강호의 지독한 마두였다.

솜씨가 악독하고 무공이 기이하도록 높았던지라 강호에서는 그를 제거할 사람이 없다시피 했다.

흑도의 거두이면서 그 명성이 구대문파의 장문인에 버금갈 만큼 대단한 고수였던 것이다.

말년에 이르러 그는 태백쌍악 형제를 제자로 거두어 가르쳤는데, 대악이 여섯 살 때에 혈수인마의 눈에 띄어 그의 제자가 된 것이다.

혈수인마는 대악의 재질이 좋은 걸 알고 그만을 제자로 삼으려 했다. 그러나 염창이 제 동생과 떨어질 수 없다고 떼를 쓰는 통에 어쩔 수 없이 소악 황령도 함께 거둘 수밖에 없었다.

당시 그들 형제는 부모도 없이 천덕꾸러기로 동냥밥을 얻어먹던 어린 형제 거지였다.

여섯 살에 지나지 않는 대악이 세 살인 제 동생을 걷어 먹이고 돌보는 게 눈물겨울 지경이었던 것이다.

어리고 태생마저 미천한 그들이 성을 알 리 없고 출신을 알 리 없었다. 겨우 이름을 기억하고 있을 뿐이다.

그래서 혈수인마는 대악에게 제 성인 염 씨 성을 주었고, 자질이 부족한 황령에게는 제 성을 줄 수 없다면서 아무렇게나 떠오르는 대로 황 가 성을 붙여주었다.

자질에 있어서 큰 차이가 나는 두 아이가 같은 성을 쓰는 형제라는 게 부끄러운 일이라면서 그렇게 정해 버린 것이다.

한 피를 받고 태어난 형제가 사부로 인해서 엉뚱하게도 서로 다른 성을 쓰게 되었으니 웃지 못할 비극이었다.

그 뒤로 무공을 전수하는 일에 있어서도 혈수인마는 두 형제를 편애했다.

대악에게는 정성껏 자신의 절기를 전해주고 사랑해 주었지만, 소악에 대해서만큼은 모질고 심술궂었던 것이다.

대악이 저의 적전제자이고, 소악은 그저 종으로 부리기 위해 데려온 거라고 여기는 것 같기도 했다. 그래서 대악이 사부를 대신해서 틈틈이 소악에게 제가 배운 무공을 다시 가르쳐 주곤 했다.

그런 일들로 인해 지금도 소악 황령은 제 사부에 대한 감정이 좋지 않았다.

공경하지 않는 건 물론 사부 얘기만 나오면 인상부터 쓰는 것이다.

하지만 대악은 사부에 대한 애틋한 마음이 있으니, 사부를 얘기할 때면 항상 소악에게 미안한 마음이 들곤 해서 그의 눈치를 보지 않을 수 없었다.

대악이 열 살, 소악이 일곱 살 나던 해였다.

"내가 없다고 꾀부리지 말고 부지런히 배운 걸 연마하고 있어라."

혈수인마는 어린 제자의 머리를 쓰다듬으며 그렇게 말하고 산에서 내려갔다.

강호에 중요한 일이 생겼다고 했는데, 대악은 감히 사부에게 물어볼 수 없었다.

그리고 두 달 뒤에 혈수인마는 다시 산으로 돌아왔다. 하지만 산에서 내려갈 때의 그 혈수인마가 아니었다.

어떻게 된 일인지 한 팔이 잘렸고, 온몸에 크고 작은 부상을 입은 채 내상마저 심각해 거의 죽은 몸이 되다시피 해서 돌아왔던 것이다.

혈수인마는 그로부터 석 달 동안이나 꼼짝하지 못하고 정양한 뒤에야 간신히 몸을 추스를 수 있게 되었다.

그동안 대악은 지성으로 사부를 돌보았는데, 혈수인마는 어린 제자의 그런 정성에 자못 감격했다.

하지만 그는 더 이상 무공을 가르쳐 줄 수 없었다. 몸이 정상이 아니었고, 내공마저 모두 사라져 버렸던 것이다.

그는 숨만 붙어 있을 뿐 죽은 것과 다름없는 신세가 되었다.

침상에 누운 채 겨우 구결로 자신의 절기를 전해주고, 곁에서 연마하는 어린 제자를 지켜보며 잘못된 곳을 말로 지적해 줄 뿐이니 제대로 무공의 전수가 이루어질 수 없었다.

그나마 일 년을 겨우 그렇게 버텼을 뿐, 혈수인마는 결국 죽고 말았다.

그 뒤로부터 대악과 소악은 서로를 격려하며 스스로를 상대 삼아 열심히 무공을 익히는 수밖에 없었다. 때문에 그들은 사부의 진전을 제대로 물려받지 못했다. 겨우 반 정도를 배우고 익혔을 뿐인 것이다.

하지만 그것만으로도 오늘날 강호에서 명성을 떨치며 명숙들과 어깨를 나란히 할 만하게 되었으니, 당시에 혈수인마가 얼마나 대단한 존재였던지 짐작할 수 있다.

"염 선배에게 그런 사연이 있었군요."

운몽이 눈시울을 붉히고 말했다. 그의 처지가 제 처지와 크게 다르지 않다고 여겨졌던 것이다.

자신 또한 태생에 대해서는 물론 자신을 낳아준 부모가 누구인지도 모르고 사부의 손에 의해 길러지지 않았던가.

이제 와서 저를 버린 부모에 대한 그리움 같은 건 없었다. 미워하고 싶은 마음도 없다.

하지만 반정도관에 홀로 남아 있을 늙은 사부를 생각하면 마음이 아팠다.

자신은 스무 살이 되도록 사부와 함께 있었는데, 대악은 사부와도 일찍 헤어졌으니 더 팔자가 사납다고 해야 할 것이다.

'하지만 그에게는 동생이 있지 않은가.'

운몽은 그게 부러웠다. 서로 의지하며 함께 늙어가는 혈육이 있다는 것만으로도 얼마나 복받은 삶인가, 하는 생각을 하지 않을 수 없었던 것이다.

2

혈수인마는 죽기 전 염창을 불러 앉히고 그에게 말했다.

"너는 앞으로 십 년 동안은 절대로 강호에 나가지 마라. 약속하겠느냐?"

"예."

"나는 죽을 것이다. 하지만 여한은 없다. 이날까지 누구에게도, 아무것에도 구애받지 않고 마음 내키는 대로 살아왔으니 통쾌한 삶이라고 할 수 있지."

고작 열 살의 소동에 지나지 않았던 염창이 사부의 말이 무엇을 의미하는 건지 알 리 없었다. 그러나 아이의 마음속에는 저도 모르는 사이에 나도 사부처럼 통쾌하게 살아야겠다는 생각이 자리 잡게 되었다.

기침을 하면서 울컥울컥 피를 쏟아내던 혈수인마가 겨우 진정하고 다시 말했다.

"강호에서 마귀로 불리며 기분에 따라서 죽이고 살리는 걸 마음대로 했으니 내가 이렇게 죽는 걸 억울해하지도 않는다. 너는 그 점을 명심해서 혹시라도 사부의 복수를 하겠다는 생각 따위는 하지 마라."

"하지만 제자가 어찌 사부의 복수를 하지 않을 수 있단 말입니까?"

"다시 한 번 이르지만 절대로 나의 복수 따위는 꿈도 꾸지 마라. 너마저 죽게 될까 봐 걱정하는 것이다. 너는 십 년 후 강호에 나가야 하는데, 혹시라도 혈사기라거나 혈영자라는 말을 듣거든 그 즉시 백 리 밖으로 달아나야 한다. 명심해라."

사부의 말에서 염창은 원흉이 혈영자라는 것을 짐작했다. 하지만 그가 누구인지 알지는 못했다. 다만 제 사부를 이렇게 만들었으니 무시무시한 고수일 것이라고 짐작할 뿐이다.

몇 번이나 염창에게 주의를 주고, 그의 약속을 단단히 받고 나서야 혈영자는 웃으며 눈을 감았다.

그의 말처럼 거침없고 후회없는 삶을 살았는지는 몰라도 혈수인마라는 악명을 얻었으니 내세에서 전생의 삶에 대한 혹독한 대가를 치르게 될 것이다. 그러나 당장은 염창과 황령이 그 대가를 대신해서 치러야 했다.

혈수인마가 중상을 입었다는 소식이 어떻게 강호에 퍼지게 되었는지 몰라도 그에게 원한을 품은 자들이 산으로 찾아오기 시작했던 것이다.

염창은 몇 번이나 죽을 고비를 넘기며 일곱 살이 된 제 동생을 이끌고 무려 반년 동안이나 그들을 피해 도망 다니는 고통을 겪어야 했다.

그리고 가까스로 목숨을 건져 태백산에 들어가 십 년 동안 꼼짝하지 않고 숨어 살았다.

그리하여 사부의 유명대로 십 년 뒤 강호에 나왔을 때 그는 제 사부 못지않은 지독한 성품을 가진 소악마가 되어 있었다.

강호에 나와 제일 먼저 한 일이 십 년 전 산으로 찾아와 저를 핍박했던 고수들을 하나씩 찾아내 죽이는 일이었다.

십 년 동안 사부의 무공을 열심히 연마한 덕에 그들 두 형제의 무공은 약관의 나이라고 여겨지지 않을 만큼 지독하게 높았다.

그때부터 태백쌍악이라는 이름이 강호에 진동하게 되었던 것이다.

그리고 다시 사십 년이라는 긴 세월이 지나고 나서야 태백쌍악은 운몽을 만나 대오각성하게 되었으니 그들 자신의 남은 삶과 내세의 삶을 위해서도 다행이 아닐 수 없다.

"그런데 그 혈영자라는 사람이 대체 무슨 짓을 한 겁니까?"

옛날이야기를 하듯이 자신의 기구한 삶에 대하여 구수하게 털어놓는 대악의 말을 묵묵히 듣고 있던 철선공자 여상풍이 물었다.

운몽도 그 점을 궁금히 여기고 있던 참이라 눈을 반짝인다.

"그는 불쑥 강호에 나타났는데, 고작 이 년간 활동했다고 하네. 그게 벌써 오십여 년 전의 일이지. 그런데 사람들이 아직도 그를 기억하고 두려워하는 건 그 이 년간 그가 강호를 공포에 떨게 했기 때문 아니겠나?"

염창의 말에 여상풍이 즉각 입을 내밀었다.

"그러니까 뭘 어떻게 했다는 겁니까?"

"나도 모르지. 하지만 들은 말로는 그 한 사람으로 인해 강호의 정기가 크게 훼손되었다고 하네. 그가 이 년만 더 활동했더라면 자칫 강호라는 것 자체가 사라졌을지도 모른다고 하더군."

"쳇, 그게 가능한 일이오? 염 선배는 설마 그 말을 믿는 건 아니겠지요?"

여상풍이 코웃음을 쳤다. 하지만 염창의 얼굴에는 긴장이 가득했다. 그가 불안한 눈길로 연신 사방을 두리번거리며 낮게 말했다.

"화산과 무당파가 그 한 사람 때문에 멸문당하다시피 했다네. 백도에는 고작 소림과 아미파가 남았을 뿐이었지. 그는 혈사기를 신표로 삼았는데, 그것이 나타난 곳에는 언제나 시체가 산처럼 쌓이고 피가 내를 이루며 흘렀다고 하네. 예외란 없었어."

듣고 있기만 하던 운몽이 잔뜩 불만 어린 투로 끼어들었다.

"대체 그는 강호에 무슨 원한이 있어서 그런 짓을 했답니까?"

"그거야 알 수 없지."

"그가 설마 살인을 유일한 낙으로 삼는 악귀의 화신이었던 건 아니겠지요?"

"그의 혈사기를 받으면 두 가지 길 중 하나를 선택할 수 있을 뿐이었다고 하네. 하나는 대항해 싸우는 건데, 그런 자들은 저뿐만 아니라 제 가문과 사문마저 멸문당하는 비참한 결과를 맞았지."

운몽이 싸늘한 얼굴로 코웃음을 쳤다.

"그렇다면 다른 한 가지 길은 그에게 굴복하여 종이 되는 것밖에 없었겠군요."

"운 소협의 추측이 맞네. 그의 혈사기에서 살아남으려면 충성을 맹세하고 그의 종이 되는 수밖에 없었지. 그것을 두고 혈사기의 맹세라고 하는데, 강호에 누가, 얼마나 많은 사람들이 그 맹세를 했는지는 아무도 알 수 없지."

"알 수 없다니요?"

"오십 년 전 그가 죽었기 때문이네. 아니, 그렇다고 알려졌지. 그리고 혈사기의 맹세를 한 자들은 그것을 극비로 부쳤기 때문에 외부에서는 절대로 알 수가 없었지."

"하지만 혈사기가 누구누구에게 나타났다는 건 많은 사람들이 알 수 있는 일 아니겠습니까?"

운몽이 매향각 위에 꽂혀 펄럭이고 있는 깃발을 가리키며 말했다. 염창이 그럴 줄 알았다는 듯 빙긋 웃는다.

"내가 알고 있는 한 혈사기가 이처럼 공개된 장소에 갑자기 나타났고, 며칠씩이나 저렇게 꽂혀 있는 경우는 없었소. 말하자면 이번 일은 극히 예외적인 거지."

철선공자가 즉시 말을 받는다.

"아마도 자신이 다시 강호에 나왔다는 걸 널리 알리고 싶었던 게지요. 그러기에는 최명판관 염숭의 칠순잔치 자리보다 좋은 곳이 없을 테니까요."

수많은 강호의 인사들이 운집해 있고, 흑백 양도의 명숙들이 대거 참석했으니 과연 그럴 만했다.

염창이 고개를 갸웃거리며 무엇을 생각하더니 중얼거렸다.

"알 수 없구나. 오십 년의 세월이 지나더니 그의 습성도 변한 것일까? 아니면, 아니면……."

운몽이 기대를 가지고 급히 물었다.

"무엇입니까?"

"어쩌면 저 혈사기는 혈영자 본인이 꽂은 게 아닐지도 모른다는 생각이 들었소."

"그럼……?"

"혈영자는 내가 들었던 소문처럼 오십 년 전에 죽었는지도 모르지. 그렇다면 그의 후인이 다시 나타나 혈영자를 대신하는 건지도 모르지 않소?"

후인이라는 말에 다들 바짝 긴장하여 주변을 두리번거렸다.

어떤 사람인지, 남자인지 여자인지는커녕 젊었는지, 중년인지도 전혀 알 수 없으니 그자가 제 곁에 바짝 다가와도 모르고 방심할 수 있지 않겠는가? 하는 게 모두의 공통된 두려움이었던 것이다.

"아!"

운몽이 무엇을 생각한 듯 깜짝 놀라 외마디 소리를 냈다.

모두 흠칫 놀라 그를 바라본다.

운몽이 긴장이 가득한 얼굴로 낮게 속삭이듯 말했다.

"그렇다면 그자는 아직 이곳에 남아 있겠군요."

"아!"

운몽의 말에 모두가 탄성을 터뜨렸다. 그리고 서로를 두리번거린다.

지금 숭의산장에 남아 있는 사람이라야 열 명이 채 되지 않을 것이다. 그들 중에 혈사기를 꽂은 자가 있다면 쉽게 가려낼 수 있을 것이다.

대악 염창이 조심스럽게 말했다.

"운 소협은 광명정대하고 정의로운 사람이니 절대로 혈사기를 꽂았을 리가 없소."

"그럼 누구라고 생각하시는 겁니까?"

철선공자가 긴장하여 물었다. 염창이 더욱 음성을 낮게 하여 말한다.

"나와 아우도 아니오. 혈사기가 나타났을 때 그 자리에 있었으니까 말이오. 그건 운 소협도 마찬가지지."

"제기랄, 그럼 나라는 겁니까?"

내심 찔리는 데가 있는 철선공자가 잔뜩 인상을 쓰며 말했다. 혈사기가 나타나 혼란에 빠졌을 때 그는 그 자리에 없었던 것이다.

염창이 머리를 가로저었다.

"네가 비록 젊은 나이에 뛰어난 무공을 지녔다만, 그것만
으로는 혈사기의 주인이 되기에 턱없이 부족하지."

"이런 제기랄……."

자신을 무시하는 말이었지만 철선공자는 화를 낼 수가 없
었다. 한번 염창을 매섭게 흘겨보았을 뿐이다.

염창이 다시 말했다.

"지금 남아 있는 사람이라고는 우리와 화 공자, 그리고 담
옥상과 상문경 소저가 있지."

"서편 숙사에도 아직 두 사람이 남아 있소."

소악 황령이 거든다.

광장 서편의 숙사에 평범하게 생긴 소녀 한 명과 그녀의 시
종으로 보이는 늙은이 한 명이 아직 남아 있다는 걸 모두는
잘 알고 있었다.

염창이 머리를 끄덕였다.

"때문에 나는 그들이 가장 의심스럽다."

"……!"

"담옥상이나 상문경은 그럴 만한 위인이 되지 못하고, 화
운평은 비록 뛰어나지만 세상에 널리 알려진 자이니 이미 검
증되었다고 할 수 있다. 하지만 서편 숙사의 늙고 젊은 두 일
행은 도대체 정체를 짐작할 수가 없지. 대체로 그런 자들 속
에 기인이 섞여 있고 흉계를 꾸미는 자가 숨어 있게 마련 아
니더냐?"

말은 아우인 황령에게 하고 있었지만 모두가 들으라고 하는 소리였다.

"내가 다녀오겠소."

소악 황령이 급하게 달려갔다.

"기다려 봐."

염창이 불렀지만 황령은 벌써 후원을 벗어나 보이지 않는다. 쯧쯧, 하고 혀를 찬 염창이 서둘러 말했다.

"저렇게 급하다니. 안 좋은 일이 생기기 전에 내가 따라가 봐야겠소."

이미 백발이 성성한 나이이지만 여전히 아우에 대한 걱정이 깊은 대악을 보며 운몽은 다시 외로움을 느꼈다.

그런 감정은 여상풍도 마찬가지였던 듯, 그가 씁쓸한 입맛을 다시고 나서 말했다.

"운 공자, 만약 그 사람들이 혈사기와 관련된 인물들이라면 아무래도 태백쌍악 선배들만으로는 위험하지 않겠소? 우리도 가봅시다."

"그래야겠지요."

철선공자 여상풍과 운몽도 급히 후원을 떠났다.

3

촛불이 가볍게 흔들리나 싶었는데, 넓어서 더욱 을씨년스러운 방 안에 한 사람이 소리없이 나타났다.

피처럼 붉은 경장을 입고 피풍을 걸쳤으며, 눈만 내놓은 붉은 복면을 쓰고 있었다. 마치 붉은 구름 한 덩이가 일렁이는 것 같다.

촛불 아래에서 붉은빛이 음침한 자주색으로 물들어 보이니 더욱 섬뜩한 느낌을 주었다.

단 위의 탁자 앞에 꼼짝하지 않고 앉아 있던 백발의 노인, 최명판관 염숭이 천천히 몸을 일으켰다.

그는 자신의 칠순 잔치가 눈앞의 붉은 괴인으로 인해 망쳤다는 걸 알지만 노여움을 드러내지 못했다. 오히려 공경하는 모습을 보인다.

염숭이 천천히 단에서 내려와 괴인과 마주 서서 포권했다.

"기다리고 있었소이다."

괴인은 아무 말이 없었다. 복면 안에서 번쩍이는 눈으로 염숭을 뚫어지게 바라볼 뿐인데, 눈빛마저 피처럼 붉은빛을 띠고 있어 더욱 끔찍해 보였다.

염숭이 다시 말했다.

"나는 지난 이틀 동안 먹지도 마시지도 않고 귀하를 기다렸소이다. 이만하면 성의를 다 보인 것 아니오?"

"내가 늦게 왔다고 책망하는 것이냐?"

괴인의 말투는 차갑고 냉랭했다.

건조하고 억양없는 음성이라 그것으로는 그에 대하여 아

무엇도 짐작할 수 없었다.

염숭의 얼굴에 실망하는 기색이 빠르게 스쳐 갔다.

노인이 가벼운 한숨과 함께 말했다.

"나는 혈사기에 대하여 잘 알고 있소이다. 귀하가 진정 그 것의 주인이라면 내가 선택할 수 있는 것은 역시 두 가지 중 하나뿐이겠지요."

"……"

"나는 살 만큼 살았으니 더 이상 추한 꼴을 보이고 싶지 않 소이다. 돌이켜 보면 강호에서의 나의 삶이라는 게 가시밭길 의 연속이었지만 후회하지는 않소. 내가 옳다고 믿는 것에 최 선을 다해 충실했기 때문이오. 그 때문에 나를 원망하고 원한 을 품은 자들도 많겠지만 저승에서 그들을 다시 만나게 될 것 을 조금도 두려워하지 않소. 내 손에 죽은 자들은 마땅히 죽 어야 할 자들뿐이었으니까."

"……"

"귀하는 무엇을 망설이는 것이오? 나는 이미 귀하의 손에 목숨을 맡겼소이다. 반항해 봐야 소용없는 짓이라는 걸 잘 아 니 그렇게 하지도 않겠소. 그러니 어서 손을 쓰시오."

"……"

"귀하가 오십여 년 만에 강호에 다시 모습을 나타냈는데, 그 첫걸음을 나의 거처로 삼았으니 영광이라면 영광일 것이 오."

괴인은 여전히 말이 없었다. 붉은 기운이 이글거리는 눈으로 염승을 쏘아볼 뿐이다.

부르르 몸을 떤 염승이 조심스럽게 말했다.

"그런데 이해할 수 없는 일이 한 가지 있소이다. 물어봐도 되겠소?"

"좋다."

"내가 알기로 혈사기가 이처럼 공개적인 장소에 나타난 적이 없었고, 혈사기가 나타난 뒤 이틀이 지나서야 그 주인이 찾아온 적도 없었소."

"너는 나를 의심하는 것이냐?"

"솔직히 그렇소이다."

염승은 과연 죽음을 각오한 것 같았다.

"하지만 그대가 혈사기의 진정한 주인이든 아니든 상관없는 일이기도 하지. 나는 다만 한 가지를 바랄 뿐인데, 그건 당신이 나 한 사람을 죽이는 걸로 만족하길 바란다는 것이오. 장원의 식솔들은 죽이지 말아주었으면 하오."

"예외가 없었다는 건 잘 알 텐데?"

"오십여 년이 지났으니 예외가 생겼을 수도 있지 않겠소? 그리고 벌써 두 가지나 예외가 있었고."

공개적인 곳에 혈사기를 꽂은 것과 늦게 찾아온 것을 두고 하는 말이다.

괴인이 코웃음을 쳤다.

“좋다. 네가 나에게 한 가지를 내준다면 그렇게 하도록 하겠다.”

“아무리 생각해 봐도 귀하가 탐낼 만한 것이 내게 있는 것 같지 않소.”

“귀령소(鬼靈素).”

“헉! 귀령소!”

괴인의 한마디에 염숭이 창백하게 질려서 주춤주춤 뒷걸음질을 쳤다.

“당신이, 당신이 어떻게 그것을…….”

“나의 눈과 귀가 천하에 깔려 있다는 것을 그대는 모르는가?”

“하지만 그건, 그건…….”

“나와 귀령소의 관계를 누구보다 네가 잘 알 텐데? 나는 그동안 너의 노고를 기특하게 여겨서 혈사기의 관례를 깨고 네 부탁을 들어주려는 마음이 생겼다. 그만하면 대가가 되지 않겠느냐?”

염숭의 낯빛은 점점 더 창백해져 납처럼 푸르스름하게 변했다. 입술마저 혈색이 사라져서 이미 죽은 사람 같다.

한동안 말을 하지 못하고 넋이 나간 듯 멍하니 괴인을 바라보던 그가 겨우 입술을 뗴었다.

“귀령소를… 그분을 불러낸다면…… 강호는, 강호는 다시 한차례 혈풍에 잠길 텐데… 나는 감히…….”

"흥!"

괴인의 차가운 코웃음이 염숭의 답답한 말을 끊었다.

"네가 말하지 않는다고 내가 찾아내지 못할 줄 아느냐? 다만 시간이 조금 더 걸릴 뿐이겠지."

"그럼 그렇게 하시오. 나는 감히 그분의 거처를 발설할 수 없소이다."

염숭이 체념한 모습으로 퉁명스럽게 말했다.

그는 이미 살기를 포기한 사람이었다. 더 이상 괴인에 대한 두려움에 떨지 않는다.

그런 염숭을 노려보던 괴인이 스산하게 말했다.

"좋다. 그렇다면 나는 너를 죽이고, 이 장원 안에 있는 자들을 모두 죽이겠다. 살아 있는 것이라고는 쥐새끼 한 마리도 남겨두지 않겠어."

그게 과거 혈사기가 나타나면 벌어졌던 일이다.

염숭이 화가 나서 소리쳤다.

"나는 귀하가 과연 그렇게 할 수 있는지 매우 궁금하군! 귀하가 정말 혈사기의 주인이라면 지금쯤 팔십이 된 상노일 터. 귀하에게 아직까지 그럴 힘과 기력이 남아 있을까?"

"흐흐흐, 너는 시험해 보겠느냐?"

"그건, 그건……."

두려움을 애써 떨쳐 버리고 노기를 터뜨렸던 염숭이지만 괴인의 그 말에 다시 풀이 죽어 눈길을 떨어뜨렸다.

음침한 방 안에 무거운 적막이 흐르고 나서 괴인이 다시 말했다.

"좋다. 네가 귀령소의 유일한 육친(肉親)이라는 걸 생각해서 마지막 기회를 주지. 그녀가 있는 곳을 가르쳐 준다면 나는 그동안의 관행을 모두 깨뜨리고 장원의 네 식솔들을 머리카락 하나 다치지 않게 하겠다."

"아!"

괴인의 말에 염숭의 주름진 얼굴이 물결치듯 떨렸다.

귀령소.

그것은 한때 강호를 풍미했던 아미사소(峨眉四素) 중 막내인 소양(素陽)을 의미하는 강호의 음어(陰語)였다.

지금은 그 말조차 사라져 버렸는데 괴인은 아직도 잊지 않고 있었던 것이다.

오래전에 강호에서 사라져 버린 소양에 대해서는 전해지는 말들이 많았는데, 그중 가장 세상을 시끄럽게 했던 건 그녀의 실종에 대한 것이었다.

당시 그녀는 아미사소의 막내였지만 그 무공에 있어서는 나머지 세 언니를 합친 것보다 나으면 나았지 못하지 않다는 게 강호의 평판이었다.

그만큼 소양의 무공은 독특하면서 무시무시했던 것이다.

아미파에서 나온 절기들이 소양에 이르러서는 전혀 다른 신공절학으로 변해 버렸으니, 그녀의 타고난 천품은 가히 고

금제일이라 할 만했다.

그리고 몇 가지 이유 때문에 사문의 미움을 받았지만, 강호에서 소양은 이미 하늘 같은 존재가 되어버렸으므로 누구도 그녀를 해칠 수가 없었다.

그런 소양이 어느 날 갑자기 모습을 감추어 버리고 나타나지 않자 강호에는 온갖 말들이 생겨나 한동안 들끓었다.

그 말들 중 대세는 그녀가 죽었다는 것과 스스로 강호를 떠나 심산유곡에 숨었다는 소문이었다.

그 밖에 천적과의 싸움에서 회복할 수 없는 부상을 입고 아미산에서 정양하고 있다거나, 정인(情人)을 따라 멀리 서역으로 달아나 그곳에서 가정을 이루고 잘살고 있더라는 말까지 온갖 억측이 난무했었다. 하지만 아직까지 어느 것 하나 사실로 밝혀진 게 없다.

그런 속에서 반세기 가까이 세월이 흐르며 그녀의 존재는 이제 완전히 사라져 기억하는 자가 없게 되었다.

그러니 최명판관 염숭이 실은 그 소양의 사촌 동생이라는 걸 아는 사람은 더더욱 있을 리 없다.

하지만 괴인은 오십여 년 만에 다시 나타났음에도 그러한 것을 정확히 알고 있으니 염숭이 놀라는 건 당연하다.

그 무렵, 태백쌍악은 흡혈검귀 손막소와 마주치고 있었다.

소악 황령이 시비를 걸듯이 손막소의 앞을 가로막았고, 대악 염충은 몇 걸음 뒤에서 날카로운 눈으로 그들을 바라보고 있는 중이다.

손막소는 여전히 어눌하고 늙은 산골 노인의 흉내를 내고 있었다. 눈을 끔벅이면서 황령을 힐끔힐끔 바라보는데, 잔뜩 겁먹은 것 같기도 했고, 영 마땅치 않아 하는 것 같기도 했다.

어디에 있는지 장청의 모습은 보이지 않았다.

그녀가 온다 간다 말도 없이 사라진 것인데, 손막소는 걱정이 되어서 그녀를 찾기 위해 숙사를 나와 광장을 따라 걷다가 태백쌍악과 딱 마주친 것이다.

"늙은이, 묻는 말에 사실대로 대답해야 한다. 한 번 거짓말을 할 때마다 네 살점을 한 조각씩 저며낼 테니까 알아서 해."

황령의 음산한 말에 손막소가 겁먹은 듯 어깨를 움츠렸다.

"어디서 온 누구냐?"

"남양의 평촌에서 온 장 가올시다."

"왜 아직 여기에 남아 있는 거지?"

"잔치가 아직 끝나지 않았으니 남아 있는 것 아니겠소?"

"염숭의 잔치는 벌써 끝났다. 죄다 돌아가고 아무도 남아 있지 않은 걸 모른단 말이냐?"

"주인이 아직 파장을 선언하지 않았소."

손막소가 볼을 부풀린 채 말하며 사방을 가리켰다. 과연 아직 가설된 숙사며 여타 시설물들이 멀쩡하게 남아 있었다. 가득하던 사람들만 없을 뿐이다.

"작은 계집애는 어디로 갔지?"

황령이 여전히 수상하다는 얼굴로 묻는다.

손막소가 낯을 찌푸렸다. 말하는 동안 두려움이 조금씩 가시고, 불쾌함이 남은 것이다.

"내 주인 아가씨에게 그렇게 말하지 마시오."

"흥, 너의 주인이지 내 주인은 아니다. 내가 뭐라고 부르든 상관없어."

황령의 말에 더욱 낯을 찌푸린 손막소가 마지못한 듯 대답했다.

"주인 아가씨는 누구를 만나러 가셨는데, 조금 더 있어야 돌아오실 거요."

"누구를 만난다고? 이곳에 아는 사람이 있단 말이냐?"

"그거야 주인 아가씨의 사정이니 내가 알 리 없잖소?"

"이놈의 늙은이가? 솔직히 말하지 못해!"

황령이 눈을 부라리며 소리쳤다. 손막소가 짐짓 다시 겁먹은 얼굴로 한 걸음 물러선다.

그러자 황령이 성큼 따라붙으며 대뜸 손을 뻗어 손막소의 어깨를 움켜쥐었다.

평소의 그였다면 벌써 무지막지한 주먹을 휘둘러 눈앞의 늙은이를 때려 죽였을 것이지만 많이 참은 터였다.

내내 그들의 문답을 지켜보던 대악 염충은 소악이 손을 쓰는 걸 못 본 척했다.

　노인이 어떻게 응대하는지 지켜보려는 속셈이고, 그가 반항을 한다면 그 수법을 통해 정체를 파악할 수 있지 않을까, 하는 생각에서이다.

　하지만 손막소는 맥없이 황령의 갈퀴 같은 손에 붙잡히고 말았다.

　고통스러운 신음을 흘리며 쩔쩔맬 뿐, 조금도 반항할 기미가 없었다.

　소악이 지그시 내력을 불어넣자 손막소의 얼굴이 푸르스름하게 변해갔다. 어금니를 악물고 입술을 파르르 떠는 것이 어지간히 고통스런 모양이었다.

　"이상한걸?"

　잠시 후 황령이 고개를 갸웃거리더니 손을 놓았다.

　손막소가 숨을 헐떡이며 소리쳤다.

　"이런 경우 없는 일이 어디 있단 말이오? 무공이 높은 사람은 제멋대로 다른 사람을 이렇게 괴롭혀도 괜찮은 것이오?"

　"흥, 죽이지 않은 걸 고맙게 생각해."

　황령이 매섭게 노려보지만 이제는 손막소도 악에 받친 것처럼 마주 보며 여전히 소리쳤다.

　"나는 당신을 알지도 못하니 당연히 당신과 나 사이에 아무런 원한도 없을 것이오. 그런데도 이렇게 괴롭히다니! 그러고도 당신이 강호의 영웅호한이라고 할 수 있겠소?"

　"시끄럽다!"

꾸짖은 황령이 대악을 돌아보았다. 어떻게 하면 좋겠느냐고 묻는 것이다.

대악 염충은 눈살을 찌푸린 채 무엇인가 생각하고 있었다.

손막소가 수상하기는 한데 뛰어난 무공을 지니고 있는 것 같지 않으니 혼란스럽다.

'내가 잘못 짚었단 말인가?'

아직도 고통스러워하고 있는 낯선 노인에게 별 혐의가 없다면 보이지 않는 그 작은 소녀를 의심해야 한다.

'하지만 기껏 스무 살도 되지 않아 보이는 어린 계집애 아닌가? 그 나이에 혈영자를 대신할 수 있을 리가 없지. 역시 잘못 짚은 게 틀림없어.'

염창은 그렇게 생각할 수밖에 없었다.

비록 그녀와 눈앞의 노인이 아직도 이곳에 남아 있는 게 의심스럽기는 하지만 그것만으로는 그들이 혈사기를 꽂은 장본인이라고 단정할 수 없으니 난감하기만 했다.

第五章
월하문답(月下問答)

"저놈이?"

은밀히 후원을 향해 가던 장청이 재빨리 석등 뒤로 몸을 감추었다.

저 앞, 흐린 달빛 아래 두 사람이 달려오고 있었는데, 그중 한 사람이 운몽이라는 걸 멀리서도 알아볼 수 있었던 것이다.

'저놈이 나왔으니 후원에는 담옥상과 상문경 둘만 남았겠군.'

그렇다면 담옥상을 따돌리고 상문경을 죽이는 게 훨씬 쉬울 것이다.

하지만 운몽을 보자 장청은 그에 대한 미움과 적의가 더욱 솟구쳐 올라 참을 수 없었다.

장청이 더 망설이지 않고 작은 돌멩이 한 개를 주워 가볍게 튕겼다. 그것이 날카로운 파공성을 내며 곧장 운몽의 이마를 노리고 쏘아져 나갔다.

갑작스런 암습에 운몽은 물론 철선공자 여상풍도 크게 놀라 '앗!' 하고 소리쳤다.

슬쩍 머리를 기울여 돌멩이를 흘려보낸 운몽의 눈에 십여 장 앞에서 재빨리 사라지는 작은 그림자가 언뜻 들어왔다.

운몽이 발끝으로 땅을 찍었다. 여상풍은 그의 신형이 갑자기 퍽, 하고 꺼지는 것 같은 느낌을 받았다.

운몽은 그야말로 만월처럼 당겼던 활시위를 떠난 화살 같았다. 단번에 십여 장을 접어가는 신법의 쾌속함에 여상풍은 혀를 내두를 뿐이다.

작은 그림자는 물론 운몽의 모습도 순식간에 그의 시야에서 사라져 버렸다. 그때에야 정신을 차린 여상풍이 급히 몸을 날려 그들이 사라진 어둠 속을 향해 달려갔다.

귓전에 휙휙, 하고 스쳐 가는 바람 소리가 휘파람 소리처럼 요란하게 들린다.

운몽은 십여 장의 거리를 유지한 채 유성처럼 달아나고 있는 작은 그림자의 정체를 짐작했다.

그 뒷모습이 눈에 익었고, 저렇게 뛰어난 경신법을 지니고 있는 사람 중에 작은 소녀라면 그가 알고 있는 한 사람 외에는 없을 거라는 확신이 있었기 때문이다.

'장청이다!'

그렇게 생각했던 운몽은 곧 아니라고 부정했다.

'하지만 그녀는 산장이 불에 탈 때 죽었다고 하지 않았던가. 그렇다면 그녀의 귀신이라도 나타났단 말인가?'

그런 의혹이 들수록 마음이 급해졌다.

귀신이든 아니든 그녀가 정말 장청인지 아닌지 확인해 봐야 하는 것이다.

장청이 불에 타 죽은 게 아니었다면 다행스런 일이지만 그녀가 숭의산장에 찾아온 이유를 밝혀야 한다.

운몽은 만약 저 앞의 소녀가 장청이 틀림없다면 그녀가 어떤 형태로든 혈사기와 관련이 있을 것이라고 생각했다.

그것을 밝혀야 하는 한편, 그녀가 지니고 있다는 현천도록도 확인해 봐야 한다. 그래서 그 안에 들어 있다는 삼양신공이 정말 사문의 신공이라면 그것이 저 작은 악녀에 의해 나쁘게 쓰이기 전에 회수해야 하는 것이다.

그들은 어느새 숭의산장의 담을 뛰어넘어 낯선 황무지 위를 전력 질주하고 있었다.

주위에는 드문드문 소나무가 자라고 있는 황토 언덕들이 보일 뿐, 인가의 불빛 하나 없었다. 끝없이 드넓은 황토의 평원인 것이다.

그 황량한 벌판을 얼마나 더 달렸을까, 운몽이 참지 못하고 소리쳤다.

"거기 서!"

장청이 그 즉시 뚝, 멈추어 선다.

운몽은 그녀가 그렇게 갑자기 말 잘 듣는 아이처럼 멈추어 설 줄 몰랐기 때문에 자칫 부딪칠 뻔했다.

"엇!"

깜짝 놀란 그가 급히 신형을 무겁게 하여 멈추어 섰지만 달려오던 제 속도감을 이기지 못하고 휘청거렸다.

"흥!"

그런 운몽의 이마에 장청이 차가운 코웃음이 떨어졌다.

운몽과 그녀의 얼굴이 맞닿을 듯했다.

또 한 번 깜짝 놀란 운몽은 급히 몇 걸음 물러서고 나서야 정신을 차렸다.

"섰다. 어쩔 건데?"

장청이 여전히 당황한 표정으로 서 있는 운몽을 빤히 바라보며 쌀쌀맞게 말했다.

"사람을 불러 세웠을 때는 할 말이 있어서 아니겠어? 자, 말해봐."

너무나 당당한 그녀의 말과 태도에 운몽은 어리둥절해지고 말았다.

"뭐야? 할 말이 없다는 거야? 쳇, 싱거운 놈이로군."

장청이 매섭게 눈을 흘기며 투덜거렸다.

운몽은 그런 장청의 얼굴을 바라보며 머리를 갸웃거렸다. 제가 알고 있는 장청이 아니었기 때문이다.

장청은 요염하고 화사한 작은 소녀였는데, 눈앞의 소녀는 비록 그녀와 같은 체구에 몸매를 가지고 있었지만 수수하고 순박하게 생긴 시골 처녀의 모습 아닌가.

"너, 너는 누구지? 그녀가 아닌데?"

"그녀라니? 너는 대체 누구를 말하는 것이냐?"

"그녀는, 그녀는… 불에 타 죽었다. 그런데 너는 정말 그녀가 아니냐?"

"대체 무슨 소리를 하는 거야? 그럼 내가 네가 말하는 그녀의 귀신이라도 된다는 거냐?"

"아니, 그게, 저기……."

운몽은 무어라고 말해야 할지 갈피를 잡지 못하고 쩔쩔맸다.

느낌으로는 이 소녀가 바로 장청이 분명한데, 생긴 모습은 전혀 다르니 혼란스럽지 않을 수 없다.

장청이 하얀 이를 드러내고 활짝 웃었다. 달빛 아래 반짝이는 과꽃 같다.

"너는 누구를 매우 그리워하나 보지? 그게 누구야? 정인이냐?"

"터무니없는 소리!"

운몽이 버럭 화를 내지만 장청은 배시시 웃기만 했다.

"그런데 그 누군가가 나를 닮았던 모양이군? 그래서 너는 나를 보자마자 그 사람을 떠올린 거야. 왜 그랬을까? 혹시 너 혼자서 짝사랑하는 건 아냐?"

"소저는 입만 열었다 하면 터무니없는 소리를 하는군. 내가 찾는 사람이 아니라는 걸 알았으니 나는 더 이상 소저와 상대하지 않겠소."

운몽이 잔뜩 화가 난 얼굴로 퉁명스럽게 말하고 돌아섰다.

그는 서편 숙사에 머물러 있다는 노인과 소녀를 본 적이 없으니 눈앞의 아가씨가 바로 그 소녀인 것을 모른다.

왜 날 저물어서 숭의산장에 숨어들어 온 건지 의문이지만 엉뚱한 소리나 해대는 그녀와 실랑이하고 싶은 마음이 없었다.

운몽이 돌아서자 그 즉시 씨잉, 하고 뒤통수에 날카로운 바람이 쏘아져 왔다.

"흥!"

차갑게 코웃음 친 운몽이 돌아보지도 않고 손을 휘저었다. 작은 돌 부스러기가 그의 손바람에 튕겨져 나간다.

소녀가 까르르 웃고 말했다.

"호호호, 나는 던지고 너는 튕겨내니 우리는 손발이 매우 잘 맞는 한 쌍이구나? 내가 때리면 너는 맞을 테고, 내가 칼을 내밀면 너는 배를 내밀겠지? 세상에 너보다 내 마음을 잘 알고 흡족하게 해줄 사람은 없을 거야."

"소저는 대체 무슨 말을 하는 거요?"

"네가 좋아하는 아가씨가 불에 타 죽었나 보지? 그래서 잊었다고 생각했는데 나를 보니까 다시 생각이 난 거야. 그렇지? 그렇다면 자꾸 그렇게 도망치려고만 할 게 뭐 있어? 나를 그 아가씨라 생각하고 재미있게 놀면 되지."

"하, 말이 통하지 않는 아가씨로군."

운몽이 설레설레 머리를 흔들고 다시 돌아섰다. 그러자 장청이 가볍게 몸을 날려 그를 뛰어넘더니 앞을 가로막았다.

"못 가."

두 팔마저 활짝 벌리고 서서 고집스런 얼굴로 바라본다. 운몽은 기가 막혔다.

그녀를 밀치고 갈 것인가 말 것인가 잠깐 망설였지만 괜한 시비를 일으키고 싶지 않아 포기했다.

이 귀찮은 아가씨를 건드려 봐야 아무 소용도 없으리라고 생각한 것이다.

"도대체 아가씨는 정체가 뭐요? 그 나이에 그토록 뛰어난 신법을 지니고 있으니 놀랍군. 숭의산장에는 무슨 일로 온 거요?"

장청이 빙글빙글 웃는다.

"내가 왜 너에게 그런 걸 말해줘야 하지? 오라, 이제 보니 너는 관아의 포졸이었구나? 하지만 나는 아무것도 훔치지 않았고, 강도 짓도 하지 않았으니 잡아갈 수 없을걸?"

"아가씨도 강호의 인물이 분명한데 그렇다면 지금 숭의산 장에서 벌어지고 있는 일이 어떤 건지 모르지는 않겠지요?"

"몰라."

"정말 모른단 말이오?"

"빌어먹을 숭의산장이 어떻게 되든 내가 알 게 뭐야?"

"허—"

장청의 말에 운몽은 질려 버렸다.

"아가씨는 모르는 모양이니 말해봐야 소용없지. 아가씨가 몰래 숭의산장에 숨어들어 온 것은 탓하지 않겠소. 하지만 다시 그곳에 갈 생각은 마시오. 그냥 돌아가는 게 좋을 거요."

운몽은 진심으로 그녀를 생각해서 해준 말이었다. 혈영자가 나타나 한바탕 싸움이 벌어지면 누구도 안전을 장담할 수 없지 않은가.

눈앞의 소녀가 저를 귀찮게 하고 시간을 빼앗았지만 누구인지도 모르는 사람이 애꿎은 화를 당하게 할 수는 없었던 것이다.

"어째서?"

"위험한 일이 벌어질지 모르니 아가씨의 안전을 염려해서 해주는 말이외다. 그러니 내 말을 듣는 게 좋을 거요."

진지하게 말하지만 장청은 헤죽헤죽 웃기만 할 뿐 조금도 무서워하지 않았다.

운몽은 그녀가 귀찮아졌다. 이 엉뚱한 아가씨를 떼어놓고

어서 산장으로 돌아가 태백쌍악과 함께 서편 객사에 남아 있
다는 노인과 소녀를 만나봐야 하는데 장청이 앞을 비켜주지
않으니 답답한 일이다.

운몽이 살짝 눈살을 찌푸린 채 정중하게 말했다.

"나는 산장으로 돌아가야 하는데 비켜주시겠소?"

그러나 장청은 듣지 못한 것처럼 여전히 두 팔을 활짝 벌린
채 앞을 가로막고 서 있기만 했다.

2

"나는 네가 무얼 하려는 건지 잘 알아. 할아범을 심문하려
는 거지?"

"엇?"

뜻밖의 말에 운몽이 깜짝 놀랐다.

"아니, 그럼…… 아가씨가 바로 서편 객사에 남아 있다는
그 아가씨였단 말이오?"

"쳇, 정말 눈치코치없는 놈이라니까? 꼭 내 입으로 말해줘
야만 알아채니, 대체 그런 꽉 막힌 머리로 뭘 할 수 있을지 몰
라?"

"으음—"

"소용없어. 할아범은 내 허락이 없는 한 아무것도 말하지
않을 테니까. 그러니 너는 나에게 조금 더 물어보도록 해. 그

러면 혹시 가르쳐 줄지도 모르잖아?"

그녀의 말에 운몽이 할 수 없다는 얼굴이 되어 한숨을 쉬고 다시 물었다.

"아가씨가 이곳에 온 목적이 뭐요?"

"구경하려고."

"그것뿐이오?"

"왜? 또 있어야 해?"

"좋소. 그럼 잔치가 파장하고 사람들이 모두 떠났는데도 아직까지 이곳에 남아 있는 이유는 뭐요?"

"너는 왜 돌아가지 않고 남아 있지? 숭의산장의 사람도 아니잖아?"

"그건, 그건……."

운몽이 할 말을 찾지 못하고 우물쭈물하자 그를 빤히 바라보던 장청이 까르르 웃었다.

"우리 이렇게 하자. 내가 한 가지를 물을 테니 네가 대답해 주는 거야. 그런 다음에 네가 한 가지를 물으면 내가 대답해 주지. 그러면 공평하지 않겠어?"

강호의 경험이 없는 운몽은 눈앞의 당돌한 아가씨를 대체 어떻게 상대해야 할지 몰라 난감하기만 했다.

'쳇, 작은 아가씨들이란 모두 이렇게 까다롭고 앙큼한 존재란 말이냐? 어째서 고분고분하지 못하지? 귀찮구나, 귀찮아.'

잘못 건드렸다는 후회만 든다.

"너는 숭의산장에 왜 왔지?"

어느새 입장이 바뀌어 버렸다. 장청이 판관이라도 된 것처럼 매섭게 물었고, 운몽은 얼떨결에 대답했다.

"염 대인의 잔치를 구경하러 왔을 뿐이오."

"쳇, 별거없었군. 이제 네가 물어봐."

"아가씨는 대체 누구요?"

"이봐. 이 멍청한 도련님아, 그렇게 물으면 대답할 수가 없잖아. 쳇, 뭘 알아보려면 좀 더 구체적인 걸 물어봐야지. 이름이라던가, 정체라던가, 목적이라던가, 뭐 그런 거 말이야."

아차, 하고 뉘우친 운몽이 질문을 다시 했다.

"아가씨의 이름이 뭐지?"

"틀렸어. 너는 벌써 물어봤잖아. 이번에는 내 차례야."

"아니, 뭐라구?"

뭐라고 항변할 새도 없이 장청이 재빠르게 말했다.

"너는 다 떠나 버린 숭의산장에 남아서 대체 뭘 하고 있는 거지?"

운몽이 어리둥절해하자 장청이 까르르 웃었다.

"대답하기 싫으면 그만둬. 나도 네 물음에 대답하지 않을 테니까. 그럼 그만 각자 볼일을 보자구."

"아니오, 대답해 주겠소."

"그래? 그럼 해봐."

“소생은 숭의산장에서 한 사람을 기다리고 있소이다.”

“그게 누군데?”

“이번에는 내가 물어볼 차례 아니오?”

“좋아, 물어봐.”

“아가씨의 이름은?”

운몽을 놀리고 싶어진 장청이 생각나는 대로 아무렇게나 말했다.

“소소.”

“소소?”

운몽이 눈살을 찌푸렸다. 처음 들어보는 이름인 탓이다.

그가 생각할 틈을 주지 않고 장청이 다시 묻는다.

“너는 누구에게서 무공을 배웠어?”

“그건, 그건…….”

“쳇, 말하기 싫으면 그만둬. 대신 나에게도 더 이상 묻지 마.”

운몽은 사부의 명호를 말해야 할지 말아야 할지 망설이지 않을 수 없었다.

장청이 쌀쌀맞게 코웃음을 치고 돌아섰다. 그대로 떠나려는 듯하다.

이렇게 그녀를 보낼 수 없다고 생각한 운몽이 다급하게 말했다.

“광명존자라는 분이시오. 이제 됐소?”

"광명존자?"

다시 그에게로 돌아선 장청이 머리를 갸웃거렸다.

'설마 이 바보 녀석이 거짓말을 하는 건 아니겠지?'

운몽의 눈치를 살피지만 그는 순박한 표정을 짓고 있었다. 진지하다.

'거짓말을 하지 않았다는 건 알겠는데 대체 광명존자가 누구야?'

운몽의 무공이 어떤지 잘 알고 있는 장청은 그의 사부가 대단히 유명한 사람일 것이라고 짐작하고 있었는데 조금은 실망이었다.

아버지에게서도 들어본 적이 없다.

그녀의 부친은 그녀에게 강호의 비사와 절정고수라고 할 만한 자들에 대한 이야기를 늘 들려주었는데, 광명존자라는 이름은 아직까지 한 번도 말해준 적이 없었다.

운몽이 다시 물었다.

"당신은 혈사기와 어떤 관계지?"

"혈사기? 그게 뭐야? 몰라. 알고 싶지도 않고. 너는 정말 쓸데없는 것만 물어대는구나. 귀찮군, 귀찮아."

장청이 짜증난다는 듯 눈살을 찌푸리고 톡 쏜다. 그것 또한 아버지에게서도 들어보지 못한 말이었던 것이다.

잔뜩 기대하고 있던 운몽은 어리둥절해지고 말았다.

'이 아가씨가 혈사기와 관계가 없다면 대체 누가 그것을 꽂았단 말인가?

이제는 내 차례라는 듯 장청이 다시 물었다.

"네가 기다리고 있다는 사람이 누구야?"

"혈영자라고, 혈사기의 주인이라오."

"응, 그렇구나. 나하고는 상관없는 일이군."

장청이 재미없다는 듯 건성으로 대꾸하고 머리를 끄덕였다.

운몽은 그녀가 확실히 혈사기와 혈영자에 대해서 모르고 있다는 걸 알았다. 그렇다면 잘못 짚었다는 생각에 허탈해졌다.

"아가씨의 경신법이 대단하던데 사부님은 누구시오?"

"없어."

운몽의 질문에 장청이 딱 잘라 대답했다.

"없다고?"

"그래, 없어."

다시 잡아뗀 장청이 더 말할 새를 주지 않고 재빨리 묻는다.

"이번에는 내 차례야. 너는 이렇게 생긴 걸 한 개 가지고 있지?"

품에서 작은 귀고리를 꺼내 불쑥 내민다. 그것을 본 운몽이 '엇!' 하고 놀랐다.

장청의 손바닥 위에서 반짝이고 있는 귀고리가 자신이 잿

더미가 된 장 대인의 장원에서 주웠던 것과 똑같은 것이었기 때문이다.

그것은 한 쌍이 틀림없었다.

머뭇거리던 운몽이 사실대로 말했다.

"그렇소. 가지고 있소이다."

"홍!"

장청의 코웃음에 살기가 실린다.

운몽은 의아하기만 했다.

'이 아가씨는 아무리 보아도 장청이 아닌데 어떻게 그녀의 것으로 보이는 귀고리에 대해서 알고 있으며, 한 개를 가지고 있는지 모를 일이다.'

장청은 제가 어떤 질문을 해도 운몽이 거짓말로 얼렁뚱땅 넘기지 못하고 곧이곧대로 말하고 있다는 게 한심하면서도 재미있었다.

제 차례가 된 운몽이 다시 물었다.

"아가씨는 어떻게 그것을 가지고 있지?"

혹시 그녀가 장 대인의 장원에 불을 지른 흉수가 아닐까, 하고 잠깐 생각한 것이다.

장청이 태연하게 대답했다.

"누가 잠시 빌려주었어. 이젠 내가 물을 차례지? 너는 사랑하는 사람이 있어?"

"그건, 그건……."

이런 엉뚱한 질문을 할 줄 몰랐던 운몽은 당황하고 말았다.
장청이 빤히 바라보며 대답을 재촉한다.

운몽이 어쩔 수 없다는 듯 가볍게 한숨을 쉬고 말했다.

"그렇소. 한 사람을 가슴속에 담아두고 있소이다."

운몽의 말에 장청의 눈매가 샐쭉해졌다.

운몽이 다시 물었다.

"당신에게 그 귀고리 한 짝을 빌려준 사람이 누구요?"

"어떤 여자."

건성으로 대답한 장청이 재빨리 다시 물었는데, 반짝이는
눈에 은근한 기대감이 떠올라 있었다.

"네가 사랑한다는 사람이 누구야? 설마 불에 타 죽었다는
그 아가씨는 아니겠지?"

"터무니없는 소리! 내가 사랑하는 사람은 따로 있소!"

"아니면 말지, 왜 그렇게 화를 내고 그래? 쳇, 별꼴이야."

운몽의 대답에 장청이 잔뜩 토라진 얼굴을 하고 입술을 삐
죽거렸다. 그러더니 불쑥 손을 내민다.

"내놔."

"뭘 말이오?"

"네가 가지고 있는 한 짝이지 뭐겠어?"

"이건 당신의 물건이 아닌데 왜 달라고 하는 것이오?"

"흥, 내 물건인지 아닌지 네가 어떻게 알아?"

"그건, 그건……."

선뜻 대답하지 못하고 우물거리던 운몽이 희색을 띠고 제 손바닥을 쳤다.

"그렇지, 지금은 내가 물어볼 차례지. 나는 아가씨의 그 질문에 대답하지 않아도 돼."

그러더니 장청이 뭐라고 떼를 쓸까 봐 겁난다는 듯 재빨리 묻는다.

"그 한 짝의 귀고리를 빌려주었다는 사람이 누구요?"

장청이 머뭇거리지 않고 대답했다.

"우리 아가씨지 누구겠어? 아가씨는 이것을 빌려주면서 나머지 한 개를 반드시 찾아오라고 하셨다."

"헛! 아가씨라고? 그럼, 그럼 설마 당신에게 명령했다는 그 아가씨가 그녀란 말이오? 아! 그녀가 정말 죽지 않고 살아 있는 거요?"

"이제는 내가 물어볼 차례잖아."

"어서, 어서 물어보시오."

운몽의 마음이 급해졌다. 장청이 과연 살아 있는지, 살아 있다면 어디에 있는지 묻고 싶은 마음이 가득해서이다.

그러나 장청에게는 더 묻고 싶은 마음이 없었다.

운몽이 귀고리의 나머지 한 짝을 가지고 있다는 걸 확인했으니 충분하다.

그녀가 매섭게 노려보며 말했다.

"너는 왜 우리 아가씨에게 그토록 관심을 갖고 있는 거지?

혹시 짝사랑하는 건 아니야?"

"터무니없는 소리!"

운몽이 펄쩍 뛰었다.

"나는 다만 그녀가 가지고 있다는 현천도록을 한번 빌려보기 원할 뿐이오!"

장청이 고개를 갸웃거렸다.

"왜?"

"이번에는 내가 물을 차례요."

"그럼 어서 물어봐."

"그녀는 어디에 있소?"

잠시 생각하던 장청이 곤란하다는 듯 눈살을 찌푸렸다.

"그건 좀……."

"약속하지 않았소? 서로 묻고 답해주기로. 아가씨는 약속을 지키시오."

정색을 하고 다그치는 운몽을 물끄러미 바라보던 장청이 한숨을 쉬고 말했다.

"저기 동굴 속에 두더쥐처럼 숨어 살고 있어."

손가락으로 먼 하늘을 가리키며 건성으로 말하고는 운몽이 불만을 터뜨리기 전에 재빨리 묻는다.

"너는 왜 현천도록을 보려고 하지? 오라, 우리 아가씨에게서 그것을 빼앗으려고 하는 거지?"

"아니오. 나는 다만 그 안에 내 사문의 신공이 과연 들어 있는지 확인하려는 것뿐이오. 도록에는 관심도 없소.”

“응, 그렇구나.”

알겠다는 듯 머리를 끄덕인 장청이 입술을 삐죽 내밀고 토라진 표정을 지었다.

“애들처럼 묻고 답하는 놀이도 지겹군. 나는 이제 이 놀이를 그만두겠어.”

“안 되오. 나는 아직 아가씨에게 물어볼 게 남았거든. 더 합시다.”

“나는 물어보고 싶은 게 없어. 그러니 그만둘 테야.”

“내게는 궁금한 게 더 있단 말이오!”

“쳇, 그거야 네 사정이지 내가 알 바 아니잖아? 내가 싫다면 싫은 거야. 너는 잔말 말고 귀고리나 내놓도록 해. 그러면 목숨은 살려주지.”

“으음―”

운몽은 이대로 그만둘 수가 없었다. 눈앞의 소녀가 장청의 몸종이라면 더욱 그렇다.

장청이 타 죽지 않고 살았다니 새로운 의문도 생겼다.

그녀가 살아 있다면 장 대인과 부인도 살아 있을 가능성이 높았다.

그렇다면 현천도록을 노리고 장원에 불을 지른 흉수가 뜻을 이루지 못했다는 건데, 그 이후 강호에서는 현천도록에 대한 말이 일체 떠돌지 않고 있었다. 그것도 의문이다.

실패한 흉수들은 다시 장 대인 가족을 찾아가야 옳은 일이
지 않은가. 그렇다면 강호가 또 한 차례 현천도록에 대한 일
로 인해 시끄러워져야 한다.

3

운몽은 장청을 찾아서 반드시 현천도록을 확인해야 한다
고 생각했다. 그녀가 살아 있다는 걸 안 이상 귀고리 따위는
이제 아무 의미도 없는 것이다.

그런 생각을 한 운몽이 품에서 귀고리를 꺼냈다.

"한 가지 조건이 있는데 그것을 들어준다면 나는 이것을
기꺼이 아가씨에게 주겠소."

"뭐라고? 조건이라고? 흥, 너는 이제 보니 도둑놈 심보를
가지고 있구나?"

"말이 과하오."

"그렇지 뭐야? 주인이 나타나서 훔친 물건을 돌려달라는
데 조건이라니?"

"나는 이것을 훔치지 않았소."

"어쨌든 네 것이 아니잖아. 주인이 달라고 하면 주는 게 당
연하지, 무슨 놈의 조건이란 말이야?"

"내가 줍지 않았으면 영영 잃어버렸을지도 모르지 않소?
그걸 돌려받게 되었으니 고마워서라도 내 조건쯤은 들어줘도

괜찮지."

"좋아, 말해봐."

"나를 당신의 아가씨에게로 데려다 주시오."

"뭐라고?"

장청이 어리둥절해서 운몽을 빤히 바라본다.

'이 녀석이 교활한 건지, 멍청해서 죽고 사는 것도 모르는 건지 알 수 없구나.'

그녀는 아버지로부터 어떻게 하든 운몽을 찾아 금동(禁洞)으로 데려오라는 명령을 받았다.

운몽을 그녀 혼자 제압하기 힘들다는 걸 알기 때문에 장 대인은 손막소를 딸려 보내지 않았던가.

그래도 장청은 제가 과연 운몽을 제압해서 동굴로 데려갈 수 있을지 내심 걱정이었다. 그의 무공이 맨손으로 자신의 검을 이길 만큼 높다는 걸 잘 아는 까닭이다.

그런데 운몽이 스스로 가기를 원하니 이거야말로 꿩 먹고 알 먹는 일이 아니랴.

장청이 배시시 웃고 말했다.

"좋아, 너를 데려가면 우리 아가씨에게 혼나겠지만 뭐, 그 정도야 너의 성의를 봐서 감수해 주지."

"정말이오? 나를 당신의 아가씨에게 데려다 주는 거지요?"

"아, 말 많네. 강호의 여협은 한번 한다면 하는 거야. 내가 그렇게 하겠다고 했으니 너는 그냥 따라오면 돼."

어서 달라는 듯 내민 손을 흔든다.

잠시 그녀를 바라보며 머뭇거리던 운몽이 가벼운 한숨과 함께 귀고리를 장청에게 넘겨주었다.

한 쌍의 귀고리를 서로 맞추어본 그녀가 아이처럼 좋아했다.

"이제야 이것을 찾았구나. 잘됐어. 잘된 일이야. 이제는 아무 거리낌 없이 사형을 볼 수 있겠지."

그녀의 중얼거림을 들은 운몽은 의아해졌지만 이제 와서 다시 내놓으라고 할 수는 없는 일이다.

운몽은 마음이 불안해졌다. 눈앞의 소녀가 약속을 어기고 달아나 버릴까 봐 걱정되었던 것이다.

비로소 그녀가 자신을 장청에게로 인도한 다음에 귀고리를 내줄 걸 그랬다는 후회가 들지만 엎질러진 물이었다.

"지금 당장은 갈 수 없어."

장청이 눈을 흘기며 말했다. 운몽은 다행이라고 생각했다. 그렇지 않아도 지금 당장 가자고 하면 어떻게 할지 난감했던 것이다.

"나도 좋소. 혈사기의 주인이 나타날 때까지 기다릴 작정이었으니 조금 늦는다고 해도 상관없지. 그런데 정말 아가씨는 혈사기에 대해서 조금도 모른단 말이오?"

"그런 걸 알아서 뭐 하게?"

"그렇다면 대체 무엇 때문에 여태까지 숭의산장에 남아 있었단 말이오? 나는 아가씨가 그 혈사기와 관계된 사람이 아닐까 하고 의심했소이다.”

“나는 바로 이 귀고리를 찾기 위해 남아 있었을 뿐이야.”

“그렇다면 더욱 이상하군. 아가씨는 숭의산장에 남아 있는 사람들 중 누군가가 그 귀고리를 가지고 있다는 걸 알았다는 것 아니오? 대체 어떻게?”

“아, 너는 정말 귀찮은 도련님이구나. 나는 더 말하고 싶지 않으니까 네 마음대로 생각해.”

쌀쌀맞게 말한 장청이 한 걸음 앞서 걸었다. 그 뒤를 따라가면서 운몽은 자꾸만 떠오르는 알 수 없는 불안함에 몸을 떨었다.

“어? 이게 어떻게 된 일이오?”

두리번거리며 열심히 운몽의 자취를 쫓아오고 있던 철선공자 여상풍이 입을 딱 벌렸다.

그는 운몽이 지금쯤 정체를 알 수 없는 그 아가씨와 혈전을 벌이고 있거나, 그녀를 제압해서 끌고 오는 중일 것이라고 생각하고 있었던 것이다.

그런데 달빛 아래 마치 다정한 한 쌍의 연인이 산책이라도 하듯 한가롭게 옷자락을 펄럭이며 걸어오고 있는 운몽과 장청을 보고는 기가 막힐 수밖에 없다.

“여 형, 태백쌍악 두 분 선배님은?”

"나는 곧장 운 공자를 뒤쫓아왔으니 알 수 없지요. 아마 지금쯤 그 수상한 노인을 제압해서 추궁하고 있지 않을까요?"

"뭐라고?"

여상풍의 말에 장청이 발끈해서 화를 냈다.

"태백쌍악 따위가 감히 내 종에게 손을 댔단 말이냐?"

운몽이 어리둥절해서 그녀를 보았다.

'종이라니? 이 아가씨는 장청의 몸종이지 않은가? 그런데 몸종에게 딸린 종이라니? 들어보지 못한 일이구나.'

말을 해놓고 아차, 싶었던지 장청이 슬금슬금 운몽의 눈치를 보며 다시 말했다.

"우리 아가씨는 누가 당신의 종을 괴롭히는 걸 참지 못하거든."

천연덕스런 말에 운몽은 저의 의문을 덮어둘 수밖에 없었다. 그녀가 당황해서 잘못 말했거나, 제가 그녀의 말을 제대로 알아듣지 못한 모양이라고 여긴다.

여상풍의 짙은 눈썹이 꿈틀거렸다.

그가 노기를 띠고 장청을 노려보았다.

"어린 계집애가 말을 함부로 하는구나. 강호의 대선배를 두고 그따위 말버릇이 어디 있단 말이냐?"

"쳇, 우리 아가씨가 누구인지 알면 태백쌍악 따위는 감히 숨도 크게 쉬지 못할 텐데 무슨 상관이야?"

"뭐라고? 대체 너의 아가씨가 누구이기에 그렇게 큰소리를 치는 거냐?"

여상풍이 단단히 화가 났다는 걸 느낀 운몽이 재빨리 그의 옷소매를 잡아당기며 귓전에 속삭였다.

"여 형, 화가 나도 잠시 참는 게 좋겠어요. 그녀는 장청의 몸종이라는군요."

"무엇이?"

여상풍의 낯빛이 지나친 놀람으로 창백해졌다.

그의 머릿속에는 아직도 황제릉에서 보았던 장청의 그 끔찍한 솜씨와 악독한 모습이 깊이 새겨져 있었다. 눈앞의 수수하게 생긴 소녀가 그 장청의 몸종이라니 겁부터 더럭 난다.

그가 떨리는 음성으로 운몽의 귀에 속삭였다.

"그녀는, 그녀는… 잠촌의 장원이 불에 탈 때 죽지 않았단 말이오?"

"그런 것 같소."

"그럼, 그럼 이 일은……."

여상풍의 머릿속에 수많은 생각들이 번갯불처럼 번쩍이며 지나갔다.

그는 이 안에 커다란 비밀이 숨어 있고, 어쩌면 강호를 뒤흔들 만한 음모가 있을지도 모른다는 것을 직감했다.

"운 공자, 나는, 나는… 이 일에 더 이상 끼어들고 싶지 않구려."

"그거야 여 형 좋을 대로 하세요. 하지만 나는 그녀를 따라 장청을 만나러 가기로 했으니 물러날 수가 없군요."

"운 공자는 무엇 때문에 굳이 그 악독한 년을 만나려 한단 말이오? 역시 현천도록 때문이오?"

"한 가지 반드시 확인해야 할 게 있기 때문이랍니다."

"역시 도록 때문이로군."

여상풍이 잔뜩 낯을 찌푸렸다. 여기서 운몽에게 작별을 고하고 제 갈 길로 갈지, 그를 따라 장청에게 가야 할지 쉽게 마음을 정할 수 없었던 것이다.

잠시 멍하니 달을 바라보며 생각에 잠겼던 여상풍이 길게 한숨을 쉬었다.

"휴— 좋소, 좋아. 소생도 함께 가도록 하겠소이다. 부족하지만 공자를 위해 힘을 아끼지 않겠소."

"아, 여 형은 굳이 그렇게 하지 않아도 된답니다. 위험이 있을 뿐 즐거운 일은 없을 게 뻔한데, 나는 여 형을 그 일에 끌어들이고 싶지 않군요."

"위험하고 즐겁고의 문제가 아니라오. 목숨의 빚을 갚을 때까지 운 공자를 따르겠다고 스스로 결정했으니 내 자신과의 약속을 저버릴 수 없지. 나는 비록 마음 내키는 대로 행동하며 강호를 주유했지만 스스로는 호한이라고 자부한다오. 그런데 제 스스로 한 약속을 깨뜨릴 수 있겠소?"

운몽은 여상풍의 결심이 굳다는 걸 알았다.

약속을 중하게 여기는 건 강호의 협사를 자칭하는 자라면 누구나 그럴 것이다. 운몽은 여상풍의 그런 마음을 받아들이는 게 그를 존중해 주는 것임을 알았다.

"좋습니다. 여 형의 뜻이 그렇다면 기꺼이 여 형의 도움을 받도록 하지요."

두 사람이 서로 손을 마주 잡은 채 뜨거운 눈길을 나누는 걸 지켜보던 장청이 코웃음을 쳤다.

"흥, 저희들이 무슨 강호의 대단한 영웅호걸이라도 되는 줄 아는 모양이지? 쳇, 어림없다, 어림없어. 우리 아가씨를 만나면 금방 무릎 꿇고 울며불며 살려달라고 애걸하게 될걸? 그게 무슨 영웅의 꼴이겠어? 흥, 나는 꼭 그 꼴을 보고 말 테다."

그녀의 지독한 말에 여상풍이 다시 매섭게 쏘아보지만 마음속에 꺼림칙함이 생긴 터라 뭐라고 꾸짖지는 못했다.

第六章
장청에게 놀아나다

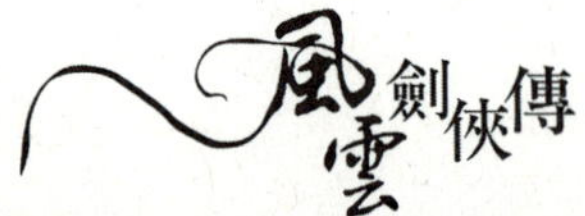

운몽과 여상풍은 어깨를 나란히 하고 달려 급하게 불어가는 바람처럼 숭의산장으로 돌아왔다.

그 무렵 텅 빈 광장의 서편 숙사 뒤에서는 한바탕 드잡이가 벌어지고 있었는데, 소악 황령이 기어이 성질을 참지 못하고 손막소를 핍박한 게 원인이었다.

끝까지 제 정체를 드러내지 않으려던 손막소도 더 이상 참지 못하고 소악을 상대해 줄 수밖에 없었던 것이다.

"이 음흉한 늙은이 같으니, 꿩처럼 잘도 대가리를 감추고 숨어 있었겠다? 흥! 하지만 오늘 이 어르신에게 걸린 게 재수 없는 일인 줄 알아라! 내가 반드시 네놈의 정체를 밝혀내고 말 테다!"

황령이 잔뜩 화가 나서 외치며 두 손을 어지럽게 휘둘렀다.

옷자락이 펄럭이고 매서운 바람 소리가 쉴 새 없이 터져 나온다.

서로 몇 마디 험한 말을 나눈 끝에 황령이 선공을 했던 것인데, 손막소가 잘 버티고 있었다.

대악 염창은 그들과 떨어진 곳에서 팔짱을 낀 채 눈빛을 번쩍이며 싸움을 유심히 살펴보고 있는 중이었다.

싸움이 험악해지면 숨겨두고 있던 절기를 사용할 수밖에 없고, 그러면 그것을 통해 노인의 정체를 알아낼 속셈인 것이다.

염창은 황령의 무공이 이미 강호의 명숙들과 어깨를 나란히 할 만큼 높으니 눈앞의 노인을 당하지 못할 리 없다고 믿었다. 그런데 싸움이 거듭될수록 상황은 불안해져 가기만 했다.

황령이 길길이 날뛰며 무시무시한 초식들을 쏟아 붓지만 정체를 알 수 없는 노인은 그때마다 절묘한 솜씨로 거뜬히 받아냈다.

특별한 절기도 아니었다. 강호에 잘 알려져 있는 온갖 잡다한 초식들을 운용하고 있었는데, 아주 적절한 때에 적절하게 사용했으므로 적은 힘으로도 황령의 공력이 잔뜩 들어간 권장을 큰 어려움 없이 받아내고 있었던 것이다.

'저 늙은이가 대단한 고수였구나. 자칫하면 소악이 낭패를 보겠는걸?'

염창은 그런 걱정 때문에 한시도 그들의 움직임에서 눈을 떼지 못하고 있었다.

"이얏!"

소악 황령의 기합성이 허공에 쩌르릉 울려 퍼졌다.

우르릉—

내력을 충분히 실어 일권을 때리자 허공에 뇌성이 진동한다.

손막소가 여전히 구부정한 허리를 펴지 않고 좌우로 건들건들 움직이며 음침한 소성을 흘렸다.

"흐흐흐, 강호에 소악의 이름이 진동하기에 대단한 줄 알았더니 별것없었구나?"

태연히 말하며 긴 곰방대를 뽑아 들어 허공을 찌르고 베었는데, 하나같이 황령의 권로(拳路)를 가로막거나 해소하는 절묘한 초식들이었다.

소림사의 도법이 있고, 귀문(鬼門)의 사악한 검법 초식이 있다. 무당파의 태극검과 지독하기로 이름난 아미의 자법(刺法)이 혼용되었고, 흑룡방(黑龍幫)의 절기로 알려진 곤법(棍法)도 불쑥 튀어나온다.

노인의 곰방대에서 쏟아지는 각기 다른 절기들은 황령은 물론 지켜보고 있는 염창마저 어리둥절하게 했다.

황령은 이십여 초가 지나도록 등이 굽은 노인 하나 때려눕히지 못했다는 데에 몹시 자존심이 상했다.

"이놈의 늙은이가 언제까지 피하기만 하는지 보자!"

이를 갈며 외친 황령이 더욱 사납고 흉포하게 들이쳤다.

그는 이제 더 이상 아끼지 않고 자신의 절기 중 하나인 천화포접장(千華抱蝶掌)을 펼쳤다.

그의 사부였던 혈수인마 염처량의 절기 중 하나인데, 부드럽고 나긋나긋한 이름과는 달리 그 치밀함이 과연 천하 장법의 정수를 모은 것이라 할 만했다.

허공에 옷자락이 가득 펄럭이고, 황령이 뿌려대는 장력이 그물처럼 뒤덮였다. 그 속에서 손막소는 점점 궁지에 몰려갔다.

'제기랄, 이 염치도 없는 놈이 기어이 나를 화나게 하는구나.'

손막소는 당장이라도 자신의 절기인 흡혈검을 휘둘러 황령을 찌르고 싶었다.

하지만 이십여 초를 나누고 보니 자신이 흡혈검법을 펼친다고 해도 꼭 황령을 이길 수 있을 것 같지는 않았다. 그와 황령은 그야말로 호각지세를 이루는 호적수였던 것이다. 그런데 황령은 자신의 절기를 마음껏 펼쳐 내고, 손막소는 제 신분을 감추어야 하기 때문에 마음대로 절기를 펼칠 수 없으니 궁지에 몰릴 수밖에 없다.

손막소가 바라는 건 오직 한 가지, 제가 마각을 드러내기 전에 장청이 돌아와 이 난감한 국면을 해소시켜 주는 것이었다.

'아가씨는 대체 어디로 갔단 말이냐? 벌써 반 시진은 족히 지났을 텐데 아직도 돌아오지 않으니 설마 혼자서 훌쩍 떠나버린 건 아니겠지?

그런 불안이 들자 손발이 더욱 어지러워졌다.

이대로 십여 초만 더 지난다면 꼼짝없이 황령의 손에 잡히거나 장력을 맞고 죽을 수밖에 없을 것 같았다.

손막소는 이를 악물었다.

버틸 수 있을 때까지 버티다가 안 되면 정체가 드러나는 한이 있더라도 구명절초를 사용할 수밖에 없다고 생각한 것이다.

단번에 전세를 뒤집을 수는 없을지라도 황령을 물리칠 자신은 있었다.

그런 다음에 몸을 빼서 달아난다면 대악 염창은 자신을 잡을 수 없을 것이라고 생각했다.

손막소가 궁지에 몰려 더 이상 달아날 데가 없게 되었고, 황령의 장법이 더욱 위력을 발휘해 갈 때 저쪽에서 날카로운 외침 소리가 들려왔다.

"어떤 버르장머리없는 후레자식이 감히 내 종을 때리는 거야!"

장청이었다.

운몽과 여상풍을 따라 이제야 장원으로 돌아온 그녀가 손막소와 황령의 싸움을 보고 악부터 쓴 것이다.

멀리서 한눈에 손막소의 위기를 알아보았으니 눈썰미가 대단하다.

옷자락 펄럭이는 소리와 함께 휘익, 하고 날카로운 바람 소리가 났나 싶었는데 어느새 장청이 손막소와 황령의 사이로 뚝, 떨어져 내렸다.

"이놈의 고약한 늙은이가 달밤에 힘자랑하는구나!"

뾰족하게 외치면서 한 손을 뻗어 털 듯이 가볍게 뿌렸다.

작고 부드러운 동작에 지나지 않았는데 쐐액, 하는 날카로운 쇳소리와 함께 한 가닥 경기가 곧장 쏟아져 나갔다.

뒤이어 허공에 쩌르릉, 하는 소리가 울렸다. 무거운 쇠사슬을 끄는 것 같은 소음이다.

그것을 본 염창이 크게 놀라 눈을 부릅떴고, 황령 또한 기겁을 하고 몸을 비틀었다.

"염라철수(閻羅鐵手)!"

염창이 버럭 소리치며 급히 몸을 날렸고, 황령은 귀령십보(鬼靈十步)를 펼쳐 가까스로 장청의 수강(手罡)을 피할 수 있었다.

등줄기로 식은땀이 주르륵 흘러내린다.

"너는 누구냐?"

염창이 재빨리 다가와 황령을 가로막고 서서 소리쳤다. 장청이 코웃음을 날린다.

"너 같은 늙은 마귀가 감히 물어볼 수 있을까?"

"이런 고약한……."

염창이 말을 얼버무렸다. 고약한 년이라고 욕해줄 작정이었는데, 문득 머릿속에 떠오르는 생각이 있었던 것이다.

'그 소악녀란 말인가?'

등골이 서늘해졌다.

하지만 눈앞의 소녀는 그가 보았던 장청이 아니었다.

솜씨와 분위기, 그리고 느낌으로는 장청이 분명한데 생긴 건 영 딴판이니 어찌 된 영문인지 알 수가 없다.

염창은 안력을 돋우어 유심히 살펴보았지만 그녀가 인피면구로 진면목을 가렸다는 걸 조금도 눈치 채지 못했다.

그때 운몽과 여상풍이 도착했고, 그들 사이에 한바탕 풍파가 있었다는 걸 알았다.

"염 선배, 무슨 일입니까?"

여상풍이 물었으나 염창은 듣지 못한 것 같았다. 입술을 악문 채 뚫어져라 장청을 노려볼 뿐이다.

운몽은 이 노련한 강호의 노마두가 무엇 때문에 이토록 긴장하고 있는지 모르지만 이곳에서 장청의 몸종이라는 소녀를 상대로 하여 목숨을 걸고 싸우게 할 수는 없다고 생각했다.

그가 염창의 옷소매를 잡아당기며 속삭였다.

“염 노선배님, 그녀는 우리가 찾는 사람이 아닙니다. 그러니 더 이상 상관하지 맙시다.”

“우리가 누굴 찾고 있었다고?”

염창이 어리둥절한 얼굴로 운몽을 돌아보았다. 그는 지나친 긴장으로 잠시 자신이 무엇을 하려고 했던 건지 잊은 것이다.

운몽이 다시 말했다.

“혈사기주와 그녀는 관계가 없는 사람입니다.”

“아, 그렇지.”

염창이 부르르 몸을 떨고 나서 터무니없이 큰 소리로 말했다.

“맞아, 우리는 지금 혈사기를 꽂은 자를 찾고 있는 중이었다. 그런데 그녀가 아니라고?”

“그렇습니다. 그러니 우리는 더 늦기 전에 다른 사람을 조사해 보는 게 낫겠어요.”

“아, 운 소협이 그렇게 말하면 그런 거지. 하지만, 하지만 나는…….”

염창이 두려움이 실린 눈길로 장청을 힐끔거렸다. 그녀는 뒷짐을 지고 선 채 태연하기만 했다.

후원의 숙사로 돌아왔지만 태백쌍악은 약속이라도 한 것처럼 입을 꾹 닫고 아무 말도 하지 않았다.

대악 염창은 얼굴이 먹구름이 낀 것처럼 잔뜩 어두워진 채 내내 고개를 숙이고 무엇인가를 생각했다.

운몽 일행을 빼고 이제 숭의산장에 남아 있는 외부인은 담옥상과 상문경, 그리고 화운평이 있을 뿐이었다. 그중 의심이 가는 사람은 화운평 하나인데 그게 또 운몽이나 여상풍을 혼란스럽게 했다. 아무리 생각해 봐도 화운평이 혈사기와 관계된 인물이라고 믿을 수 없기 때문이다.

"운 공자."

한참의 시간이 지난 뒤에 염창이 무겁게 입을 열었다. 모두의 눈길이 그에게로 향한다.

"나는 아무래도 그 소녀가 의심스럽소."

"노선배님?"

"운 공자는 그녀가 혈사기와 관계되지 않았다고 말했지. 그렇다면 공자는 그녀에 대해서 무언가 알고 있기 때문에 그렇게 확신한 것이겠지요?"

운몽이 한숨을 쉬고 그녀와의 일을 말해주었다. 그녀가 장청의 몸종이라는 것을 말했을 때 소악 황령은 깜짝 놀라 '아!' 하고 소리쳤지만 대악 염창은 머리를 갸웃거릴 뿐이었다.

"나는 믿을 수 없소."

"믿을 수 없다니요?"

"그 계집애가 황령을 물리칠 때 보였던 것이 분명 염라철수였기 때문이라오.”

“그게 무서운 수법입니까?”

“운 공자는 강호의 일을 모르니 별로 심각하게 생각하지 않을 수 있지.”

운몽은 확실히 염라철수가 어떤 신공절학인지 알지 못하고 있었다. 대악 염창이 여전히 어두운 얼굴로 천천히 말했다.

“그게 과거 혈영자의 절기 중 하나였다면 믿겠소?”

“뭐라고요?”

운몽이 깜짝 놀라 입을 딱 벌렸다. 여상풍도 그 말은 처음 듣는 듯 놀란 기색으로 염창을 뚫어지게 바라보았다.

염창이 멍하니 허공을 바라보며 말했다.

“사부님께서 말해주었지. 혈영자의 염라철수에 당했다고 말이오. 그래서 나는 그것을 기억하고 있다오. 얼마나 지독한 것이었던지, 사부님께서는 염라철수로 인해 입은 내상에서 끝내 회복하지 못하고 돌아가셨소.”

“그녀가, 그녀가 확실히 그것을 써서 소악 선배님을 물러서게 했단 말입니까?”

“내 두 눈으로 똑똑히 보았소.”

“아!”

운몽은 너무 놀라 가슴이 터질 것 같았다. 머릿속이 혼란해진다.

2

　스스로를 소소라고 했던 그 소녀는 혈사기에 대하여 아무 것도 모르고 있는 게 분명했다. 그녀가 이곳에 온 목적은 우습게도 귀고리 한 짝을 찾기 위해서였던 것이다.

　믿을 수 없는 일이지만 확실했다.

　그런데 그녀의 손에서 과거 혈영자의 절기가 펼쳐졌다니 이건 대체 무슨 의미란 말인가.

　'그녀가 나를 속였단 말인가?

　하지만 그때의 일을 돌이켜 보면 그녀의 말투와 표정에 조금의 거짓도 없었다. 그러니 더욱 혼란해진다.

　"제기랄, 가봅시다. 가서 확인해 보면 될 거 아냐!"

　황령이 버럭 소리치고 일어섰다. 염창이 놀라서 그의 허리띠를 움켜쥔다.

　"기다려! 너는 어디로 가겠단 말이냐?"

　"어디겠어? 그 작고 고약한 계집애에게 다시 가는 거지. 흥, 장청의 몸종이라고? 제기랄, 나는 그녀가 장청 본인이라고 해도 조금도 두렵지 않다!"

　"네 성질대로 할 일이 아니다."

　염창이 꾸짖지만 황령은 막무가내였다. 운몽이 차분하게 말했다.

"황 노선배의 말씀이 통쾌하기는 합니다. 하지만 지금은 잠시 참아야 할 때가 아닌가 싶군요."

"그 고약한 년을 따라서 호랑이 굴로 들어가기 위해서 말이오?"

"이건 제 개인적인 일이라 뭐라고 말씀드릴 수가 없군요. 하지만 저는 어쨌든 그녀를 따라서 장청에게로 가겠다고 약속을 했으니 그럴 수밖에 없습니다."

"그러니까 그년이 단지 장청의 몸종에 불과한 건지, 그래서 귀고리 한 개를 찾기 위해 여기까지 왔는지, 아니면 혈사기와 관련된 또 다른 목적이 있는 건지 알아보는 게 중요하지 않소?"

황령이 말을 멈추고 잠시 생각하더니 콧방귀를 뀌었다.

"흥, 도대체 말이 되어야 말이지. 고작 귀고리 한 개 때문에 몸종을 강호에 내보냈고, 그것도 하필 숭의산장이란 말이지? 아니, 운 소협은 이게 말이 된다고 생각하는 거요?"

황령의 말에 운몽은 아무 대꾸도 할 수 없었다. 제가 생각해 봐도 그건 너무나 억지스럽고 구차한 이유에 지나지 않았던 것이다. 하지만 그녀의 태도는 진지했고 말에는 진심이 깃들어 있었다.

'아, 이건 정말 알 수가 없구나. 도대체 작은 아가씨들의 마음이란 어떤 게 진실이고 어떤 게 거짓인지 종잡을 수가 없어. 알려고 하면 할수록 머리가 아파지기만 하니, 작은 아가씨들과는 가까이하지 않는 게 세상을 고통스럽게 살지 않는 지혜가 아닐까?

절로 그런 생각이 든다.

그때 밖에서 소리치는 소리가 들렸다. 상문경의 음성이다.

"아, 저기 좀 봐, 혈사기가 사라졌어!"

"엇? 정말이군? 대체 언제 그것이 사라졌지?"

담옥상이었다.

운몽 등이 있는 숙소로 오던 길이었던 게 틀림없다.

"뭐라고? 혈사기가 사라졌다고?"

대악 염창이 가장 먼저 소리치고 달려나갔다.

과연 지난 사흘간 매향각의 용마루 위에 꽂혀 있던 혈사기가 감쪽같이 사라지고 없었다. 담옥상과 상문경이 멍하니 그곳을 바라보고 서 있다.

운몽이 '아!' 하고 낙심하여 한탄했고, 염창은 찢어지도록 눈을 부릅떴다.

"이상하구나, 이상해! 어째서 혈사기가 소리도 없이 사라졌단 말이냐?"

"염 선배, 무엇이 이상하단 말입니까?"

여상풍의 물음에 염창이 헛소리처럼 대답했다.

"혈사기가 나타난 곳에는 언제나 주검이 산을 이루고 피가 냇물처럼 흘렀다. 하지만 봐. 여기는 그대로 아니냐?"

"과연 그렇군요."

지금까지 숭의산장에서 누가 처참하게 죽었다는 말이 없었고, 싸우는 소리도 없었던 것이다.

어제와 다름없이 산장은 평온하기만 했다. 이렇게 될 걸 그 많은 사람들이 왜 모두 겁에 질려 달아난 건지 오히려 그게 어리둥절해진다.

"가짜였을까요?"

운몽의 말에 염창이 머리를 가로저었다.

"감히 혈사기를 가지고 장난질을 칠 만큼 담이 큰 자가 있다고는 믿을 수 없소."

"그렇다면 혈영자는 어째서 많은 사람들의 이목이 있는 걸 꺼려하지 않고 혈사기를 꽂았으며, 어째서 아무 일 없이 그것을 거두어 간 것일까요?"

"그건, 그것은……."

염창이 잔뜩 얼굴을 찌푸렸다. 누구도 운몽의 그 의문에는 속 시원하게 대답해 줄 수 없을 것이다.

"어쩌면 그랬는지도 모르지."

알 수 없는 말을 중얼거린 염창이 온다 간다 말도 없이 대뜸 몸을 날렸다.

그가 향하는 곳은 장주인 최명판관 염숭의 거처였다. 운몽 등이 뒤따라 도착했을 때 염창은 문을 걷어차고 구르듯 장주의 거처로 뛰어들고 있었다.

"염 장주!"

목청껏 소리쳐 부르지만 안에서는 아무 대꾸가 없었다.

쥐 죽은 듯 조용할 뿐 아니라 을씨년스럽기까지 해서 폐가가 된 것 같았다.

평소에는 시종이며 하인들로 가득했을 장주의 거처가 무덤 속처럼 변해 버린 것이다. 아무도 없는 것 같았다.

몇 개의 문을 걷어차 열어본 염창이 이를 부드득 갈았다.

"나는 반드시 밝혀내고 말 테다!"

정청을 향해 발소리를 크게 내며 걸어간 그가 굳게 닫혀 있는 문을 걷어차 버렸다.

꽝! 하고 정청의 두 쪽 문짝이 부서져 버린다.

음침한 어둠이 가득했다.

넓은 정청 끝에 단이 있고, 그 위에 최명판관 염숭이 단정한 모습으로 앉아 있었는데, 숨을 쉬는 것 같지 않았다.

"아!"

염창이 놀란 소리를 외치고 즉시 몸을 날려 염숭에게로 달려갔다.

그는 곰 가죽을 덧씌운 의자에 편하게 앉아 있었는데, 눈을 반쯤 뜨고 입은 굳게 다문 채였다.

역시 숨을 쉬지 않는다.

그렇게 앉은 채 고이 죽어 있었던 것이다.

아무리 살펴봐도 외부에서 충격이 주어진 것 같지 않았다. 흉수에 대한 조그만 단서도 없고, 싸운 흔적도 없다. 그는 마치 의자에 앉아서 졸다가 그대로 숨이 멎은 것처럼 보였다.

"어떻게 된 걸까요? 그는 설마 자살을 한 것일까요?"

다가와 바라본 운몽이 그렇게 물었다. 그의 눈에도 염숭은 스스로 숨을 끊은 것처럼 보였던 것이다.

"그가 이곳에 다녀갔다."

염창이 운몽의 말에는 대답하지 않고 넋이 나간 사람처럼 멍하니 허공을 바라보며 중얼거렸다.

"그가 다녀갔어. 그가 다녀갔다."

"혈영자가 왔었단 말입니까? 노선배님은 어떻게 알 수 있지요?"

운몽이 급히 물었다.

내내 혈영자의 출현을 기다렸는데 그가 벌써 다녀갔다면 맥 빠지는 일이 아닐 수 없다.

염창이 여전히 넋이 나간 사람처럼 중얼거렸다.

"그는 타협을 한 거야. 여태까지 이런 일은 없었다. 그가 정말 그렇게 했다면 그는, 그는……."

무슨 뜻인지 알 수 없는 말이다.

"도대체 무슨 말을 하는 겁니까? 속 시원하게 말 좀 해보세요!"

운몽이 버럭 화를 냈다. 그로서는 여태까지 없던 일이라 다들 깜짝 놀랐다.

운몽을 물끄러미 바라보던 염창이 한숨을 쉬고 머리를 설레설레 흔들었다.

"운 공자, 내 말은 염숭과 혈사기주 사이에 모종의 타협이 이루어졌다는 것이외다. 그랬기에 염숭이 스스로 목숨을 끊었고, 혈사기주는 아무도 죽이지 않은 채 이곳을 떠난 것이라오. 내 말이 틀림없소. 하지만 혈사기주에게 있어서 이와 같은 일은 전례가 없었던 일이오. 그래서 나는 이곳에 왔던 자가 혈영자 본인이 아닐 것이라고 확신하는 거라오. 이제 됐소?"

"아, 그가 혈영자가 아니라고요?"

"틀림없소. 내기를 해도 좋아. 하지만 어떻게든 혈영자와 관계되어 있는 자겠지. 그렇지 않고서야 혈사기를 가지고 혈영자의 흉내를 낼 수 없지 않겠소? 어쩌면 혈영자가 제자를 받아들여 자신을 대신할 사람으로 삼은 건지도 모르오."

염창의 말에 모두 잔뜩 긴장하여 마른침을 삼켰다. 혈영자의 전인이 나타났다는 건 오십여 년 전 혈영자가 나타났을 때와 마찬가지로 심각한 일이었던 것이다.

그자에 의해 강호에 혈겁이 되풀이된다면 얼마나 끔찍할 것인가.

잠시 침묵하던 염창이 단정하듯 말했다.

"하긴, 그의 나이가 지금은 팔십을 바라볼 텐데 어찌 여전히 몸소 강호에 나와 뛰어다닐 것인가. 전인을 만들어낸 게 틀림없어."

"그렇다면 그자를 잡아서 오십여 년 전 제 사부가 저질렀던 짓을 되풀이하지 못하도록 해야 하지 않겠습니까?"

운몽이 분하여 말했지만 아무도 그것에 동의하지 않았다. 겁먹은 얼굴로 서로의 눈길을 피할 뿐이다.

철선공자 여상풍이 헛기침을 하고 말했다.

"운 공자의 마음은 잘 알고 있소. 하지만 오십여 년 전의 일이 오늘 되풀이된다고 해도 그때와 마찬가지로 혈영자를 막을 수 있는 사람이 없을 것이오. 아, 이건 정말 두려운 일이야."

운몽은 우선 그자를 찾는 게 급선무라고 생각했다. 혈영자 본인이 아니라고 해도 그와 관계되어 있는 자가 분명하니 그자를 통하면 반드시 혈영자를 찾아낼 수 있을 것이기 때문이다.

"소생 먼저 가보겠습니다."

운몽이 급히 정청을 달려나갔다.

그가 향하는 곳은 후원 남쪽 화운평의 거처였다. 머릿속에 가장 먼저 떠오르는 사람이 바로 그였던 것이다.

"운 형, 어디로 가는 거요?"

정청 밖에서 머뭇거리며 서 있던 담옥상이 깜짝 놀라 소리쳤다.

안에서 염창이 하는 말을 다 들은 터라 운몽이 지금 어디로 가고 있으며, 무슨 생각을 하고 있는지 짐작했던 것이다.

'화 형을 의심한단 말인가? 설마 그렇지는 않겠지?

담옥상은 운몽을 굳게 믿지만 화운평에 대한 믿음 또한 그 못지않게 컸다. 운몽이 그를 혈사기주라고 의심한다는 게 어이없기만 하다.

"같이 갑시다!"

그가 급히 운몽을 뒤쫓았다. 상문경 또한 입술을 야무지게 악문 채 뒤따른다.

3

"아가씨, 일이 이렇게 되었으니 그만 돌아가는 게 좋겠군요. 그놈들이 지금쯤 우리의 정체를 눈치 챘을지도 몰라요."

손막소의 말에 장청이 코웃음을 쳤다.

"쳇, 눈치 챘으면 어때? 나는 아직 사형을 만나지 못했잖아. 그러니 돌아갈 수 없어."

"도련님을 꼭 이곳에서 만나볼 필요는 없지 않습니까? 돌아가 있으면 며칠 뒤에 자연히 만나게 될 텐데 잠시만 참으시지요."

"며칠이라니? 너는 며칠 동안 물을 마시지 않고 견딜 수 있어?"

"예?"

"내가 사형을 사모하는 마음은 고기가 물을 그리워하는 마음과 같아. 고기는 물과 떨어져서 한시도 살 수 없어. 그런데 눈앞에 사형을 두고서 며칠씩이나 기다리라고? 여기에 와서도 며칠 동안이나 참았잖아. 이제 더는 참을 수 없단 말이야. 게다가 들끓던 잡놈들이 모두 떠나 버리고 고작 운몽이라는 놈 일행 몇 명밖에 없는데 뭘 더 두려워해?"

"아가씨……."

"흥, 그놈들이 겁나면 너 혼자 돌아가도록 해. 나는 사형을 만나러 가야겠어."

장청은 이제부터 손막소의 말을 듣지 않고 제멋대로 행동하기로 결심한 것 같았다. 그가 말할 틈도 주지 않고 휭 하니 달려가 버린다.

"정말 어쩔 수가 없구나, 어쩔 수가 없어. 조그만 아가씨들이란 그야말로 고삐 풀린 망아지와 같단 말이야. 쯧쯧, 당최 말귀를 알아듣지 못해. 그렇다고 매를 들어 때릴 수도 없고, 쯧쯧……."

머리를 설레설레 흔들며 혀를 찬 손막소가 어쩔 수 없이 어슬렁어슬렁 장청이 사라진 곳을 향해 떠나갔다.

장청이 바람처럼 달려 후원의 서쪽 담을 훌쩍 뛰어넘었을 때, 장주의 거처에서 달려오던 운몽도 마침 그곳에 도착하고 있었다.

"엇!"

두 사람이 동시에 외치고 약속이라도 한 것처럼 우뚝 멈추어 섰다.

"아가씨는?"

장청을 알아본 운몽이 인상을 썼고, 장청 또한 아미를 찡그렸다.

"너는 어쩌 내가 뭘 좀 하려고 하면 나서서 방해하는 거냐? 나하고 전생에 원수졌던 일이라도 있어?"

"허—"

운몽은 장청의 억지소리에 기가 막혔다.

"안 되겠다. 우선 네놈부터 요절을 내버리고 말 테다!"

장청이 뾰족하게 소리치고 대뜸 달려들며 일권을 내질렀다.

그녀는 황토 벌판에서 운몽을 희롱하던 때와는 또 전혀 다른 사람인 것처럼 달라져 있었다.

그때는 느긋하고 여유가 있었는데 지금은 도둑질하다 들킨 것처럼 조급하고 포악해져 있었던 것이다.

그런 그녀의 돌변한 모습에 운몽은 어리둥절하기만 했다.

하지만 언제까지나 넋을 놓고 있을 수 없다. 아차, 하는 사이에 그녀의 날카로운 권경이 코앞에 밀려든 것이다.

"헛!"

운몽이 급히 숨을 멈추고 가슴을 불쑥 내밀었다.

십성의 삼양신공으로 가슴을 보호하니 마치 철갑을 두른 것처럼 탄탄해진다.

그곳에 장청의 권경이 부딪쳤다.

콰앙!

단단한 바윗돌끼리 부딪친 것 같은 굉음이 터져 나왔다.

"으음—"

장청이 운몽의 가슴에서 튕겨져 나오는 반탄지력을 감당하지 못하고 비틀거리며 몇 걸음 물러섰다.

운몽 또한 지독한 그녀의 일장에 맞은 터라 낮은 신음을 흘리며 비틀거린다.

바위라도 부수어 버렸을 장청의 일장을 맨가슴으로 거뜬히 받아낸 것이다.

운몽은 처음부터 그렇게 하겠다고 의식한 게 아니었다. 위기를 당하자 본능적으로 운기하여 자신을 보호했다.

그처럼 자신의 내력을 운용해 어느 한곳에 집중시킴으로써 외부의 충격으로부터 몸을 보호하는 걸 호신기공이라고 한다.

어지간한 내가의 고수도 그 경지에 이르기 힘든 것인데 운몽은 창졸간에 그것을 해낸 것이다. 이미 제 마음대로 내력을 운기하고 그것을 다스릴 수 있게 되었다는 증거다.

운몽이 호신기공마저 운용한다는 걸 안 장청은 크게 놀랐다.

황제릉에서의 일로써 그가 검법의 조예에 밝은 자라는 건 충분히 알고 있는 그녀였다. 하지만 권장법에 있어서는 저만 못할 거라고 자신했다.

그래서 사문의 절기인 파황신권(破黃神拳)으로 마음껏 일
격을 날린 터였다.

그런데 운몽이 그것에 실려 있는 자신의 철극기공(鐵極氣
功)을 간단히 튕겨내 버리지 않는가.

장청은 너무 놀라 낯빛마저 창백하게 변했다.

"너… 네가 호신기공까지 운용할 줄 안단 말이냐?"

"이제 보니 과연 수상한 아가씨로군. 이렇게 된 이상 먼저
아가씨의 정체부터 밝혀야겠다!"

운몽이 노하여 소리치며 미끄러지듯 달려들었다.

그는 그녀가 더 이상 장청의 몸종이라고 믿을 수 없었다.
굳이 이 밤중에, 혈사기가 사라진 직후에 후원의 담을, 그것
도 화운평의 거처가 있는 서쪽 담을 택해 몰래 숨어들어 온
의도를 밝혀내지 않을 수 없다.

장청은 장청 나름대로 운몽에 대한 미움이 더욱 커졌다. 하
려고 하는 일마다 그가 끼어들어 훼방을 놓으니 죽이지 않고
서는 분이 풀리지 않을 것 같다.

"좋아, 오늘은 아예 사생결단을 내버리자!"

그녀가 제 신분을 잊고 소리쳤다.

화가 잔뜩 나서 그렇게 소리치자 본래의 표독스럽고 앙칼
진 음색이 고스란히 드러난다.

운몽은 깜짝 놀랐다. 어디에서인가 들어보았던 음성이었

기 때문이다.

"어? 너는, 너는……."

"흥, 죽일 놈 같으니. 계속 그렇게 말이나 더듬고 서 있어! 내가 목을 뎅겅해 줄 때까지 꼼짝하지 마!"

장청이 매섭게 외치며 허리띠를 풀었다.

얍, 하고 힘을 주자 겉을 감싸고 있던 비단이 부서져 날리며 그 속에 감추어져 있던 얇은 연검이 번쩍이는 빛을 뿌려댔다. 그것이 그녀의 손안에서 독 오른 뱀처럼 빳빳하게 곤두선다.

운몽은 그게 신기했다. 연검을 처음 보는 것이다.

종이처럼 얇은 검신이 내력을 담고 빳빳해지는 게 신기하고, 때로는 버들가지처럼 낭창거리며 흔들리는 게 신기하기만 하다.

장난감 같기만 해서 저게 과연 검으로써의 위력을 발휘할 수 있을까? 하고 생각하는데 이를 악문 장청이 그것을 휘둘러 어지럽게 베어왔다.

파라락—

쉿, 쉿, 하는 낮고 날카로운 바람 소리가 끊이지 않는다.

운몽은 호기심에서 그것의 검로를 지켜보다가 당황하고 말았다.

일반 검과 달리 이리저리 휘어지고 낭창거리며 달라붙는 것이어서 도대체 어디를 노리고 찔러오는 건지, 베어오는 건지 종잡을 수가 없었기 때문이다.

왼쪽이다 싶으면 검봉이 급작스럽게 휘어지며 중앙을 찔러오고, 그것을 피하면 좌우로 어지럽게 흔들리며 상하를 한꺼번에 노리곤 했다.

연검을 휘두르는 장청의 솜씨는 능숙하기 짝이 없었다.

신기(神技)라고 할 만큼 그녀의 솜씨가 뛰어난 것이어서 운몽은 경황 중에도 진심으로 감탄하지 않을 수 없었다.

"잘한다! 멋지구나!"

사문의 절세신법인 표향보(飄向步)를 밟아 토끼처럼 재빠르게 이리저리 움직여 피하면서 운몽은 절로 감탄성을 터뜨렸다.

그가 칭찬해 주는 것이지만 장청에게는 그게 또 더욱 화나는 일이었다.

운몽이 저를 희롱한다고 여긴 것이다. 저의 절기를 가지고 논다는 생각에 분하기도 해서 이가 갈린다.

"그녀다! 그 악녀야!"

저쪽에서 황령이 악을 쓰듯 소리치는 소리가 들렸다. 운몽은 그 소리를 듣고 퍼뜩 떠오르는 생각에 부르르 몸을 떨었다.

"그렇구나! 네가 바로 장청이었어!"

그의 고함에 장청이 악에 받쳐 소리치며 더욱 사납게 연검을 휘둘러댔다.

"그래! 이제야 알았으니 너도 정말 멍청한 놈이지 뭐야? 나는 멍청한 놈을 찔러 죽일 때가 제일 좋아! 거기 가만히 서 있지 못해!"

이미 도착해 있던 염창과 여상풍의 낯빛이 두려움으로 하얗게 질렸다.

염창이 부르르 몸을 떨고 중얼거렸다.

"장청이라고? 그녀가 정말 장청이란 말인가?"

과연 그녀의 검법은 신묘하고 표독하기 짝이 없는 것이었다. 그것을 보고 있자니 황제릉에서의 일이 생각나 등줄기에 소름이 돋는다.

여상풍이 발을 구르며 악을 썼다.

"운 소협, 이번에는 절대로 그녀를 놓아 보내서는 안 되오! 죽여 버려야 해!"

그들과 조금 떨어진 곳에 도착해 있던 담옥상과 상문경은 정신이 멍해지고 말았다.

장청의 신묘한 검법이 생전 처음 보는 것이고, 그것을 상대하고 있는 운몽의 신위가 그들을 또 한 번 놀라게 한 것이다.

담옥상이 저도 모르게 중얼거렸다.

"장청이라고? 대체 그녀가 누구지? 누구이길래 저토록 고명한 검술을 지니고 있단 말인가? 어째서 태백쌍악이 저렇게 두려워하는 걸까?"

상문경은 넋을 잃고 장청의 검법을 바라보고 있었는데, 그녀의 머릿속에는 아무 생각도 나지 않았다. 오직 장청의 신묘한 검법에 홀려서 그것을 조금이라도 더 자세히 보려고 할 뿐이다.

원래 검법을 배웠고, 스스로는 사문의 검법을 십성에 이르도록 익혀 여느 강호의 검법 고수들과 어깨를 견줄 만하다는 자부심을 가지고 있는 그녀였다.

검법에 대한 관심이 평소에도 남달랐는데 지금 장청의 검법을 보자 하늘 밖의 하늘을 본 것처럼 정신을 차릴 수가 없었다.

마음속에 황홀함이 가득해지고, 기쁨으로 절로 미소가 떠올랐으며, 긴장으로 주먹을 움켜쥔 채 저도 모르게 한 걸음씩 가까이 다가간다.

장청은 더 이상 저를 감추고 있을 필요가 없어졌다는 걸 알았다.

그녀가 한 손으로는 여전히 연검을 휘둘러 운몽의 요혈을 노리면서 한 손으로 제 얼굴을 더듬었다.

턱 밑의 살가죽을 잡아 뜯는 것 같더니 그대로 죽, 벗겨낸다. 마치 제 얼굴 가죽을 생으로 뜯어내는 것 같았다.

너무 잔인해 보이는 모습이어서 상문경이 '아!' 하고 놀람의 외침을 터뜨렸고, 운몽도 가슴이 서늘해질 만큼 깜짝 놀라 우뚝 멈추어 서고 말았다.

그렇게 한 껍질을 벗겨내고 나자 장청 본래의 얼굴이 드러났다. 운몽은 제가 꿈을 꾸고 있는 것 같았다. 이렇게 사람이 제 살 위에 또 하나의 살을 가지고 있었다는 게 믿어지지 않는다.

그는 인피면구라는 걸 전혀 모르고 있었기에 놀람이 더 크지만, 인피면구의 효용을 잘 알고 있던 태백쌍악이나 여상풍도 놀라기는 마찬가지였다. 그토록 정교한 인피면구를 본 적이 없었기 때문이다.

운몽이 놀라는 사이에 장청의 연검은 독 오른 살모사처럼 목줄기에 달라붙었다.

"악!"

가장 가까운 곳에 와 있던 상문경이 깜짝 놀라 비명을 터뜨렸다. 운몽의 목이 쩍 벌어지고 붉은 피가 터져 나오는 게 보이는 듯했던 것이다.

하지만 사실은 그렇지 않았다.

운몽은 목줄기에 서늘한 기운이 닿은 직후에야 제가 잠시 정신을 다른 데에 팔고 있었다는 걸 깨닫고 기겁을 했다.

연검이 뱀처럼 목을 휘감아오고 있는지라 피하기에도 이미 늦었다.

그 순간 운몽이 '에잇!' 하고 기합을 넣으며 다시 한 번 호신지공을 불러일으켰다.

운기하기 무섭게 삼양신공의 열양지기가 벼락처럼 치솟아 목을 감싼다.

쨍!

그의 목덜미에서 쇠와 쇠가 부딪치는 것처럼 날카로운 소성이 터져 나왔다.

호신기공을 끌어올린 즉시 운몽의 목은 삼양신공에 감싸였는데, 그것이 철판을 두른 것처럼 단단하게 그를 보호한 것이다.

인후를 후벼 파려던 장청의 연검은 운몽의 목젖에 닿은 즉시 도로 튕겨져 나갔다. 날카로운 칼끝이 휘어지며 턱 밑에 작은 상처를 남겼을 뿐, 그의 목숨을 취하진 못한 것이다.

"이놈이!"

장청은 놀라고도 화가 났다. 이번에는 틀림없다고 여겼는데 그의 호신기공에 또다시 가로막히자 주체할 수 없는 분노가 솟구친다.

턱 아래 느껴지는 짜르르한 통증 때문에 운몽은 눈살을 찌푸렸다. 강호에 나온 이래 처음으로 당해보는 검상이기에 더욱 강한 인상과 기억으로 남았다.

한줄기 선혈이 흘러내려 옷섶을 적신다.

자신의 피를 보고 나자 운몽도 화가 났다. 여태까지 장청에게 놀림을 당하고 있었다는 걸 새롭게 깨닫기도 했다.

그녀인 줄 모르고 감쪽같이 속아서 엉뚱한 짓을 했던 제 모습이 부끄러워진다. 그런 저를 보며 그녀가 속으로 얼마나 비웃었을까? 하고 생각하자 분해진다.

"흥, 스스로 마각을 드러냈으니 오늘은 내 손으로 혼을 내
주고 말 테다."

운몽이 야무지게 말하지만 장청은 조금도 두려워하지 않
았다.

"네까짓 멍청한 놈은 하나도 무섭지 않아! 오늘은 반드시
네 목을 찔러 버리고 말 테니까 조심하는 게 좋을걸?"

여전히 야무지게 소리치며 더욱 흉맹한 기세로 연검을 휘
둘렀다.

第七章
일전(一戰)

그때쯤 운몽은 장청의 연검이 가지고 있는 특성을 낱낱이
파악하고 있었다. 처음에는 생소한 검과 그것의 예측할 수 없
는 움직임 때문에 당황했지만 이제는 기오막측(奇奧莫測)한
검로의 변화를 꿰뚫어 보게 된 것이다.

그녀의 검봉이 좌로 휘어지며 옆구리를 훑어오는 걸 지켜
보던 운몽이 불쑥 손을 뻗었다. 움켜쥐었던 손가락을 튕기듯
펼치자 몇 줄기의 강력한 지풍이 뻗어나가 검신을 사정없이
두드린다.

따다당―

장청의 연검에서 요란한 쇳소리가 나고, 망치로 두드려 맞

은 것처럼 커다란 충격이 검신을 타고 밀려들어 손아귀를 아프게 했다.

입술을 악문 장청이 자신의 신공을 더욱 끌어올리며 팔을 떨쳤다. 간신히 팔목을 타고 올라오는 충격을 흩어버릴 수 있었지만 연검은 어느새 위력을 잃고 축, 늘어져 있었다.

처음으로 한 걸음 물러선 장청이 그것에 다시 내력을 불어넣으며 옆으로 돌았다.

놀라서 움츠러들었던 연검이 다시 빳빳하게 고개를 든 순간 운몽이 재빨리 달려들며 손아귀를 활짝 펼쳤다.

고개 세운 뱀의 모가지를 재빨리 낚아채는 것처럼 빳빳해진 연검을 서슴없이 움켜쥐어 버린다.

그의 손이 보여준 한 수의 신묘한 조화철수(造化鐵手)는 단번에 장청의 연검을 무기력하게 만들어 버렸다. 그의 금나수(擒拿手)는 극히 정교하고 대담하며 재빠른 것이어서 그것을 지켜보던 모든 사람이 눈을 크게 떴다.

맨손으로 서릿발 같은 검을 움켜쥐는 것도 그러하려니와, 대뜸 손을 뻗어 장청의 검로를 흩치고 그것을 무력하게 만들어 버리는 운몽의 과감함에 절로 놀라고 감탄하게 된다.

운몽이 보여준 그 한 수야말로 극상승에 이른 공수입백인(空手入白刃)의 솜씨이기도 했던 것이다.

검봉이 붙잡힌 걸 안 장청이 이를 뽀드득 갈아대며 힘껏 그것을 비틀었다. 그대로 운몽의 다섯 손가락을 잘라 버리려는 건데, 그녀의 뜻대로 놔둘 운몽이 아니다.

서생의 그것처럼 야들야들하기만 하던 운몽의 손은 쇠갈퀴가 되어 있었다.

끼이이익—

비틀리는 검신을 여전히 꽉 움켜쥔 채 훑어 올라가는 손아귀에서 쇠와 쇠가 서로 긁어대는 것 같은 날카로운 소성이 터져 나왔다.

"아!"

장청의 낯빛이 비로소 새파랗게 질린다.

검신을 통해 전해져 오는 운몽의 불같이 뜨거운 순양지기를 감당할 수 없었던 것이다.

손아귀가 타들어갈 것만 같은데, 운몽의 쇠갈퀴 같은 손은 어느덧 손등을 덮어오고 있었다.

"치잇!"

분한 숨을 내뱉은 장청이 검을 버린 채 훌쩍 뛰어 물러섰다.

연검을 내던진 운몽이 그 기세 그대로 그림자처럼 따라붙었다.

장청은 제가 아무리 애써도 운몽의 십초지적이 될 수 없다는 걸 비로소 절실히 느꼈다.

왈칵 두려움이 밀려든다.

여태까지 천하에 저의 신공을 당할 자가 없으리라고 자부해 왔는데, 처음 제대로 된 패배를 맛보자 의욕이 사라졌다. 분노로 들끓던 가슴이 두려움으로 콩닥거린다.

장청의 크게 뜬 검은 눈에서 그것이 가득 느껴진다.

운몽은 잠시 망설였지만 마음을 독하게 먹었다. 장청의 교활함과 악독함을 생각해 보면 그녀가 조금도 불쌍하게 여겨지지 않는다.

그녀에게 희롱당했던 노여움이 더해져서 운몽의 손길에는 사정이 없었다.

그대로 장청의 목줄기를 움켜쥐고 그것을 터뜨려 버리려는 듯, 그의 활짝 펼쳐진 다섯 손가락이 재빠르고 차갑게 다가간다.

"너는 나와의 약속을 어길 셈이냐?"

다급해진 장청이 소리쳤다. 운몽의 손길이 그녀의 목줄기 앞에서 뚝, 멎는다.

"나를 따라가겠다고 했잖아. 잊었어?"

"흥, 네가 여기 있는데 너를 따라가서 너를 만나란 말이냐? 아직도 나를 희롱할 생각이구나?"

"어쨌든 약속은 약속이잖아!"

그녀는 억지를 쓰면서 부지런히 눈을 굴렸다. 빠져나갈 틈을 보려는 것이다.

저쪽에서 멍하니 서 있는 자들은 안중에도 없었다. 오직 운몽의 이 무시무시한 기세로부터 달아나야 하는데, 노려보는 운몽의 눈이 차갑고 스산해서 절로 오금이 저려오기만 한다.

'이놈을 막을 사람은 사형밖에 없을 거야.'

그런 절망적인 생각이 들면서, 아직까지도 저를 구하기 위해 나타나지 않는 사형에 대한 원망도 싹텄다.

'설마 이놈이 벌써 아버님과 비견될 만한 고수는 아니겠지?'

그 짧은 순간에 엉뚱하게 그런 생각도 들었다.

자기를 이렇게 꼼짝할 수 없게 핍박할 수 있는 사람은 이 넓은 천하에서 오직 사형과 아버님 두 사람뿐이라고 믿었는데, 운몽이 지금 그렇게 하고 있으니 당황스럽기만 하다.

"운 공자, 절대로 그 요녀의 말에 현혹되면 안 되오!"

저쪽에서 소악 황령이 소리쳤고, 여상풍도 주먹을 움켜쥔 채 외쳤다.

"죽여 버리시오! 그것만이 무림의 커다란 해악 하나를 제거하는 길이오!"

하지만 염창은 그들의 생각과 달랐다. 그가 다급하게 외쳤다.

"운 공자, 우선 그녀를 붙잡아 혈사기와의 관계를 캐물어야 하지 않겠소? 그런 다음에 운 공자가 원했던 현천도록을 취하도록 하시오!"

염창의 말이 운몽을 깨우쳐 주었다. 잠시 노여움에 사로잡혀 있던 운몽이 마음을 추스르고 살기를 거두었다.

'이 교활한 계집애를 사로잡으려면 보통의 수단으로는 어림없지.'

그렇게 생각한 운몽은 사문의 제맥금나수(制脈擒拿手)를 펼치기로 작정했다.

단번에 신체의 중요한 요혈 다섯 군데를 제압해 금제를 가하는 것인데, 그것에 당한 자는 혈도를 풀어줄 때까지 지독한 고통을 맛볼 수밖에 없다.

운몽이 마음을 모질게 먹고 두 손을 휘둘렀다.

"아앗! 너, 너, 지금 뭐 하려는 거지?"

놀란 장청이 비명을 터뜨리며 이리저리 정신없이 뛰고 맴돌았다.

어떻게 해서든 운몽의 두 손이 겹쳐 그리고 있는 원 밖으로 달아나려는 건데 제 뜻대로 되지 않았다.

운몽의 두 손은 마치 그물을 뿌리는 어부의 그것 같았다. 그의 두 손이 그리고 있는 원이 점점 커져 가기만 하고, 그에 따라 막강한 잠력이 내려 덮여 장청을 옴짝달싹 못하도록 옭아매었다.

장청은 저의 내력으로 도저히 운몽을 상대할 수 없다는 걸 절실히 느꼈다. 그의 내력은 두텁고 무겁기가 태산 같았던 것이다.

많아야 저보다 한두 살 많을 텐데 어떻게 해서 그처럼 무지막지한 내력을 지니게 된 건지 불가사의하게 여겨지기만 한다.

장청은 점점 더 위축되고 움츠러들어서 작은 아이처럼 되어버렸다. 온몸을 짓누르는 잠력의 압박 때문에 숨을 쉬는 것조차 버거워진다.

그녀를 꼼짝하지 못하게 가두어 버린 운몽이 천천히 손을 뻗었다. 바야흐로 그녀의 좌우 눈과 귀 사이에 있는 청명혈(晴明穴)을 찔러 두뇌의 활동을 멈추게 하고, 좌우 팔꿈치의 곡지혈(曲池穴)를 봉해서 팔을 쓰지 못하게 할 참이며, 기해혈(氣海穴)에 타격을 주어 기문(氣門)을 폐쇄하려는 것이다.

장청이 겁먹은 눈으로 운몽을 빤히 바라보았다. 이럴 때는 손막소라도 뒤따라와 도와준다면 한숨 돌릴 텐데 사형과 마찬가지로 그 또한 그림자조차 보이지 않으니 더욱 절망한다.

운몽의 손이 드디어 장청의 머리를 누르려 할 때였다.

"호호호호, 강호의 협객이라는 것들이 하는 짓이 고작 아녀자나 괴롭히는 것이란 말이냐?"

음침한 소성이 모두의 머릿속을 사정없이 두드리며 들려왔다.

갑작스런 일이라 깜짝 놀라 바라본 사람들이 일제히 '억!' 하고 놀란 비명을 터뜨렸다.

서쪽 담장 위에 한 사람이 우뚝 서 있었는데, 붉은 옷에 붉은 피풍을 펄럭이고 있었다. 얼굴마저 붉은 복면으로 가리고 있어서 알아볼 수 없지만 그의 정체가 무엇인지 모르는 사람은 아무도 없었다.

"혈영자!"

운몽이 가장 먼저 놀란 외침을 터뜨리고 눈앞의 장청은 내버려 둔 채 비류무영(飛流無影)의 신법을 최대한 발휘하여 몸을 날렸다.

쏴앙—

마치 꺼져 버린 것처럼 그의 형체가 사라졌다. 그리고 한 순간에 붉은 옷의 괴인과 부딪칠 듯 다가서 있었다.

공간을 접어버린 듯한 운몽의 절세신법에 감탄할 새도 없이 사람들은 또 한 번 제 눈을 의심해야 했다.

그때까지도 담장 위에 우뚝 서서 피풍을 펄럭이고 있던 혈의인이 갑자기 꺼져 버린 것이다.

그가 있던 곳에서도 운몽이 쏘아져 나갔을 때와 마찬가지로 쏴앙— 하는 무시무시한 파공성이 터져 나왔다.

"거기 서!"

운몽의 외침이 까마득히 먼 곳에서 들려온다.

혈영자가 틀림없는 혈의괴인을 쫓아 그는 또 한 번 절세의 경공신법인 비류무영의 신공절학을 발휘한 것이다.

*　　　*　　　*

"노선배님."

적막한 동굴 안에 떨리는 음성이 메아리친다.

곡수린은 그가 치료를 받았던 한옥침상 앞에 무릎을 꿇고 있었다.

침상 위에는 장발의 괴인이 눈을 지그시 감은 채 가부좌를 틀고 앉아 있었는데, 침상 아래까지 늘어진 긴 머리카락이 살아 있는 것처럼 꿈틀거리곤 했다.

마음의 격동을 다스리기 위해 무진 애를 쓰는 모습이 역력하다.

"노선배님."

곡수린이 떨리는 음성으로 다시 불렀다.

하지만 괴인은 아무 말도 없었고, 곡수린은 감히 더 이상 가까이 다가가지 못했다.

침침한 어둠에 잠겨 있는 동굴 안은 무섭도록 적막하기만 했다.

2

두어 시진 전의 일이었다.

동굴 밖의 넝쿨 그물이 출렁거렸다.

이제야 음식이 온 모양이라고 생각한 괴인이 곡수린을 시켜 그것들을 가져오게 했다.

곡수린은 아무 생각 없이 동굴을 가리고 있는 넝쿨풀들을 헤쳤는데, 갑자기 눈앞이 핏빛으로 물들었다.

놀란 그가 엉덩방아를 찧었을 때, 핏빛 그림자가 비조처럼 날아들었다.

혈의괴인(血衣怪人)이었다.

핏물이 뚝뚝 떨어질 것만 같은 붉은 복면 속에서 번쩍이는 눈빛마저 피처럼 붉다.

그것이 노려보자 곡수린은 그 자리에서 얼어붙어 버렸다. 차갑고 싸늘한 핏빛 시선에 실려 있는 죽음의 기운이 그를 꼼짝 못하게 옭아매 버린 것이다.

"흐흐흐, 엉뚱한 놈이 엉뚱한 곳에 있었구나."

괴인이 음소를 흘렸다. 곡수린은 고양이 앞에 놓인 쥐처럼 꼼짝할 수 없었다. 머릿속이 하얗게 변해 버린다.

그건 지나친 놀람이면서 여태까지 겪어보지 못한 공포였다.

'천적!'

곡수린은 본능적으로 그렇게 느꼈다. 눈앞의 혈의괴인이야말로 자신에게 운명적으로 부여된 천적이라는 걸 한순간에 알아본 것이다.

"누구냐?"

동굴 안쪽에서 장발괴인의 까마귀 우짖는 듯한 괴성이 터져 나왔다.

곡수린을 노려보던 혈의괴인이 퍽, 하고 꺼져 버렸고, 이내

저 안쪽에서 놀란 외침이 터져 나왔다.

"엇? 당신이 정녕 귀령소란 말이오?"

곡수린은 혈의괴인이 부른 사람이 바로 장발의 괴노파라는 걸 알았다. 그녀의 별호가 귀령소인 모양이니 참 희한한 별호도 다 있다는 생각이 든다.

"너는 누구냐? 누구인데 그 사람을 가장하고 있지?"

괴노파, 귀령소의 날카로운 음성이 곧이어 들려왔다.

곡수린은 아직도 놀람으로 가슴이 방망이질 치고 손과 발이 벌벌 떨리지만 억지로 일어나 조심스럽게 안쪽으로 걸어 들어갔다. 도대체 무슨 일이 벌어지고 있는 건지 궁금했던 것이다.

"내가 혈영자가 아니라는 걸 어떻게 단정하오?"

"흐흐, 나는 십 리 밖에서 그의 그림자만 보아도 알 수 있는데 그럴 모를까 보냐? 네가 감히 그를 사칭하다니, 간덩이가 부어도 어지간히 부은 놈이로구나."

"그렇습니다."

혈영자를 사칭한 혈의괴인이 포권하고 공손하게 말했다.

"소생은 그분을 대신할 뿐, 그분이 아닙니다."

"무엇이? 네가 그를 대신한다고? 그렇다면 그의 제자라도 된단 말이냐?"

"그렇습니다."

잠시 생각하던 괴노파, 귀령소가 다시 물었다.

"그에게는 너 말고 다른 제자가 또 있느냐?"

"아닙니다. 오직 저 하나를 거두셨을 뿐이지요."

"그래? 그렇다면 이상하구나, 이상해."

귀령소가 머리를 갸웃거렸다.

"노선배님께서는 무엇이 이상하다는 말씀입니까?"

"나는 그의 제자가 어린 계집애일 것이라고 짐작했단 말이다. 그런데 아니라면 이건 정말 이상한 일 아니냐?"

"예? 어린 계집애라니요?"

혈의괴인이 어리둥절해 두리번거린다.

귀령소가 다시 말했다.

"빙옥청살장은 그의 절기이지. 그런데 어린 계집애는 그의 제자도 아니면서 어떻게 그것을 배웠을까?"

"아!"

무엇을 생각해 낸 듯 혈의괴인이 놀람의 외침을 터뜨렸다. 그리고 급히 묻는다.

"노선배님께서는 그녀를 보았습니까?"

"저 밖에 있는 녀석이 그녀의 빙옥청살장에 맞아 중상을 입고 이곳에 기어들어 왔거든."

"그렇다면 그녀가, 그녀가 숭의산장에 와 있었단 말인가? 어허, 큰일이다. 큰일이야."

혈의괴인이 허둥지둥했다.

귀령소가 아랑곳하지 않고 급히 물었다.

"그는, 그는 아직 살아 있느냐?"

"사부님께서는 건재하십니다. 늘 노선배님을 그리워하고 계시지요."

"아, 그가 아직 나를 잊지 않고 있었구나."

"저를 강호에 내보내시며 사부님께서 내리신 명령이 바로 노선배님의 생사를 확인하라는 것이었습니다. 그것만 봐도 사부님께서 노선배님의 안위를 얼마나 궁금해하고 계신지 알 수 있지요."

귀령소가 차갑게 코웃음을 쳤다.

"흥, 그러면서 오십여 년을 보냈단 말이지? 제 스스로는 아무것도 하지 않으면서?"

말투에 그리움과 노여움, 서운함이 고스란히 배어 있다.

혈의괴인이 그녀를 달래듯 말했다.

"사부님께서는 아직도 몸이 완전하지 않으십니다. 비록 거동에는 불편이 없다고 해도 강적을 만나 싸우실 만큼 회복되지 못했지요."

"무엇이? 오십여 년이나 정양을 했으면서도 그때의 부상에서 회복되지 못했단 말이냐?"

"바로 그렇습니다. 지금은 많이 좋아지셨지만 몇 년 전만 하더라도 민간의 평범한 노인과 다름없었지요."

"으음, 정말 지독한 일이구나. 광명존자 그놈이 그렇게 지독한 독수를 썼을 줄이야."

말끝에 괴노파 귀령소가 뽀드득, 이를 갈았다.

"그동안 소생은 노선배님의 종적을 찾아 강호의 구석구석을 뒤지고 다녔습니다. 오늘 이렇게 노선배님을 만나게 된 건 바로 그런 소생의 노력을 하늘이 알아준 덕분이라고 하지 않을 수 없습니다."

그는 스스로 자신의 노고를 치하했다. 뻔뻔하고 교만한 일이지만 당연하게 여기는 듯하다.

지그시 그를 바라보던 귀령소가 다시 말했다.

"그는 지금 어디에 있느냐?"

"그건 말씀드릴 수가 없습니다. 하지만 노선배님께서 소생을 따라가시면 저절로 알게 될 것 아니겠습니까?"

귀령소가 묵묵히 침묵했다. 머리를 숙이고 한참 동안이나 무엇인가를 생각하는 듯했는데, 혈의괴인은 감히 방해하지 못하고 공손히 서서 기다렸다.

한참 만에야 머리를 든 귀령소가 한숨을 쉬고 나서 말했다.

"안 되겠다. 나는 스스로 한 맹세를 어길 수가 없어. 너는 가서 그에게 내가 살아 있다는 걸 말해주렴. 그걸로 족할 것이다."

"제 사부님께서는 늘 노선배님을 생각하고 그리워하셨습니다. 노선배님께서는 제 사부님을 만나보고 싶지 않습니까?"

"그의 처지가 그렇듯이 나의 처지도 이와 같으니 다만 멀

리서 서로 그리워할 수밖에. 아직 살아 있다는 걸 알게 된 것
만으로도 충분하다. 그 또한 그럴 것이니 너는 돌아가는 게
좋겠다."

괴노파, 귀령소의 결심은 굳었다.

"오십여 년을 이렇게 모진 목숨을 붙잡고 살아왔는데 다시
몇 년을 더 참고 살지 못할까 보냐."

혈의괴인이 머리를 조아렸다.

"잘 알겠습니다. 노선배님의 뜻이 그와 같으니 지금은 그
냥 물러가겠습니다. 조만간 다시 찾아올 것이니 그동안 제 말
을 다시 한 번 생각해 보시기 바랍니다."

그는 급한 일이 있는 것처럼 돌아서서 서둘러 자리를 떴다.

동굴을 나가기 전 힐끔 곡수린을 돌아보았는데, 곡수린은
그의 눈길을 받자 다시 얼어붙은 것처럼 꼼짝도 하지 못했다.

등줄기를 저리게 하는 두려움이 또 한 번 머릿속을 하얗게
만들어 버린다.

'혈영자의 제자……'

곡수린은 그 말을 되뇌었다.

괴노파 귀령소가 말한 세 명의 초인 중 한 명이 바로 혈영
자 아니던가. 그의 제자가 저와 같이 섬뜩한 기세를 지니고
있다는 데에 주눅이 든다.

'하지만 나는 귀령소의 무공을 배운다. 머지않아 나 또한
그자 못지않은 고수가 되겠지. 흥, 그때는 오늘의 치욕을 되

갚아주고 말겠다.'

곡수린은 그런 앙심을 품고 이를 악물었다.

*   *   *

"시작하자."

한참 만에야 눈을 뜬 귀령소가 엄숙하게 말했다.

곡수린은 드디어 천외천이라는 노파의 무공을 배울 수 있게 되었다는 생각에 긴장했다.

"혈영자의 후인이 강호에 나왔으니 나 또한 누군가를 내보내야지. 비록 늦기는 했지만 너는 때맞추어 나에게 찾아온 것이다. 아, 이것도 하늘의 교묘한 안배인가?"

말끝에 귀령소가 장탄식을 했다.

"하늘은 언제나 모든 걸 이미 결정하고 있으면서 한마디도 가르쳐 주지 않는다. 사람들은 제 의지로 제 삶을 사는 것이라고 믿지만 실은 그게 하늘이 이미 정해준 운명에서 한 발짝도 벗어나지 못하는 것임에야……."

귀령소의 말이 엄숙하고 태도가 엄숙하고 눈빛이 또한 엄숙했다.

곡수린은 절로 긴장하여 고개를 숙이고 귀를 열었다. 그런 그의 귓속에 귀령소의 말이 다시 들려왔다.

"나는 내 운명의 끝을 알지 못하거니와, 네가 장차 내 뜻을 이루어줄 수 있을지 없을지 그것도 알 수 없다. 그러나 지금 이렇게 너를 내게 보내준 게 하늘의 뜻이라는 건 알 수 있지. 너는 과연 나에게 한 약속을 지키겠느냐?"

곡수린이 번쩍 고개를 들고 귀령소를 마주 보았다.

얼굴 가득 결연한 의지가 넘쳐난다.

"맹세하겠습니다. 노선배님께서 말씀하신 광명존자를 반드시 찾아 죽임으로써 노선배님의 한을 풀어드리겠습니다. 그가 이미 죽고 없다면 그 후인을 죽여서 대신하겠습니다."

"좋다. 네가 잊지 않고 있었구나. 앞으로도 잊어서는 안 된다. 늘 가슴에 새겨두고 있어야 하느니라. 그것은 나와의 약속이면서 또한 나의 한이기도 한 때문이다. 네가 그것을 기억할 때마다 나의 한이 함께할 것이므로 너는 몇 배의 힘을 낼 수 있게 될 것이다."

"명심하겠습니다."

"시간이 많지 않으므로 나는 너에게 세 가지 절기를 전수할 텐데, 검법과 장법, 그리고 신법이 될 것이다. 그 세 가지 절기는 나의 모든 것이라 할 수 있다. 그러므로 너는 더 많은 것을 탐할 필요 없느니라. 그것만으로도 천하를 오시하고 나의 한을 풀어주기에 충분할 테니까."

"하오면……."

곡수린이 귀령소의 눈치를 보며 조심스럽게 물었다.

"혈영자의 제자라던 그 괴한과도 싸울 수 있겠습니까?"

"그자는 혈영자로부터 오랫동안 무공을 배웠을 테지. 하지만 걱정할 것 없다. 혈영자와 내가 활동할 때에도 서로의 무공은 우열을 가리기 힘들 만큼 엇비슷했더니라. 먼저 배우고 나중에 배웠다고 하지만 네가 나의 절기를 십성 익힌다면 길고 짧은 세월이야 별 의미 없는 거지."

"하오면 제가 그자를 이길 수도 있겠군요?"

"너의 자질과 노력 여하에 달린 일이니 네가 그 녀석을 경쟁자로 생각했다면 더욱 노력해야 할 것이다."

곡수린이 입술을 깨물었다.

"반드시 그렇게 하겠습니다. 제 손으로 노선배님의 절기가 혈영자의 그것보다 높다는 걸 증명해 드리겠습니다."

"좋다. 너의 마음에 그와 같은 호승심이 있으니 수련하는 데에도 큰 힘이 되겠지."

그날부터 곡수린은 귀령소로부터 절기를 전수받기 시작했다.

귀령소가 그에게 가르쳐 주는 것은 절세광검(絶世狂劍) 십이식(十二式)과 나한추명권(羅漢追命拳), 그리고 귀령팔선보(鬼靈八仙步)라는 신법이었다.

절세광검은 그 검로가 미친 듯하여 종잡을 수 없고, 그 힘이 세인의 상상을 초월하는 것이어서 지극히 위력적이며 파괴적인 검법이었다.

조화가 천변(千變)으로 화하니 정교함이 오히려 자유로움에 통하며, 유검식(有劍式)이 무검식(無劍式)으로 승화하는 기묘한 검법이었던 것이다.

패도적인 기운이 깃들어 있기도 해서 검을 휘두르는 것이 때로는 수백 근의 거부(巨斧)를 내려치는 것과도 같았는데, 그것을 안으로 갈무리하면 궁극적으로 검기와 검강이 발현하는 기검법(氣劍法)이 되고, 검기상인(劍氣傷人)의 묘리에 통하게 된다.

나한추명권과 귀령팔선보가 그 못지않게 신묘하고 절세적인 권법과 신법이었지만 곡수린은 절세광검에 말할 수 없는 매력을 느끼고 빠져들어 갔다.

그가 원래 화산 문하로서 어려서부터 검법을 배워 그것의 조예에 밝았으므로 검에 대한 애착이 남다른 까닭이기도 하다.

한편, 귀령소의 동굴을 급히 빠져나온 혈의괴인은 마음이 급해졌다.

'대체 무슨 일이기에 숭의산장에 찾아왔단 말이냐? 도대체 언제까지 그렇게 철없이 제 마음대로 행동할 셈이지?'

귀령소에게서 들은 소녀에 대한 걱정과 원망 때문에 미칠 것 같았다.

이 넓은 천하에 사부님의 절기를 배운 자는 자신과 사매 둘뿐이다.

아직까지 그건 철저한 비밀이어야 했다. 그런데 철없는 사매가 멋대로 강호에 나와 돌아다니는 데다가, 사문의 절기로 곡수린을 죽이려고 했으니 화가 나기도 한다.

대체 그녀가 무슨 생각으로 그렇게 무모한 짓을 했는지 모를 일이다.

'아니지. 어쩌면 사부님이 그녀를 강호에 내보낸 건지도 모른다.'

문득 그런 생각이 들었다.

그렇지 않고서야 아무리 천방지축인 아가씨라고 해도 그렇게 멋대로 설치고 다닐 수 없을 것이기 때문이다.

'그렇다면?'

황량한 황토 벌판을 미친 듯 달려가던 혈의괴인이 우뚝 멈추어 섰다.

'사부님에게 그새 다른 일이 생겼단 말인가?'

걱정이 앞섰다.

사부의 곁을 떠나온 지 벌써 삼 년이 되어간다. 그동안 한 번도 연락을 취하지 않은 건 비밀을 지키기 위해서였다.

그런데 사매가 갑자기 강호에 나왔다.

그건 곧 사부님에게 무언가 변화가 생겼다는 것 아니랴.

'우선 사매를 만나봐야 한다.'

혈의괴인은 마음이 더욱 급해졌다. 그녀를 만나야만 그 모든 의문이 풀릴 것이기 때문이다.

최대한의 경공신법을 발휘해 쏜살같이 황토 벌판을 가로지른 그는 드디어 숭의산장의 높은 담을 눈앞에 두었다.

혈사기가 나타났고, 장주가 자결을 한 터라 장원은 폐가처럼 을씨년스럽기만 했다.

아무 거리낌 없이 담을 뛰어넘은 혈의괴인은 후원 쪽에서 은은히 들려오는 고함 소리를 들었다. 뾰족한 소녀가 외치는 소리였다.

'그녀다!'

그 음성을 알아들은 혈의괴인은 후원으로 몸을 날렸다. 그리고 운몽의 손에 제압당하기 직전의 그녀, 장청을 본 것이다.

'저놈이 왜?'

운몽이 장청을 제압하는 걸 보고 '어떻게 저럴 수 있지?' 하는 생각에 놀라고 의아했지만 더 머뭇거릴 여유가 없었다.

혈의괴인은 그 즉시 제 모습을 드러냈고, 그의 예상대로 운몽이 장청을 버려둔 채 쫓아왔다.

나머지 놈들이야 장청 혼자서도 충분히 상대할 수 있을 것이므로 더 이상 신경 쓰지 않고 그는 전력을 다해 어둠 속으로 달려갔다.

운몽을 그녀로부터 멀리 떼어놓는 한편, 그의 경신술을 시험해 보려는 의도이기도 했다.

3

나무 한 그루 없는 황량한 황토 벌판을 두 개의 그림자가 질풍처럼 내달렸다.

'그가 과연 혈영자 본인일까? 아니라면 정체가 뭘까?

운몽은 혈의괴인의 경신술이 과연 놀랍다고 생각했다. 자신이 사문의 절세 경공신법을 십성 발휘했지만 그를 잡을 수 없지 않은가.

벌써 십여 리나 쫓았는데도 여전히 이십여 장의 거리를 좁힐 수가 없었다.

다시 십여 리를 그렇게 달려갔을 때 혈의괴인이 우뚝 멈추어 섰다.

나지막하게 구릉을 이룬 황토 언덕 위였다.

낮은 언덕이라고 하지만 주변이 온통 대패로 깎아놓은 것 같은 평원이었으므로 멀리까지도 훤히 보인다.

흐린 달빛 아래 북쪽 저 멀리 황하가 하얀 비단띠처럼 드리워져 있었다.

적요하고 괴괴했다.

바람 한 점 없는 달밤인 것이다.

그 속에 우뚝 서 있는 혈의괴인의 모습은 그래서 더욱 음산하고 끔찍하게 보였다.

그가 제 모습만큼이나 음산한 음성으로 말했다.

"나를 쫓아오는 이유가 무엇이냐?"

운몽이 성큼 한 걸음 다가서며 크게 말했다. 긴장과 흥분으로 목소리가 떨려 나온다.

"너는 누구냐?"

"호호호, 꼬마 놈이 감히 내가 누구냐고 묻다니? 도대체 철이 없는 건지 담이 큰 건지 알 수 없구나."

"헛소리! 네가 정말 혈사기주란 말이냐? 숭의산장에 혈사기를 꽂은 게 바로 너냐?"

"그렇다."

"나는 믿을 수 없다!"

"믿을 수 없다고?"

"내가 아는 혈영자는 팔십이 다 된 노인이다. 하지만 너는 그렇지 않아!"

"호호호, 어떻게 알지?"

"홍, 노인은 아무리 저를 감추어도 쇠락해 가는 기도마저 숨길 수는 없다. 반대로 젊은이는 아무리 꾸며도 젊은이 특유의 생기마저 없애지는 못하지. 장담하건대 너는 젊고 건장한 청년일 것이다. 그러니 결코 혈영자가 될 수 없어."

"호호호, 과연 그럴까?"

"복면을 벗어라!"

"건방진 놈. 혈영자가 누구인지 알기나 하고 그렇게 호기를 부리는 것이냐?"

“그가 과거 강호를 피로 물들인 악마라는 것 말이냐? 그거라면 잘 알고 있지.”

“흐흐, 그러면서도 아무 두려움이 없단 말이지?”

“나는 혈영자를 찾아 제거하기 위해서 강호에 나왔다. 네가 혈영자를 가장하고 있으니 반드시 너를 잡아서 정체를 밝히고 말 테다.”

혈영자를 제거하기 위해 강호에 나왔다는 운몽의 말에 혈의괴인은 놀라는 한편 분노했다.

“무엇이? 감히 내 앞에서 헛소리를 지껄이다니! 네까짓 녀석에게 그만한 재간이 있단 말이냐?”

“길고 짧은 건 대보면 알겠지.”

대꾸한 운몽이 유운신법(流雲身法) 중 소요산보(逍遙散步)를 밟아 쳐들어갔다.

그의 신형이 흔들리는 게 마치 센바람에 버드나무 가지들이 요동치는 것 같고, 급한 물살에 물풀들이 흩어지는 것 같았다.

혈의괴인은 그가 어디를 노리고 있으며 어디로 쳐들어올 것인지 종잡을 수가 없었다. 눈앞이 어질어질해진다.

운몽의 신법에 놀랐던 혈의괴인이 정신을 차리고 팽이처럼 맴돌았다.

쉬잇, 하고 그새 쳐 나온 운몽의 권경(拳勁) 한줄기가 아슬아슬하게 뺨을 스치고 지나갔다.

"이 괘씸한 놈!"

노여움이 치솟은 혈의괴인이 즉시 신형을 안정시키며 무겁고 침착하게 응대했다.

두 번 걸음을 옮겨 방위를 바꾸고 다섯 차례 흔들리는 것이 운몽의 소요산보에 조금도 뒤지지 않는 절기였다.

"좋다!"

운몽은 강호에 나온 이래 오늘 비로소 마음껏 싸워볼 적수를 만났다는 생각에 절로 흥이 일었다.

과연 나의 실력이 어느 정도나 되고, 사부님의 절기가 얼마나 위력적인지 한껏 시험해 보겠다고 작정한 그가 더욱 드세고 사납게 혈의괴인을 몰아쳤다.

쉭쉭거리는 매서운 바람 소리가 끊이지 않고 들려왔다. 허공에 옷자락 펄럭이는 소리가 가득하고, 운몽의 손그림자가 그물처럼 촘촘하게 뒤덮인다.

아차, 하는 사이에 그 속에서 갇혔건만 혈의괴인은 조금도 당황하지 않았다. 오히려 음침한 웃음을 흘리며 가볍고 경쾌하게 두 손을 휘둘러 운몽의 장법을 파훼하고 때때로 반격을 가했다.

운몽은 사부의 절기이자 자신이 좋아하는 연자십팔권(燕子十八拳)을 펼치고 있었다.

가볍고 경쾌한 중에 수많은 변화를 감추었고, 어떤 상황에서도 자유롭게 공수를 수발할 수 있어서 그의 명랑한 성격과 잘 맞았던 것이다.

또한 권법 안에 장법과 지법은 물론 금나와 유술의 수법까지 두루 포함되어 있어서 화려하기 짝이 없는 것이기도 했다.

모름지기 무공이란 그것을 펼쳤을 때 사람들의 눈을 즐겁게 해줄 만큼 화려하고 아름다워야 한다고 생각하는 운몽이었다. 때문에 그는 사부의 절기들 중 특히 연자십팔권에 애정을 갖고 더욱 공들여 수련했다.

과연 운몽이 펼쳐 내고 있는 권법은 우아하고 여유로웠다. 멀리서 본다면 능숙한 춤꾼이 흥에 겨워 아름다운 춤을 춘다고 할 것이다.

그러나 그 안에 감추어져 있는 보이지 않는 경력의 날카로움과 수법의 치밀함은 그것과 부딪치고 있는 혈의괴인을 긴장하도록 만들기에 충분했다.

순식간에 다섯 초식이 지나갔다. 그동안 운몽은 기선을 제압한 여세를 지켜 나갔고, 혈의괴인은 여전히 수세에서 빠져나오지 못했다.

혈의괴인에게 오기가 생겼다.

"감히 네까짓 놈이 나를 이길 수 있을 것 같으냐?"

버럭 소리친 그가 불끈 힘을 주어 맹렬하게 두 손을 밀어냈다.

수법의 정교함으로는 운몽을 제압하기 어렵다는 걸 알고 내력의 두터움으로 상대하려는 것이다.

국면을 전환시켜 제가 원하는 싸움으로 바꾸려는 의도이기도 하다.

후웅—

웅장한 파공성과 함께 싸늘하고 단단한 암경이 해일처럼 밀려왔다.

그것에 실려 있는 막강한 잠력은 운몽의 두 손이 허공 가득 펼쳐 놓은 수영(手影)들을 일시에 잠재울 만했다.

그의 장력이 손그림자를 가르자 쿠웅, 하고 침중한 파공성이 터져 나왔다.

놀란 운몽이 즉시 가볍고 경쾌한 움직임을 멈추었다. 두 다리를 땅에 박은 것처럼 굳건하게 버티고 서서 삼양신공을 십성 끌어올려 마주 일장을 내뻗었다.

장력이 뿜어져 나온 순간 주위가 후끈한 열기로 달아올랐다. 극성에 이르면 요란한 소리를 내며 공기가 타버리고 수증기가 안개처럼 피어오른다는 극양신공(極陽神功)인 것이다.

십성에 이른 삼양신공은 혈의괴인에게 자신이 마치 불길 속에 들어 있는 것 같은 뜨거움을 느끼게 해주었다.

혈의괴인이 더욱 긴장하여 내력을 배가했고, 음습하고 뜨거운 두 사람의 장력이 허공을 격하고 충돌했다.

쿠아앙—

귀청을 찢을 듯한 굉음이 터져 나왔다.

화약을 쌓아두고 터뜨린 것 같은 충격이 사방으로 쏟아져 나간다.

그 정점에 서 있는 두 사람은 학질에 걸리기라도 한 것처럼 후들후들 떨고 있었다. 온몸의 힘을 한 번의 격돌에 쏟아 부은 게 틀림없다.

줄기줄기 끊이지 않고 뻗어나가는 두 사람의 장력이 한 자의 허공을 격하고 부딪치더니 밀고 밀리는 양상으로 바뀌었다.

복면에 가려져 있어서 혈의괴인의 표정이 어떤지는 알 수 없다. 하지만 운몽은 얼굴이 온통 붉어진 채 입술을 악물고 있었다. 부릅뜬 눈에 핏발이 설 만큼 고통스러워하고 있는 것이다. 볼이 푸들푸들 떨린다.

그러나 양보할 수 없었다. 장력을 거두는 순간 잘못하면 혈의괴인의 장력이 둑 터진 물처럼 쏟아져 들어올 것이고, 그렇게 되면 죽음을 면치 못할 것이기 때문이다.

그렇게 되지 않는다고 해도 운몽은 양보할 마음이 없었다.

양보하고 물러선다는 건 곧 혈의괴인에게 굴복하는 것을 의미한다.

'그래서야 장차 어떻게 혈영자를 상대할 수 있을 것인가!'

운몽은 피가 나도록 입술을 악물었다.

이 자리에서 죽더라도 물러설 수 없는 것이다.

이것이야말로 제가 혈영자를 찾아 죽일 수 있을지 없을지를 시험하는 처음이자 마지막 기회라고 생각했다.

운몽의 장력을 상대하고 있는 혈의괴인도 고통스러워하는
듯했다. 비록 얼굴의 표정은 볼 수 없지만 그의 어깨가 갈수
록 더 크게 떨리고 있었던 것이다.

신형마저 흔들거린다.

두 사람의 발은 땅속으로 조금씩 박혀 들어가고 있었다. 그
것이 거의 복사뼈 어림까지 빠졌을 무렵에는 두 사람 모두 더
이상 버틸 수 없는 한계에 이르렀다.

이와 같은 싸움은 도검을 맞대고 흉맹하게 싸우는 것보다
몇 배는 더 위험하다.

움직임이 없으니 겉으로 보기에는 태평하고 한가해도 실
은 백척간두에 선 것과 마찬가지인 것이다.

기어이 운몽의 입술 사이로 한줄기 선혈이 흘러내리기 시
작했다.

그의 두 팔이, 어깨가, 온몸이 사시나무 떨듯 떨린다. 그리
고 두 무릎마저 마구 떨리기 시작했다. 금방이라도 무너지고
말 것처럼 위험해 보였다.

그건 혈의괴인도 다르지 않았다. 두 사람은 서로 양보할 생
각이 없는 게 틀림없었다. 이렇게 내공을 소진하고 동귀어진
하려는 것인지도 모른다.

위험이 중첩되어 삶과 죽음의 경계에 아슬아슬하게 걸린
어느 한순간.

"이얍!"

혈의괴인이 갑자기 쉿소리 같은 기합성을 터뜨렸다.

우르릉—

밀어내는 그의 장력이 뇌성을 토해냈고, 무지막지한 힘으로 쏟아져 나왔다.

"우욱!"

운몽이 미처 그것에 반응하지 못하고 신음을 흘렸다. 그의 상체가 바람에 꺾이는 나무둥치처럼 뒤로 꺾였다. 그리고 그 순간 몸을 뺀 혈의괴인이 온 힘을 다해 장력의 권역 밖으로 뛰어나갔다.

순식간에 까마득히 사라져 버린다.

운몽은 갑자기 사라져 버린 상대의 장력 때문에 허탈해지고 말았다. 쏟아냈던 저의 장력을 미처 거두어들이지 못하고 이번에는 코가 땅에 닿을 것처럼 상체가 앞으로 휘청 쏠렸다.

"커헉!"

기어이 그의 입에서 검붉은 선혈이 왈칵 쏟아져 허공을 적셨다.

운몽이 끄응, 하고 된 신음을 흘리며 털썩 주저앉았다.

혈의괴인이 버티고 서 있던 곳을 힐끔 바라본 그가 쓴웃음을 지었다. 그곳에도 한 바가지의 물을 쏟아버린 것처럼 붉은 선혈이 땅을 적시고 있었던 것이다.

第八章
연공(練功)

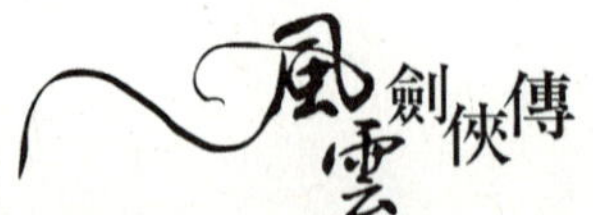

많은 일들로 정신없었던 밤이 천천히 물러가고 있었다.

멀리서 희미한 여명이 하늘을 물들여 온다.

운몽은 축축하게 젖어가는 맨 땅에 벌렁 드러누운 채 그 하늘을 바라보고 있었다.

기력은 좀체 되살아날 기미가 없었다.

한 번에 너무 많은 힘을 쓰고 지친 데다가, 심상치 않은 내상마저 입은 터라 어쩌면 오랫동안 정양해야 할지도 모른다.

지금 운몽은 손가락 하나 까닥하기도 힘들 만큼 쇠약해져 있었다. 보호하고 지켜주는 사람 하나도 없이 홀로 누워 있는 것이다.

이런 때에 앙심을 품은 자가 찾아온다면 아무 힘도 들이지 않고 운몽의 목숨을 빼앗을 수 있을 것이다.

하지만 운몽은 조금도 무섭거나 두렵지 않았다.

오직 혈사기주를 자처하던 그 괴인을 제 손으로 잡지 못한 게 분할 뿐이다.

그러나 점점 시간이 지나면서 그런 분한 마음도 가라앉아 갔다.

그 대신 아쉬움이 더해진다.

나에게 검이 있었더라면, 하는 생각 때문이었다.

그는 검법에 가장 자신이 있었고, 또 공들여 그것을 배웠다.

사부인 광명존자가 가장 자랑하는 것도 바로 검법 아니었던가.

검을 쥐면 천하에서 자신과 십 초를 나눌 자가 없다고 호언장담했었다.

사부의 그런 말에 영향을 받아서 운몽 또한 어렸을 때부터 검법의 연마에 땀을 흘렸고, 광명존자도 그런 운몽에게 모든 정성을 기울여 가르쳐 준 게 검법이었다.

그런 생각을 하면서 운몽은 검에 대한 집념을 갖게 되었다. 박투와 내공으로 겨루어서 혈의괴인을 이기지 못했으니 더욱 그렇다.

하지만 운몽이 얻은 것도 적지 않았다.

그는 강호에 나와서 누구와 겨루어본 게 고작 장청과 손막소 두 사람뿐이었다.

그들과의 싸움만으로도 여러 사람을 놀라게 했지만, 운몽 자신은 아직 자신의 무공이 강호에서 어떤 위치에 있는지 짐작하지 못했던 것이다.

그런데 지난밤에 혈사기주를 자칭한 혈의괴인과 마음껏 싸우고 나서 비로소 사문의 무공에 대하여 자부심을 가질 수 있게 되었다.

이제는 그 누구를 만나더라고 당황하거나 놀라지 않을 것이라는 자신감이 생긴다. 지금으로서는 그게 운몽에게 꼭 필요한 일이기도 했다.

몇 달 꼼짝하지 못하고 정양해야 하는 불편쯤이야 감수해도 좋을 소중한 경험을 한 것이다.

등을 통해 스며드는 축축한 대지의 기운을 느끼면서 운몽은 마음을 더욱 굳게 했다.

혈영자는 이미 노쇠했을 테니 그를 찾아 죽이는 것보다 그의 후인이 분명한 혈의괴인을 찾아 제거하는 게 사부님의 뜻에 부합되는 것이라고 생각한다.

다음에 다시 만난다면 반드시 그렇게 하고야 말리라고 몇 번이고 다짐했다.

그때 저 멀리, 희뿌연 새벽빛 속에서 쏜살같이 달려오고 있는 몇 사람이 있었다.

태백쌍악과 철선공자 여상풍이다.

그들이 운몽을 찾아 나선 것이다.

막막한 황토 평원에서 운몽이 어디에 있는지 알 수 없는 그들은 저 멀리 보이는 낮은 언덕을 보고 일단 그곳으로 가보기로 했다.

그 위에서 바라보면 멀리까지 훤히 볼 수 있을 것이므로 운몽을 찾을 수 있게 될지도 모르기 때문이다.

그래서 서둘러 달려왔는데, 바로 그 언덕 위에 운몽이 잠을 자듯 반듯하게 누워 있으니 놀라지 않을 수 없다.

혹시 죽은 건 아닐까? 하는 걱정으로 가슴이 철렁한다.

"운 소협!"

대악 염창이 가장 먼저 달려왔다.

운몽이 그를 보고 입을 씰룩거렸다. 제 딴에는 웃어 보이려는 건데 몸과 근육이 말을 듣지 않으니 잔경련을 일으키는 것과 다름없다.

그가 아직 죽지 않았다는 걸 안 대악이 가슴을 쓸어내리며 말했다.

"괴한을 뒤쫓아간 운 소협이 날이 밝아오도록 돌아오지 않아 얼마나 걱정했는지 모른다오."

말을 하면서 두리번거리는 것이 혈의괴인을 찾으려는 것 같다.

운몽이 가까스로 입을 열어 말했다.

들릴 듯 말 듯한 작고 힘없는 음성이다.

"그는… 갔습니다……."

운몽의 말에 대악이 반색을 했다.

"그렇다면 그놈 또한 엄중한 부상을 입은 게로군. 잘했소, 잘했어."

말 한마디에 벌써 그간의 사정을 짐작한 것이다.

혈의괴인이 부상을 입지 않았다면 운몽을 이렇게 살려두고 갔을 리가 없지 않은가. 그대로 간 것으로 보아 그자 또한 운몽 못지않은 엄중한 내상을 입은 게 틀림없었다.

운몽을 죽이기보다 자신의 내상을 다스리는 게 더 급했다는 증거이기 때문이다.

그러한 사정을 단번에 짐작해 버리는 대악을 보며 운몽은 강호에서의 경험이라는 게 이렇게 중요하다는 걸 절실히 느꼈다.

소악 황령과 여상풍이 도착해서 또 한바탕 소란을 피웠다.

그들은 운몽과 혈의괴인이 싸운 흔적을 보고 혀를 내둘렀는데, 그들이 마주 섰던 공간을 중심으로 방원 일 장여가 마치 폭약을 묻어두었다가 터뜨린 것처럼 황폐해졌기 때문이다.

혈의괴인의 공부가 그 정도였다는 게 놀랍고, 운몽이 그런 자를 맞아 대등하게 싸웠다는 게 더욱 놀라웠다.

그들은 운몽이 자신들로서는 감히 비교할 수도 없는 고수라는 걸 알고 있었지만 이번 일로 인해 그에 대한 외경심이 더욱 커졌다.

"그녀는… 어떻게 되었는지……."

"장청 말이오?"

염창이 눈살을 찌푸리고 말했다.

"운 소협이 사라진 직후 그 악녀 또한 어디론가 달아나 버렸다오. 하지만……."

염창이 말꼬리를 흐렸는데, 얼굴에 두려움과 함께 노여움이 떠올라 있었다.

주저하던 그가 다시 말했다.

"달아나면서까지 그 악독한 마음을 징그럽도록 잘 보여주고 갔지."

운몽은 무슨 일이 있었다는 걸 짐작했다. 그가 눈짓으로 묻는다.

"일장을 날려서 상 소저를 때리고 갔소. 그 일로 상 소저는 엄중한 내상을 입고 쓰러졌지. 담옥상이 그녀를 돌보고 있는데 괜찮은지 모르겠는걸?"

"아……."

운몽이 낯을 찌푸렸다.

도대체 그 작고 예쁜 아가씨의 어디에 그처럼 모질고 악독한 마음이 감추어져 있는지 모를 일이다.

왜 하필 아무 상관도 없는 상문경을 때리고 갔는지 모르지

만 어쨌든 다른 사람들을 죽이지 않고 물러갔다는 건 다행이
었다.

잠시 생각하던 운몽이 다시 힘겹게 말했다.

"그는 만나보았는지……."

"화운평 말인가? 아, 맞아. 그를 확인했어야 하는 건
데……."

염창이 혀를 찼다.

혈의괴인을 쫓아간 운몽이 걱정되어서 앞뒤 생각할 겨를
없이 무작정 찾아오느라고 정작 화운평은 확인하지 못했던
것이다.

"돌아가세. 일단 돌아가서 다시 확인해 보면 되겠지."

염창이 운몽을 일으키자 소악 황령이 대뜸 그를 업고 달리
기 시작했다.

날이 훤하게 밝아올 무렵에야 그들은 숭의산장으로 돌아
올 수 있었다.

어제까지만 해도 장원의 식솔들이었던 사람들이 모두 장
원을 떠나고 있었다.

총관인 신필수사 나대헌이 꼭 필요한 몇 명의 하인들과 함
께 남아 장주인 최명판관 염숭의 장례를 준비할 뿐, 장원은
고요하기만 했다.

칠순 잔치가 졸지에 장례식으로 바뀌었으니 참으로 무상

하다.

나대헌은 물론 하인들 또한 모두 벙어리가 된 것처럼 아무 말도 하지 않았다. 오직 침통해할 뿐이다.

황령의 등에 업혀 돌아오는 동안 운몽은 겨우 몸을 추스를 수 있게 되었다.

아직 한 가닥 따뜻한 기운이 기해의 바닥에 남아서 원기를 붙들어두고 있었던 것이다.

후원에 돌아온 즉시 운몽은 여상풍의 부축을 받으며 우선 상문경부터 방문했다.

그녀는 침상에 반듯하게 누워 있었는데, 담옥상이 불안한 얼굴로 방 안을 서성이며 그녀를 지키고 있다가 운몽이 들어오는 걸 보고 반색을 했다.

"운 형제, 이제야 오는군. 어?"

비로소 운몽의 상태가 심상치 않다는 걸 알고 깜짝 놀란다.

운몽이 씁쓸하게 웃었다.

"아직 소제의 공부가 부족한 탓에 이런 처지가 되었으니 할 말이 없군요."

"무슨 소리, 무슨 소리!"

담옥상이 손사래를 치며 급히 운몽을 부축해 의자에 앉혔다.

잠시 소란이 일었지만 침상 위의 상문경은 아무것도 듣지 못하는 것처럼 누워 있기만 했다. 깊은 잠에 빠진 것도 같았다.

담옥상이 한숨과 함께 머리를 설레설레 흔들고 나서 말했다.

"도대체 어떤 장법이 이토록 지독한지 모르겠구려. 내가 아는 모든 수단을 다 써보았지만 그녀의 의식을 되돌릴 수가 없었다오."

지금은 운몽 또한 그녀의 상태를 알아볼 수가 없었다. 내력이 고갈되었기 때문이다.

그렇지 않았다면 자신의 내력을 그녀의 몸에 불어넣어 그것에 반응하는 기운을 통해 상처의 경중을 알아볼 수 있는데 지금은 그렇게 할 수 없는 것이다.

"그녀를 풍화곡에 데려다 주어야 할 것 같소."

"소제는 담 형과 함께 갈 수가 없군요."

"운 형제의 상처가 이토록 엄중한데 어찌 그걸 바랄 수 있어? 걱정 말고 상세를 다스리는 데 전념하게나. 그런데 마땅히 정양할 곳이 없으니……."

운몽은 담옥상의 마음을 충분히 알 수 있었다. 그는 자신의 막간산 천웅보로 운몽을 데려가 그곳에서 안전하고 편하게 정양하도록 해주고 싶은 것이다.

운몽이 따뜻한 눈으로 담옥상을 바라보았다.

"일전에 이 형에게 태을산장으로 찾아가겠다고 약속했으니 그곳에 가 잠시 이 형의 신세를 지고 있도록 하지요."

백도의 명문세가로서 천웅보, 심검장과 함께 일보(一堡) 이장(二莊)으로 불리는 태을산장은 안휘성에 있었다. 경정산(敬亭山)을 뒤에 두고 있는 남경호(南瑒湖) 가에 있어서 풍치가 남다른 곳이다.

정주에서 그곳까지는 마차를 타면 사나흘 길에 지나지 않는다.

2

"나는 먼저 화운평의 거처에 다녀오지."

대악 염창이 운몽을 그곳에 두고 서둘러 나갔다. 소악과 여상풍이 뒤따른다.

그들은 곧 후원 서쪽 별채인 화운평의 거처에 이르렀는데 아무 기척이 없었다.

"커흠!"

대악이 문밖에서 우선 큰 기침으로 기척을 알렸다.

"화 공자, 안에 있나?"

대답이 없다.

"들어가 봅시다."

황령이 참지 못하고 한달음에 열두 계단을 뛰어오르더니 문을 활짝 열어젖혔다.

정청에 음침한 어둠이 가득했다. 그 왼쪽이 내실이다.

성큼성큼 걸어 내실에 이른 황령이 그 문마저 활짝 열어젖혔다. 그러더니 깜짝 놀란다.

"어?"

염창과 여상풍이 급히 다가와 고개를 디밀었다.

정갈한 내실에는 한 사람이 단정한 모습으로 앉아 지그시 눈을 감고 운기조식에 몰두해 있었는데, 그들이 가장 의심하고 있던 화운평이었다.

깨끗한 흰옷이 창문을 통해 들어오는 아침 햇빛을 받아 눈부시게 반짝인다.

침상은 가지런히 정돈되어 있었고, 가구며 집기들도 깨끗한 것이 조금도 이상한 점이 없다.

외인의 존재를 느낀 듯, 화운평이 숨을 들이마시고 천천히 눈을 떴다.

염창 등을 돌아보았는데, 얼굴에 표정이 없고 눈빛마저 서늘하게 가라앉아 있었다.

"무례하구려. 허락도 없이 남의 연공을 훔쳐보다니?"

그가 침중한 음성으로 꾸짖었다.

염창 등은 우물쭈물할 뿐 변명할 말이 없었다.

강호에서 다른 사람의 연공을 훔쳐보는 건 커다란 금기 중 하나다. 본의 아니게 그것을 범한 꼴이 되었으니 무뢰배나 도둑으로 몰려도 할 말이 없는 것이다.

"아니, 아니, 오해는 하지 말게. 장원 안이 이토록 어수선

한테 자네가 죽은 듯 아무 기척도 없으므로 혹시 홍수에게 당한 건 아닌가 걱정스러워 와본 것뿐이라네.”

“소생은 아무 일도 없고, 홍수는 나타나지도 않았으니 그만 물러가 주십시오.”

화운평이 냉랭하게 말하지만 염창은 그대로 물러서고 싶지 않았다.

“그런데 자네는 하필 이런 때에 연공에 힘쓴단 말인가? 숭의산장의 불행에 대해서는 조금의 관심도 없고, 장주의 죽음에 대해서도 분한 마음이 들지 않는단 말인가?”

“소생은 매월 정해진 날, 정해진 시간에 연공을 해야만 합니다. 그게 사문의 신공이 가지고 있는 제약이지요. 그러니 바깥의 일이 궁금하지만 움직일 수가 없군요. 오늘 연공이 끝나게 되니 그다음에 알아봐도 늦지 않다고 생각합니다.”

냉정한 중에도 그의 말투는 어디까지나 정중하고 담담해서 과연 명가의 공자다웠다.

“남의 연공을 방해하는 게 옳지 않은 일이라는 걸 잘 아실 만한 분이 계속 그렇게 서 있을 겁니까?”

말투에 책망이 어린다.

염창이 급히 손을 내저었다.

“아, 그게 아닐세. 아무튼 실례했군. 연공이 끝나면 만나서 이야기하도록 하지. 그런데 언제쯤 끝나나?”

“정오입니다.”

"좋아, 그때 보세. 본의 아니게 방해한 꼴이 되어서 미안하네."

서둘러 말하고 물러나면서도 염창은 날카로운 시선으로 화운평과 방 안을 샅샅이 훑어보았다.

"형님, 어떻소? 뭔가 수상쩍은 구석이 있는 것 같지 않아?"

화운평의 거처를 나오며 황령이 낮게 속삭였다.

무어라고 꼬집어 말할 수는 없지만 어딘지 수상쩍다는 느낌을 받았던 것이다.

오랜 강호의 경험에서 생긴 직관 같은 것이기도 하다.

대악 염창 또한 그와 같은 느낌을 받았기에 이렇게 순순히 물러나는 게 영 마뜩치 않았지만 어쩔 수 없는 일이었다.

"느낌만으로 그 구렁이 같은 녀석을 몰아세울 수는 없는 거잖아. 하지만 어쨌든 좋지 않기는 해. 그게 뭔지 알 수 없다는 게 영 꺼림칙하단 말이야."

그들은 오늘 새벽 황토 언덕에서 운몽을 찾았을 때 그가 혈의괴인과 싸운 흔적을 보았었다.

그것으로 짐작해 보건대 혈의괴인은 운몽 못지않게 심각한 부상을 입은 게 분명했다. 그가 서 있던 곳에서 아직 굳지 않은 객혈의 흔적도 발견하지 않았던가.

그 정도의 중상을 입었다면 혈의괴인은 어디에서인가 정양을 하고 있을 터였다.

운기요상에 전력을 다하고 있을 게 틀림없다.

화운평이 하필 이때에 연공 중이라는 것도 그런 맥락에서 생각해 보면 수상한 일이 틀림없었다.

하지만 태연한 화운평의 기색으로 보았을 때 그가 엄중한 내상을 입은 자라고는 도저히 생각할 수 없으니 혼란스러웠다.

운몽은 제 몸을 가누는 것도 힘들 만큼 무기력해져 있지 않던가.

"어쩌면 그자의 내공이 운 공자보다 높은 것일지도 몰라."

그러한 일들을 두루 생각하던 염창이 그렇게 중얼거렸다.

그의 중얼거림에는 화운평에 대한 의심을 거의 확실시하는 의미가 담겨 있었다. 화운평이 혈의괴인이고, 운몽과 싸운 자라고 단정한 중얼거림인 것이다.

하지만 증거를 찾지 못했으니 답답하기만 하다.

"정오에 연공을 마치고 나온다니 그때 만나보면 알 수 있겠지."

지금은 그런 희망을 가지고 있을 수밖에 없다.

염창 등이 물러가고 나자 그때까지 꼿꼿하게 앉아 있던 화운평의 신형이 휘청, 하고 흔들렸다.

"컥!"

답답한 기침과 함께 한 사발의 피를 토해낸다.

눈처럼 하얗던 그의 옷자락이 금방 붉게 물들어 버렸다.

"공자!"

침상 아래에서 한 사람이 낮게 부르며 굴러 나왔다.

손막소였다.

탁자를 붙잡고 가쁜 숨을 헐떡이던 화운평이 가슴을 문지르며 이를 부드득 갈고 말했다.

"그 교활한 염창이 낌새를 눈치 챈 것 같다. 이렇게 되어서는 등잔 밑이 어둡다는 말도 소용없지."

"하오면……."

화운평의 등을 문지르며 내력을 불어넣어 주던 염창이 떨리는 음성으로 물었다.

화운평이 멀쩡하다면 걱정할 게 없지만 그가 이처럼 엄중한 내상을 입고 무기력해져 있는 한 자기 혼자서는 그를 지킬 수 없는 것이다.

겨우 소악 황령을 상대할 수 있을 뿐이니 염창이 나선다면 막을 수가 없다.

불안한 눈으로 자꾸만 방문을 훔쳐보는 손막소의 얼굴에 긴장이 가득했다.

화운평이 아직도 숭의산장에 머물러 있는 이유는 이곳이 가장 안전할 것이라고 판단해서였다. 등잔 밑이 어둡다는 이치대로이다. 또한 급히 몸을 숨길 마땅한 장소를 찾을 수 없었기 때문이기도 했다.

그런데 염창이 수상해하는 것 같으니 정오가 되기 전에 어떻게 하든 이곳을 빠져나가는 수밖에 없었다.

그렇게 되면 염창은 더욱 수상하게 여길 것이고, 어쩌면 마각이 드러나게 될지도 모른다. 하지만 지금은 그걸 걱정할 때가 아니지 않은가.

화운평이 눈짓으로 창밖을 가리켰다. 손막소가 은밀히 다가가 창문 틈으로 밖을 살펴보고 머리를 끄덕였다.

"할 수 있겠나?"

묻는 화운평의 창백한 얼굴에 긴장이 서린다. 손막소가 다시 머리를 끄덕였다.

화운평이 탁자 위에 있는 지필묵을 끌어당겨 급히 몇 자를 휘갈겨 썼다.

붓을 내던진 그가 됐다는 눈짓을 하자 손막소가 다가와 그의 신발을 벗기더니 제 발에 신고, 제 신발은 품에 집어 넣었다. 그런 다음에 그를 업는다.

허리띠로 화운평과 자신을 단단히 묶어서 그가 떨어지지 않게 한 후에 자신의 흔적이 남아 있는지 세심하게 살피는 걸 잊지 않았다.

그리고 나서 창문을 활짝 열어젖힌 손막소가 그대로 몸을 날려 매끄럽게 밖으로 빠져나갔다. 의도한 것인 듯, 그가 발에 힘을 주었던 탁자 앞에는 신발 자국이 찍혀 있었다.

누가 보더라도 화운평이 발끝에 불끈 힘을 주고 급히 창밖으로 달려나간 것이라고 여기리라.

단숨에 화원을 가로지른 손막소는 훌쩍 담을 뛰어넘었고, 이내 사라져 보이지 않았다.

화운평이 말한 정오가 지나기 무섭게 염창과 황령, 여상풍이 다시 찾아왔는데, 그들은 주인이 떠나고 없는 텅 빈 방을 보았을 뿐이다.

"형님, 저기."

황령이 탁자 위에 놓여 있는 종이를 가리켰다.

그곳에는 알아보기 힘든 글씨로 '괴인을 쫓아가오' 라고 써져 있었다. 한눈에도 화급한 중에 급히 휘갈겨 쓴 것임을 알 수 있다.

"과연 그럴까?"

그것을 본 염창과 여상풍이 머리를 갸웃거렸다.

너무 공교로운 일이기 때문이다.

괴인이 다시 나타났고, 화운평이 그를 추격해 간 것이라면 그 와중에 자신의 행적을 밝히는 글을 남겼다는 게 더 이상했다. 자신이 사라지는 것에 대한 변명으로 이해될 수도 있기 때문이다.

염창 등은 무언가 단서를 찾기 위해 세심하게 방 안을 둘러보았지만 탁자 앞에 희미하게 남아 있는 것이 화운평의 가죽신 자국이라는 걸 찾았을 뿐, 의심할 만한 아무런 흔적도 찾지 못했다.

"제기랄, 닭 쫓던 개 꼴이 되었군. 이래서야 알 수 있는 게 아무것도 없잖아?”

　황령이 탁자를 걷어차며 투덜거렸다.

＊　　　＊　　　＊

　풍화곡은 산서 오대산 중대봉 기슭의 골짜기에 있다.

　태을산장과 천웅보가 정주부의 남쪽에 있다면 풍화곡은 북쪽에 있으니 정반대의 방향인 것이다.

　그날 오후, 운몽 일행과 담옥상 등이 출발을 준비하는데 총관인 신필수사 나대헌이 찾아왔다.

　“떠나시렵니까?”

　일행 중 가장 연장자인 대악 염창에게 고개 숙이고 묻는다.

　처음에는 사악한 마두라 잔뜩 경계했는데, 며칠 지내는 동안 그가 전혀 다른 사람이 되어 있다는 걸 알고 꺼림칙하게 여기던 마음이 사라진 것이다.

　고개를 끄덕인 염창이 물었다.

　“자네는 어떻게 할 셈인가?”

　“장주님을 대신해서 처리해야 할 일이 한 가지 남아 있습니다. 그것을 마친 다음에는 소생도 이곳을 떠날 작정입니다.”

　“멀쩡한 장원이 주인 없는 폐가로 전락해 버리겠군.”

　“장원을 돌볼 최소한의 하인들이 남아 있으니 괜찮겠지요.”

"그건 다행이군. 그런데 장주 대신 처리할 일이라는 건 또 뭔가?"

"한 사람을 돌보는 일인데 저는 믿을 만한 사람을 물색해서 그 일을 맡기고 떠날 생각이지요."

"그 일이 뭔지는 말하지 않을 작정인가?"

"그렇습니다. 죽음으로 비밀을 지키겠다고 장주님과 굳은 맹약을 했으니 어길 수가 없습니다."

"좋네, 그럼 자네는 이곳을 떠나서 무엇을 하려는가?"

그 말에 나대헌이 굳은 얼굴로 결연하게 말했다.

"소생의 무공이 비록 보잘것없으나 장주님께 은혜를 입었으니 목숨으로라도 갚아야 하지 않겠습니까? 혈의괴인을 찾아갈 작정입니다."

"장주도 당하지 못했는데 자네의 무공으로 그를 이길 수 있을 것 같은가?"

"계란으로 바위를 치는 일이겠지요. 하지만 저의 죽음을 보임으로써 그에게 세상에는 아직 의리와 협객의 도가 살아 있다는 걸 가르쳐 줄 것입니다. 그만하면 충분하다고 생각합니다."

나대헌의 표정과 말에는 결연함이 넘쳐 났다. 평소의 온화하고 참을성 많던 그가 아닌 것 같다.

그의 말을 들은 모두는 숙연해졌다.

잠시 무거운 침묵이 흐른 뒤에 운몽이 말했다.

"나 대협의 의지가 그와 같다면 하지 못할 일이 없을 것입니다. 소생은 정양하기 위해 태을산장으로 가려고 하는데, 이곳의 일이 마무리되는 대로 저를 찾아오지 않으시겠습니까? 저와 둘이 힘을 합쳐 일을 도모한다면 나 대협 혼자서 하는 것보다 낫지 않을까 합니다만?"

그 말에 나대헌이 운몽의 손을 덥석 잡고 감격한 얼굴로 말했다. 음성마저 은은히 떨려 나온다.

"불감청(不敢請)이언정 고소원(固所願)이라. 운 소협이 허락해 준다면 어찌 그것을 마다하겠소?"

침울해 있던 나대헌의 얼굴에 기쁨이 넘쳐 났다.

운몽과 함께할 수 있다면 혈의괴인을 찾아 복수를 하는 게 불가능하지 않을 것이라는 믿음이 그에게 더 큰 용기를 불어넣어 주었다.

게다가 운몽 곁에는 태백쌍악이 있고 철선공자 여상풍이 있지 않은가.

이와 같이 큰 원군을 만나자 용기백배해진다.

"그럼 기다리고 있겠습니다."

운몽이 웃음으로 나대헌과 작별하고 마차에 올랐다.

그를 부축해 마차에 태워준 담옥상이 간곡하게 말했다.

"운 소제, 나도 상 사매를 풍향곡에 데려다 주고 나면 즉시 태을산장으로 찾아가겠네. 그동안 부디 정양에 힘써서 부상당하기 전보다 더 건강한 몸으로 회복되기를 바라네."

"알겠습니다. 기다리고 있지요. 오대산까지 오가려면 먼 길인데 부디 보중하시기 바랍니다."

운몽이 담옥상의 손을 꼭 잡았다.

철선공자가 몸소 마부석에 앉아 고삐를 잡았고, 태백쌍악은 각자 말에 올라 마차를 좌우에서 호위했다.

운몽을 태운 마차가 숭의산장을 떠나 남쪽으로 향하자 곧 담옥상도 상문경을 마차에 태우고 북쪽으로 떠났다. 남아 있던 마지막 외인들이 떠난 것이다.

그래서 더욱 쓸쓸해진 숭의산장을 돌아본 나대헌이 한숨을 쉬었다.

3

장주인 태을신군(太乙神君) 장무혁(張武赫)은 완고한 사람이었다.

제자인 이청풍과 채시화로부터 수차례 들어 운몽에 대해서는 거리낌이 없었으나, 태백쌍악과 철선공자 여상풍에 대해서는 그들이 산장에 들어오는 걸 끝내 허락하지 않았던 것이다.

대악 염창이 못마땅한 얼굴로 혀를 찼다.

"운 공자, 태을신군이 반대하니 어쩔 수 없소."

그들은 태을산장 아래 진가촌의 객잔에 들었는데, 어쩔 수 없이 운몽이 태을산장을 나올 때까지 그곳에 머물러야 했다.

운몽은 물론, 그를 영접하기 위해 나온 이청풍도 미안한 마음을 감추지 못했다.

철선공자 여상풍이 퉁명스럽게 말했다.

"뭐, 상관없지. 태을산장에 들어가지 못하는 게 그리 대수로운 일이겠소? 들어간다고 해도 어차피 운 소협을 보지도 못하게 될 텐데 말이오. 태을산장에서 눈칫밥을 먹느니 여기서 한가하게 쉬면서 낚시나 즐기겠어. 오랜만에 휴가를 받은 셈 치면 되지."

그의 불만을 잘 알지만 운몽도 이청풍도 그에 대해서 뭐라고 말할 수가 없었다.

마을 밖에 남경호가 있었으므로 여상풍이 낚시를 하며 시간을 보내기에는 제격이기도 하다.

"운 공자."

무엇을 생각했던지 대악 염창이 빙긋 웃으며 운몽을 불렀다.

"말씀하십시오."

"이제 운 공자가 태을산장에 들어가면 다시 나올 때까지 몇 달 동안은 서로 보지 못하게 되겠지요."

염창은 운몽이 정양하여 부상에서 완전히 회복되는 기간을 몇 달로 내다보고 있었던 것이다.

그건 운몽 자신이 느끼고 있는 것과 같아서 운몽은 내심 태백쌍악의 눈썰미에 감탄했다.

염창은 강호에서 한평생을 굴러먹은 늙은 마두답게 풍부한 경험에 의한 직관과 판단력을 가지고 있었는데, 그건 운몽으로서는 따라가지 못할 부러운 경지였다.

염창이 여전히 미소를 띤 채 다시 말했다.

"혈의괴인도 역시 몇 달은 정양을 해야 할 테니 한동안 강호가 조용하겠군. 그동안 우리도 놀기만 할 게 아니라 부지런히 수련을 해서 지금보다 더 높은 경지로 스스로를 이끌어 올리겠소."

염창의 말에 낚시나 하며 놀겠다는 말을 꺼냈던 여상풍이 머쓱해졌다.

"몇 달 뒤 운 공자가 태을산장에서 나올 때는 부상을 입기 전보다 두어 단계는 더 높아져 있을 게 틀림없소. 그러면 자칫 우리는 운 공자에게 짐만 되는 쓸모없는 인간이 되고 말 수도 있지. 그렇게 되지 않기 위해서라도 힘써 연공해야 하겠소이다. 우리 모두에게 이 몇 달은 소중한 시간이니 반드시 공을 이루는 좋은 계기로 삼아야 할 것이오."

운몽에게 하는 말이면서 또한 자기 자신과 황령, 여상풍, 이청풍 등에게 두루 해주는 경계의 말이기도 했다.

그의 마음씀이 그토록 깊은 걸 새롭게 깨달은 사람들이 모두 결연한 의지를 품고 머리를 끄덕였다.

대오각성이라는 말이 있고, 회두피안(回頭彼岸)이라는 말이 있는데, 대악 염창이 바로 그 말에 합당한 사람이었다.

악명을 날리던 대마두였다가 한 번 깨우침을 얻자 돌변하여 전혀 다른 사람이 되어 있었던 것이다.

그에 대하여 여전히 꺼림칙한 마음 한 조각을 감추고 있던 여상풍이 그런 대악을 보며 감탄했다는 얼굴로 머리를 크게 끄덕였다.

그는 더 이상 대악 염창을 경계하지 않을 것이다.

오후에 운몽은 여상풍이 준비해 온 마차로 갈아타고 태을산장을 향해 떠났다.

운몽의 마차가 경정산 자락을 돌아 나타나자 태을산장의 웅장한 대문 앞에 나와 초조하게 기다리고 있던 채시화가 날듯이 달려왔다.

"운 소협, 약속대로 와주었군요!"

달덩이 같은 얼굴 가득 희열을 떠올리고 어쩔 줄 몰라 하는 그녀를 보며 운몽은 가슴이 따뜻해졌다.

아무 연고도, 아는 바도 없어 두렵기만 하던 세상이었는데 어느새 이처럼 저를 반겨주는 사람들이 생겼다는 게 기쁘면서 한편으로는 걱정이 되기도 했다.

그 사람들에게 실망을 주는 존재가 되어서는 안 된다는 사명감 때문이다.

태을산장은 규모가 정주의 숭의산장과는 비교할 수 없을 만큼 크고 웅장했다.

산장에 기거하는 무사들만도 수백 명에 이른다니 작은 성이라고 할 수 있을 정도였던 것이다.

장주인 태을신군의 거처로 가는 동안 마주친 무사들은 하나같이 정기가 뛰어났고 걸음걸이가 가벼웠으며 절도가 있었다.

많은 사람들이 살고 있음에도 절간처럼 조용한 것이, 장주의 규율이 엄격하다는 걸 짐작할 수 있었다.

안휘성 제일의 무림세가로서 백도의 기둥이라고 하기에 부족함이 없었던 것이다.

장원 안의 엄숙하고 정갈한 분위기만으로도 운몽은 태을신군 장무혁에 대한 존경심이 생겼다.

그리고 그를 대면했을 때 그러한 마음은 더욱 굳어졌다.

드넓은 정청에는 수십 명의 원로 가신들이 도열해 서 있었다.

정청 끝에 있는 단 위에 태을신군 장무혁이 앉아 있었는데, 마치 부동명왕이 현신한 것 같은 웅장한 기도가 느껴졌다.

좌우로 갈라서서 엄숙한 침묵을 지키고 있는 원로 가신들 앞을 천천히 지나간 운몽이 단 아래에 이르러 포권했다.

"장주님을 뵈옵니다."

번쩍이는 한 쌍의 눈이 운몽의 전신을 태울 듯 훑었다.

"운몽이라고?"

검은 돌이 깔린 정청의 무거운 침묵을 깨뜨리고 장주의 낮고 무거운 음성이 웅웅 울렸다.

"그렇습니다."

"네가 청풍과 시화의 목숨을 구해주었다는 말을 들었다. 그 아이들의 사부 된 나로서 다시 한 번 감사의 말을 하지 않을 수 없지."

"곤경에 처한 형제를 돕는 것이야 협의(俠意)를 품은 자로서 응당 해야 할 일이니 자랑할 게 되지 못합니다."

"또한 혈사기주를 상대하다가 부상을 입었다던데 사실이더냐?"

"그자는 혈사기주를 사칭한 자에 지나지 않았습니다. 그런데도 제압하지 못하고 오히려 낭패를 보았으니 부끄러울 뿐입니다."

"흐음—"

운몽의 당당하고 겸손한 모습에 태을신군이 보일 듯 말 듯 머리를 끄덕였다.

"장하다. 너와 같이 뛰어난 후인들이 많이 나와야 강호에 정기가 바로 서고 사마의 무리들이 발호하지 못할 것이다. 모쪼록 초심을 잃지 말고 장차 무림의 큰 인물이 되기 바란다."

"장주님의 말씀 가슴에 새기겠습니다."

"내 못난 두 제자들과의 교분이 돈독하다니 매우 흐뭇한 일이구나. 이곳에 있는 동안 마음 놓고 정양하여 건강을 회복하도록 하여라."

"감사합니다. 은혜를 잊지 않겠습니다."

운몽이 머리를 조아리고 조심스럽게 물러나자 밖에서 초조하게 기다리고 있던 채시화와 이청풍이 즉시 달려와 그를 부축했다.

"사부님께서 그렇게까지 말씀하셨다니 이건 오히려 샘이 나는걸?"

이청풍이 짐짓 눈을 흘기며 퉁명스럽게 말하자 채시화가 그의 팔뚝을 꼬집었다.

"사형은 정말 못됐어."

"이게 어떻게 된 일이냐? 어제만 해도 모두 내 편이었는데 오늘은 내 편이 하나도 없구나?"

그의 넉살에 운몽이 빙긋 웃었다.

"이 형, 내가 이 형의 편이니 그런 말을 하지 마시오."

"그렇지, 그래. 운 형제가 내 편이면 자연히 시화도 내 편이 될 테고, 상 소저도 그렇게 되겠지. 하하하."

그의 말에 채시화의 얼굴에 즉시 어두운 기색이 어렸다.

그녀는 운몽이 부상을 입고 찾아온 게 마음 아팠지만 한편으로는 상문경을 떼어놓고 저와 둘만 있을 수 있게 되었다는 생각에 들떠 있었던 것이다.

운몽을 바라보던 상문경의 눈길과 그에게 교태를 떨던 모습이 떠올라 더욱 우울해진다.

그녀가 자신과 달리 감정의 표현에 적극적이고 활달하다
는 것이 새삼 부러웠다.

운몽은 장원 깊숙한 곳에 있는 별원의 한 누각으로 안내되
었다.
대나무 숲이 고요하고, 작은 연못과 정자가 있는 아늑한 곳
이었다.
장원 안의 누각이라기보다 깊은 산중에 있는 산사(山寺)와
도 같은 정취가 있다.
장주의 엄명이 있던 터라 이청풍과 채시화 외에는 아무도
별원에 출입하지 못했다.
그날부터 운몽은 시중을 들어주는 하인 세 명과 함께 그곳
에 거하며 마음 놓고 운기요상에 힘썼다.
그는 이미 사문의 삼양신공을 십성에 이르도록 연마하고
있었는데, 이번 기회를 통하여 내상을 치료하는 한편, 신공도
십이성 끌어올려 대성할 결심을 했다.

＊　　　＊　　　＊

―정주에 있는 최명판관 염숭의 거처인 숭의산장에 혈사
기가 나타났다.

이 말은 며칠 지나지 않아 강호 전역에 퍼졌고, 그때로부터 강호에는 보이지 않는 긴장이 빠르게 번져 나가기 시작했다.

그로부터 몇 개월이 지난 지금, 노소를 불문하고 강호에 몸 담고 있는 자들 중 혈사기의 존재를 모르는 자가 없게 되었다.

은밀한 중에 바쁘게 움직이는 자들 또한 부쩍 늘어났는데, 그 모두가 혈사기 때문임은 말할 것도 없다.

오십여 년 전 혈사기가 처음 강호에 나타났을 때, 그것에 반항하는 자는 모두 참혹한 죽음을 당했고, 복종을 맹세한 자들은 살아남았다고 한다.

혈사기에 굴복한 자들은 모두 입을 굳게 다물었으므로 누구인지 알 수가 없었다.

흑도의 거마도 있을 것이고 백도의 명숙들도 있을 것이지만 누구인지 알 수 없으니 모두가 의심스럽게 보일 뿐이다.

서로를 믿지 못하게 되었다는 것.

혈사기가 강호에 준 가장 큰 피해가 바로 그것이었다.

강호에는 언제나 긴장이 감돌았고, 모두의 신경이 곤두서 있었던 것이다.

쉽게 넘어갈 수 있었던 일들도 혈사기가 등장한 이후에는 종종 목숨을 건 싸움으로 번지곤 했다.

사소한 시비 끝에도 칼을 뽑아 들었으니, 그 모두가 서로에 대한 믿음이 약해졌기 때문이었다.

스승과 제자가 서로 믿지 못했고, 이웃과 친구가 서로 믿지
못했으며, 사랑하는 사람들이 서로를 믿지 못하는 지경이 되
었던 것이다.

강호에 몸담고 있는 자들은 그래서 늘 살얼음판 위를 걷는
듯했다.

지나친 긴장이 계속되자 사람들은 더 견디지 못했다.

저도 모르게 폭력적으로 변해갔으므로 강호는 거대한 화
약고가 되어버렸다.

그것이 일시에 폭발해 버린다면 적도 아군도 모두 사라져
버리는 대참극이 될 게 뻔했지만 누구도 나서서 그것을 막을
사람이 없었다.

일촉즉발의 위태로운 상황이 아슬아슬하게 유지되던 어느
날, 강호에서 혈사기가 감쪽같이 사라져 버렸다.

사람들은 처음에는 어리둥절했으나 곧 환호했고, 강호는
금방 본래의 모습으로 돌아갔다.

혈사기에 복종을 맹세했던 자들은 누구나 할 것 없이 입을
더욱 굳게 다물었으므로 그 일은 사람들의 기억 속에서 점차
사라져 갔다.

이제는 아무도 그것을 기억하지 않게 되었는데 그 혈사기
가 다시 나타났으니 강호 전체가 숨을 죽이는 게 당연했다.

'누가 혈사기에 복종을 맹세한 변절자냐?'

그 의문이 다시 머리를 들었고, 서로에 대한 불신이 빠르게

번져 가고 있었다.

벌써 오십여 년이 지난 일이니 그때 복종을 맹세했던 자들 중 상당수는 이미 죽었을 것이다. 무덤 속까지 비밀을 가져간 것이다.

문제는 그 후인들이었다.

혹시 내 사부가, 내 아버님이, 내 할아버지가 그 변절자가 아니었을까? 하는 의심을 하게 되었고, 그것에서 오는 좌절감은 고스란히 후인들이 짊어져야 하는 짐이 되었던 것이다.

그들 속에는 강호의 내로라하는 고수도 있었고, 마두와 명문정파의 영수 급 인물들도 있었다.

누구도 다시 나타난 혈사기 앞에서 자유로울 수 없었던 것이다.

그 혈사기가 과거와는 달리 수많은 사람들 앞에 당당하게 모습을 드러냈다.

사람들은 그 일을 두고 혈사기주가 오십여 년 만에 다시 강호에 선전포고를 한 것이라고 수군거렸으며, 어쩌면 이번에야말로 더 지독하고 끔찍한 일들이 벌어질지 모른다는 생각에 두려워 떨었다.

옛날과는 달리 당당하게 제 존재를 드러냈기 때문이다.

그건 그만큼 자신이 있다는 것이며, 강호를 오시(傲視)한다는 의미로도 해석할 수 있었다.

그런데 그 혈사기가 숭의산장에서 사라진 후 몇 개월이 지났지만 다시 나타나지 않았다.

사람들은 가슴을 쓸어내리며 안도하는 한편 더욱 불안해져서 두리번거렸다.

혈사기가 언제 또 어디에 나타나 무슨 참극을 벌일지 알 수 없었기 때문이다.

그 참극의 대상이 나와 내 가족, 내 사문일 수도 있다는 건 생각만 해도 끔찍한 일이다.

第九章
강호에 이는 풍운

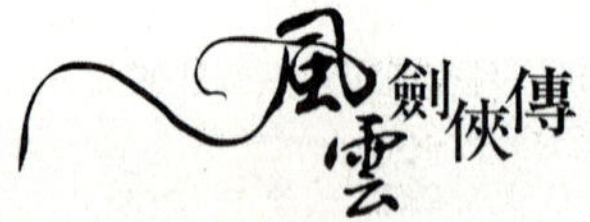

여름이 가고 있었다.

아미산 높은 곳에는 벌써 나뭇잎이 누렇게 바래기 시작했고, 밤새 하얗게 서리도 내렸다.

운무가 더욱 짙어졌으며, 바람 속에서 쓸쓸한 냄새가 맡아지기도 한다.

운지는 지난 오 년 동안 절연암 밖으로 한 걸음도 나오지 않았다.

그리고 이제 며칠만 더 있으면 사문의 금제가 풀린다.

"그는 지금쯤 무엇을 하고 있을까?"

창틀에 턱을 괴고 멍하니 푸른 하늘을 바라보고 있던 운지가 저도 모르게 중얼거렸다.

바람에 버석거리는 푸른 대나무 잎의 소리가 실려왔다.

머지않아 온 산이 붉고 노랗게 물들겠지만, 저 대나무 숲은 변함없이 푸를 것이다.

운지는 운몽을 향한 저의 마음이 저 대나무와 같다고 생각했다.

잘라져 쓰러지지 않는 한 변하지 않는 것이다.

그는 멀리 떠났다고 했다. 일 년 전의 일이다.

사숙인 소령 사태가 무심하게 그 말을 해주었을 때 마음속으로 얼마나 울었던가.

이제는 같은 아미산을 바라보며 살고 있지 않다는 생각에 서운하면서, 왠지 이대로 영영 멀어질 것 같은 불안감에 떨었던 것이다.

남자는 바람이라지 않던가.

한 번 떠나면 뒤돌아보지 않는다고 했다.

운지는 그게 두려웠다.

운몽이 비록 몸은 멀리 떠났어도 그 마음만은 언제나 이곳, 아미산 자락에 머물러 있어주기를 간절히 바랐다.

늘 돌아보고 또 돌아보아 주기를 바라는 것이다. 그래서 언제까지나 여기 이렇게 서서 기다리고 있는 자신을 기억해 주기 원한다.

하지만 여전히 불안했다.

그가 이제는 작은 아이도 아니고 소년도 아닌 어엿한 한 사람의 남자로 변했다는 걸 잘 알기 때문이다.

그가 '남자' 로서 아미산을 떠나 세상 속으로 들어갔다.

얼마나 많은 유혹에 부딪칠 것인가. 때로는 마음이 흔들릴지도 모른다.

곁에 아리따운 아가씨들이 있다면 과연 멀리 떨어져 있는 저를 생각이나 할까? 하는 불안이 운지의 마음을 어둡게 했다.

목마르고 지친 자에게 가까이 있는 웅덩이가 멀리 있는 강보다 반갑고 달콤한 건 당연한 일 아니겠는가.

운지는 어느새 제가 운몽에게 있어서 먼 강물이거나 그보다 더 먼 바다가 되어버린 건지도 모른다고 생각했다.

그를 만나보지 못한 게 벌써 오 년이나 지났고, 그는 이제 아미산을 벗어나 세상 속으로 들어갔다니 더욱 그렇다. 그가 과연 소년이었을 때의 그리움을 청년이 된 지금도 고스란히 간직하고 있을 것인가? 하고 걱정하지 않을 수 없다.

운지는 그래서 운몽이 조금씩 저를 잊어버리고 있는지도 모른다는 불안을 떨쳐 버릴 수 없었다.

그러면 화가 났다.

자기 자신에 대한 화이면서 운몽에 대한 화이기도 했다.

그럴 때마다 깜짝 놀라 두근거리는 가슴을 누르며 불상 앞에 꿇어 엎드려 참회를 한다.

그게 벌써 몇 번이나 되었는지…….

이제는 무릎에 굳은살이 생겼을 만큼 수없이 화를 내고 수없이 참회를 했지만 여전히 이렇게 멍하니 하늘을 바라보고 있으면 문득문득 떠오르는 생각에 가슴이 아파지곤 한다.

'나는 이제 그의 얼굴을 알지 못해.'

그 생각에 운지는 더욱 서글퍼졌다.

그녀의 기억 속에 남아 있는 운몽은 열다섯 살의 소년일 뿐인 것이다.

그 이후의 시간들은 운몽을 몰라보게 변화시켰을 것이다. 하지만 운지는 그 시간들과 동떨어져 있었다. 한 번도 그를 보지 못한 것이다.

"호—"

운지의 한숨이 불어오는 가을바람보다 더 적막하고 쓸쓸하게 텅 빈 절연암 구석구석 퍼져 나갔다.

소령 사태가 찾아왔다.

운지는 카랑카랑한 이 노사숙의 기색이 여느 때 같지 않다고 느꼈다.

왠지 불안해하고 두려워하는 기색이 있었던 것이다.

또 왠지 분노해 있는 것 같기도 하다.

한동안 뚫어지게 운지를 바라보던 소령 사태가 불쑥 말했다.

"오 년이 다 되었다."

운지는 그 말투에 깃들어 있는 어떤 한을 느꼈다. 그래서 불안해진다.

그녀가 아무 말도 하지 못하고 물끄러미 바라보기만 하자 소령 사태가 눈살을 찌푸렸다.

"얼마 전에 산을 내려가 멀리 여행하고 막 돌아왔다."

"아, 사숙께서 산을 내려갔다 오셨다고요?"

운지가 놀라 눈을 크게 떴다.

나이 지긋해지면서부터 좀체 아미산을 떠나지 않던 사숙 아니던가. 그런데 갑자기 산을 내려갔다 왔고, 이렇게 찾아와 굳이 그 말을 하는 데에는 까닭이 있을 것이다.

운지는 더욱 불안해졌다. 가슴이 콩닥거리며 뛴다.

혹시 운몽에 대한 일 때문에 그런 건지도 모른다는 생각이 들었기 때문이다.

그런 운지의 마음을 들여다보는 것일까? 소령 사태가 노려보듯 운지를 바라보았는데, 그 눈길이 서늘했다.

"너는 그동안 본 문의 절기들을 충분히 익혔겠지?"

"예?"

"내가 너에게 전해준 것들과 네 사부로부터 전해 받은 것들 말이다."

운지는 이 까다롭고 무서운 사숙이 갑자기 왜 그것을 물어보는 건지 어리둥절해졌다.

“나와라.”

소령 사태가 더 말하지 않고 벌떡 일어나 밖으로 나갔다.

무성한 대나무 잎을 흔드는 바람이 더 차갑고 커졌다.

쏴아, 하고 나뭇잎 흔들리는 소리가 파도 소리처럼 쉬지 않고 밀려온다.

대나무들이 물결치는 숲 속.

절연암의 잡초 무성한 뜰에 늙고 젊은 두 비구니가 마주 섰다.

“구음신장(九陰神掌)을 보여라.”

소령 사태의 얼굴은 엄숙했다.

운지는 이것이 시험이라는 걸 알았다.

이 시험을 통과하면 밖으로 나갈 수 있지만, 그렇지 못하면 다시 오 년을 갇혀 있어야 한다.

처음 소령 사태에 의해 절연암에 갇힐 때 했던 약속인 것이다.

“명을 받듭니다.”

운지가 공손히 절하고 몸을 추슬렀다.

치렁하게 늘어진 머리카락을 뒤로 질끈 묶고, 느슨한 허리띠를 바짝 조여 맨다.

몇 번 심호흡을 하여 정신을 맑게 하고 의식을 집중한 그녀가 천천히 금강선공(金剛禪功)을 끌어올렸다.

그녀의 신공은 이미 십성의 성취를 이루어 아미파에서도 독보적인 존재가 되었다.

신공을 한껏 끌어올리자 은은한 금광이 운지의 온몸을 감싸듯 피어올랐다. 마치 후광을 두른 것 같다.

그 후광을 두르고 운지가 춤을 추기 시작했다.

오래전, 운몽이 참지 못하고 몰래 찾아와 절연암의 창문 틈으로 엿보았던 바로 그 춤사위였다.

장법의 흐름이 물과 같고 그것에 서려 있는 기운이 아지랑이처럼 어른거린다.

초식이 계속될수록 은은한 금빛 기류가 그녀를 감쌌는데, 점점 짙어져서 운지의 손짓과 발짓을 따라 너울거렸다.

허공이 금빛 낙조에 취한 것처럼 금황빛으로 물들어간다.

2

운지는 몰아지경에 곧장 빠져들었다. 그러자 그녀의 집중력과 통일된 정신의 힘이 신공의 위력을 몇 배나 더해주었다.

무념무상의 상태에서 운지가 손을 내뻗고 손목을 젖혔다.

무릎을 굽히더니 가볍게 차올리고, 허리를 비틀며 비키거나 나아가는 것이 선학무(仙鶴舞)를 보는 것 같다.

넓은 승복 자락이 펄럭거리고, 금황빛으로 가득한 허공에 은은한 향취가 감돌았다.

불향(佛香)이라고 할 수 있는 것이면서 운지만의 높은 정신
에서 우러나는 정향(精香)이라고 할 수 있는 것이다.

그건 그녀의 금강선공이 대성지경을 눈앞에 두고 있다는
걸 의미했다.

그걸 지켜보는 소령 사태의 입가에 절로 미소가 떠올랐다.
주름진 얼굴이 환하게 밝아진다.

구음신장 아홉 초식이 절정을 향해 치달았다. 허공에 은은
하게 우레 치는 소리가 떠돈다.

금황빛 기류는 더욱 짙어져서 이제는 안개처럼 운지를 감
쌌다. 그 속에 잠긴 그녀의 모습이 신비롭게 보였다.

"난피풍검법(亂披風劍法)!"

소령 사태가 짝! 하고 손뼉을 치며 불쑥 소리쳤다.

즉시 운지의 신법이 바뀐다.

그녀가 한 손을 부드럽게 내뻗었다. 그러자 금황빛을 띤 수
강(手罡)이 석 자나 뻗어나가더니 그대로 검이 되었다.

그것이 허공을 가를 때마다 웅장하고 무거운 파공성이 웅
웅 하고 울린다.

처음에는 부드럽고 느리게 시작된 검무가 갈수록 빠르고
가벼워졌다.

신랄하게 뻗어나가다가 급히 휘돌더니 어지럽게 사방을
가르고 그었다.

검로(劍路)는 자로 잰 듯 한 치의 어긋남이 없고, 검기는 쇠

를 달군 것처럼 이글거린다.

아미파가 자랑하는 절세의 검법인 난피풍검법이 운지를 통하여 더욱 정교하고 심오한 무엇으로 변한 것 같았다.

아미파의 무공은 무엇이 되었든 신랄하고 모질며 치열한 것이 특징이다.

하지만 운지의 검에는 부드러움이 더해졌고, 자비로운 정신이 그것 위에 깃들었으며, 웅장한 기세가 있었다.

난피풍검법의 검로에 충실하되 어느덧 운지만의 성품과 깨우침이 그것에 스며들었던 것이다.

아미의 무공이 소령 사태에 의해 새롭게 변화되었듯, 아미의 검법이 운지에 의해 새로운 무엇으로 변화되었다고 해야 하리라.

그건 운지가 이미 난피풍검법의 틀에서 벗어나 자유로운 저만의 틀을 이루었을 만큼 대단한 경지에 올랐다는 것을 증명해 주는 것이기도 했다.

"그만!"

소령 사태가 다시 손뼉을 치고 크게 외쳤다.

그녀의 음성과 주름진 얼굴에 기쁨이 가득하다.

운지가 움직임을 멈추고 숨을 골랐다. 그녀를 감싸고 있던 금황빛 기운이 서서히 엷어지더니 안개가 흩어지듯 사라져 버린다.

비로소 이마에 송골송골 땀방울이 맺힌 운지의 얼굴이 환하게 드러났다.

붉게 상기되어 있고, 단숨을 길고 느리게 내쉬고 있다.

그녀는 이 시험을 통과하기 위해 자신이 가지고 있는 모든 것을 남김없이 끌어올려 보여주었던 것이다.

"너는 내 기대를 저버리지 않았구나. 훌륭하다."

차갑고 쌀쌀하기만 한 사숙의 그 칭찬이 운지를 기쁘게 했다. 시험에 통과했다는 선언이나 다름없고, 이제는 자유로운 몸이 되었다는 말이나 다름없었기 때문이다.

산에서 내려가 강호를 구경할 수도 있다. 그러면 운몽의 소식을 들을 수도 있고, 언젠가는 그를 만나게 될 것 아니겠는가.

운지가 그런 생각으로 기쁨에 들떠 있는데, 대나무 숲 속에서 한 사람이 천천히 걸어나왔다. 노비구니였다. 대나무 숲에 몸을 감추고 운지의 무공 시연을 지켜보았던 것이다.

"사부님!"

노비구니를 본 운지가 반갑게 소리쳤다.

얼굴 가득 미소를 띠고 있는 노비구니는 복호사의 주지이자 아미삼소(峨眉三素)의 첫째인 소정 사태(素情師太)였다. 현재의 아미파에서 가장 배분이 높은 노사태이기도 하다.

소정 사태가 기쁨을 주체하지 못하는 얼굴로 말했다.

"장하다. 너는 지난 오 년 동안 이토록 성장했구나. 이것이야말로 부처님이 우리 아미파를 보호하신다는 증거이고, 하

늘이 아직 아미산을 버리지 않았다는 증거인 게지. 정말 장하
다.”
　“사부님!”
　울음 섞인 소리로 외친 운지가 노사태의 품속으로 뛰어들
었다.
　어머니를 본 듯 반가운 마음이 밀려들면서, 보지 못했던 지
난 오 년 동안 사부의 모습이 더 늙은 것 같아서 안타깝고 슬
펐다.
　운지의 등을 토닥이는 소정 사태의 눈가에도 눈물이 맺혔
다.
　젊고 생기에 넘치는 나이에 오 년이라는 세월이 얼마나 길
고 답답했을 것인가.
　원망도 많이 했을 것이다.
　그것을 참고 기어이 대공을 이루어낸 제자에 대한 안타까
움과 애정이 구름처럼 인다.
　“가자, 너를 기다리고 있는 사람이 있다.”
　소정 사태가 운지의 손을 이끌었다.
　운지는 지난 오 년을 보냈던 절연암을 돌아보고 또 돌아보
면서 사부의 손에 이끌려 드디어 대나무 숲 밖으로 걸어나갔
다.
　“하늘의 안배였던 게야. 암, 그렇고말고.”
　그들의 뒷모습을 바라보던 소령 사태가 그렇게 중얼거리

강호에 이는 풍운　275

고 뒤를 따르기 시작했다.

　오 년 전의 일을 생각하면 지금도 화가 났지만, 그렇게 해서 운지를 이곳에 가두었던 게 실은 오늘을 위하고 아미파를 위한 하늘의 안배였다는 걸 절실히 느끼지 않을 수 없었다. 그래서 남루한 승복으로 몸을 가리고 치렁한 머리카락을 늘어뜨린 운지의 뒷모습을 바라보는 마음에 감회가 더욱 크다.

　"대공을 이루었다니 축하하지 않을 수 없지."

　아미의 장문인이자 둘째 사숙인 소화 사태의 말에 운지는 머리를 숙여 감사를 표했다.

　이렇게 장문인을 본다는 게 얼마나 어려운 일인지 아미파의 제자들은 다 안다.

　십 년을 아미산에서 보냈어도 장문인의 얼굴 한 번 보지 못하고 하산하는 제자들이 수두룩한 것이다.

　그 높고 지엄한 장문인이 금정을 내려와 복호사에 좌정하고 있었다.

　항렬로는 복호사의 주지이자 운지의 사부인 소정 사태에 이어 아미삼소의 둘째이지만 지난바 덕이 높고, 아미파의 비전을 가장 충실하게 물려받아 장문인이 된 소화 사태였다.

　물론 언니인 소정 사태가 사양하고 양보한 때문이라고 해도 오늘날 아미파가 이처럼 번창하게 된 것은 역시 소화 사태의 공이 컸다.

그 장문인이 자신을 보기 위해 몸소 금정을 떠나 이곳까지 내려왔고, 또 이렇게 차를 따라주고 있다는 게 운지에게는 황송하면서 두려운 일이기만 했다.

장문인의 좌우에 앉아 바라보고 있는 사부 소정 사태와 아미삼소의 막내이자 셋째 사숙인 소령 사태의 얼굴에서는 시종 미소가 떠나지 않았다.

정실 밖에는 장문인을 그림자처럼 호위하는 다섯 명의 장문호법들이 엄숙하게 지켜 서 있었다.

허락받지 않은 자는 감히 정실 주위에 얼씬거릴 수도 없다.

운지가 차를 다 마실 때까지 미소를 띠고 지켜보던 장문인이 부드럽게 말했다.

"네가 홀가분하게 절연암을 나온 기쁜 날인데 나는 다시 너에게 짐을 지워주려고 한다. 그 짐을 질지, 지지 않을지는 오로지 너의 선택에 달려 있다. 나는 물론 누구도 그것을 강요하지 않을 테니까."

조용히 찻잔을 내려놓은 운지가 무릎에 두 손을 올려놓고 노장문인을 바라보았다. 그리고 차분한 어조로 말한다.

"하명하소서. 저는 아미파의 비구니. 어찌 장문인의 명을 거역하겠나이까."

"이 일은 그렇지 않구나."

소화 사태가 가볍게 머리를 저었다.

"이 일은 매우 중요하면서 너의 희생을 요구하는 일인지라

나는 장문이라는 지위로 강요하고 싶지 않다. 오직 너의 뜻에 맡길 뿐이지."

"감히 제자가 무슨 일인지 여쭈어보아도 되겠습니까?"

"물론이지."

인자한 모습으로 운지를 바라보며 미소 지은 소화 사태가 불호를 한차례 중얼거리고 나서 천천히 말했다.

"나는 금정으로 너를 데려가려고 하는데, 너는 그곳에서 다시 폐관에 들어야만 한다. 언제까지가 될지는 오직 너의 성취에 달렸으니 알 수가 없지. 하지만 빠르면 빠를수록 좋겠구나. 너도 오 년 만에 절연암에서 나왔는데 또다시 그만큼의 세월 동안 갇혀 있고 싶지는 않겠지?"

"아!"

그건 운지에게 있어서 너무나 뜻밖의 말이었다.

그녀가 현기증을 느낀 듯 창백해진 얼굴로 낮게 탄성을 터뜨렸다.

한숨을 쉰 소화 사태가 그런 운지를 달래듯 부드럽게 말했다.

"네가 스스로 희생할 각오를 한다면 너로 인해 우리 아미파의 오백 년 전통이 보존될 것이고, 그렇지 않다면, 그렇지 않다면 아미파는 큰 위기를 맞게 될 것이다."

말끝을 흐린 채 무어라고 알아들을 수 없는 말을 중얼거리던 소화 사태가 다시 한 차례 불호를 외고 나서 결연하게 말했다.

"하지만 그것 때문에 아미파가 사라지는 일은 없을 테지. 나는 아미파의 뿌리가 그렇게 약하다고 보지 않는다. 누구도 마찬가지일 거야."

"아!"

운지가 다시 탄성을 터뜨렸다. 이것 또한 너무나 뜻밖의 말이었던 것이다.

'아미파가 사라지다니? 세상에 그런 일이 정말 있을 수 있단 말인가?'

운지는 장문 사숙의 말을 믿을 수 없었다. 제가 잘못 들은 것이라고 여긴다.

하지만 장문 사숙은 물론 사부와 소령 사태의 안색은 침중하다 못해 굳어 있기까지 했다. 절대로 그 말이 과장되거나 거짓이 아니라는 걸 짐작하기에 충분하다.

운지는 대체 아미파에 무슨 일이 생긴 건지 어리둥절해졌다. 궁금해서 참을 수 없다.

"다시 여쭙겠습니다. 제자는 장문 사숙의 말씀이 무슨 뜻인지 알 수가 없습니다. 자세히 말씀해 주실 수 없으신지요?"

"으음—"

소화 사태가 깊은 침음성을 발했다. 얼굴에 어둠이 드리운다.

노사태는 도대체 어디에서부터 말해야 할지 난감했다. 언니인 소정 사태와 셋째 소령 사태가 관계되어 있는 일이기 때문이었다.

그래서 운지에게 악업의 씨앗을 맺게 된 처음부터 말해주어야 할지, 아니면 지금의 상황만 설명해 주고 말 것인지 결정하기가 쉽지 않았던 것이다.

어떻게 보면 그 일이야말로 아미파의 가장 큰 실수였고 치부이기도 한 때문이다.

장문인의 그런 고심을 눈치 챈 소령 사태가 대신 나섰다.

"나는 얼마 전 강호에 나갔다가 보지 말아야 할 것을 보고 돌아왔다. 바로 그 일 때문이다."

"예?"

"혈사기가 다시 나타났다."

"혈사기라면……."

운지가 더욱 어리둥절해진 얼굴로 소령 사태를 보고 제 사부를 보았다.

소령 사태가 거두절미하고 그 일만을 다시 말하기 시작했다.

그녀 또한 일의 발단부터 경과에 이르기까지 세세히 말해주기에는 과거가 너무 껄끄러웠던 것이다. 자기 자신도 그 일의 중심에 서 있지 않았던가.

"과거 혈영자로 자처했던 혈사기주는 강호를 피에 잠기게 했던 대악마였지. 그때 그와 원한을 맺지 않은 문파가 없었는데 우리 아미파도 그렇다. 아미파는 오히려 그 어떤 문파나 세가보다 그와 맺은 원한이 깊다고 해야겠지. 그자가 오랜 세월 동안 강호를 떠나 있다가 다시 나타난 것은 그때의 복수를 하기 위함이 틀림없다.”

“혈영자, 혈사기주…….”

그 이름을 되뇌어보는 운지의 가슴속에 알 수 없는 불안이 가득 드리웠다.

온몸이 저릿저릿해져 오는 두려움이기도 해서 운지는 이상한 일이라고 중얼거렸다.

3

“혈사기가 다시 나타났으니 우리는 그것에 대비하지 않을 수 없다. 그래서 너를 택한 것이다.”

“그의 무공이 감히 아미파를 넘볼 만큼 무섭단 말입니까? 제자는 믿어지지 않는군요.”

“그자의 무공이 아무리 높다고 한들 어찌 아미파의 오백 년 뿌리를 뽑아버릴 만큼 되겠느냐? 아미산의 신공절학은 커다란 나무와 같아서 그 가지가 헤아릴 수 없을 만큼 많고 뿌리가 깊지만 지금으로서는 그것을 제대로 익힌 자가 없을 뿐이니라.”

“미욱한 제자는 더욱 이해할 수 없습니다. 두 분 사숙은 물론 사부님의 한 몸에 지니신 아미의 신공절학만 해도 천하를 경동시킬 만하지 않습니까?"

"네 말도 일리가 있다. 그러나 우리는 그 많은 가지들 중에서 몇 개씩을 얻은 데 지나지 않느니라. 그것만으로도 지금 강호에서 고수라고 하는 자들을 놀라게 하기에는 충분하겠으나 혈영자를 상대하기에는 벅차단다."

"하오면 누가 있어서 그자를 막는단 말씀입니까?"

그 말에 소령 사태가 그윽한 눈길로 운지를 바라보았다. 운지는 가슴이 철렁했다.

"설마, 설마 제가……?"

"그렇다. 우리는 너에게 우리 세 사람의 모든 것을 심어주려는 것이다. 그렇게 되면 너야말로 큰 나무의 여러 가지 중에서도 가장 튼실하고 단단한 가지를 갖게 되겠지. 그것으로 능히 혈영자를 상대할 수 있을 것이다."

"아!"

운지는 깜짝 놀랐다.

그리고 보니 이미 사부님의 절학을 전해 받은 외에 지난 오 년 동안 소령 사태의 절학들을 전해 받지 않았던가.

이제 장문이신 소화 사태의 절학들만 전해 받으면 삼소의 절학이 모두 제 한 몸에 모이는 것이다.

그건 중요한 일이었다.

한 개의 절학에 능통하면 그 하나를 가졌을 뿐이지만, 두

개, 세 개의 절학에 능통하게 되면 제 스스로 그것들의 장점과 특징을 궁리하여 이리저리 응용할 수 있게 된다.

또한 그것들보다 더 높고 오묘한 것을 새롭게 만들어낼 수도 있다.

세 개의 절학이 열 개, 스무 개의 새로운 것으로 불어나는 것도 가능해진다.

지금 눈앞에 있는 세 분 노사태들이 바로 그러한 것을 바라고 있다는 게 느껴졌다.

운지가 걱정스런 얼굴로 조심스럽게 말했다.

"시간이 없지 않습니까?"

눈을 지그시 감은 채 그들의 문답을 내내 듣고 있던 소정 사태가 말했다.

"길면 일 년, 짧아도 육 개월의 여유는 있을 것이다. 물론 네가 하기 나름이겠지. 너는 장문인을 따라가는 게 좋겠구나."

사부의 명 또한 그와 같으니 운지는 더 망설일 수가 없었다.

그녀가 두 손으로 바닥을 짚고 소화 사태에게 절했다.

"제자, 삼가 장문 존장의 명을 받겠습니다."

"잘 생각했다."

소화 사태의 얼굴 가득 흡족해하는 웃음이 떠올랐다.

"나는 너를 금정에 있는 조사동에 가두려고 한다. 너는 그곳에서 역대 조사님들의 가호를 받으며 신공을 연마하여 대성하는데, 빠르면 빠를수록 아미파를 위해 좋은 일이라는 걸 명심하여라.”

“명심하겠습니다.”

운지는 오 년 만에 만난 사부와 그동안의 회포를 풀 새도 없이 장문인을 따라 금정으로 올라갔다.

복호사를 떠나는 그녀의 뒷모습을 보면서 소정과 소령 두 노사태는 끊임없이 불호를 외웠다.

아미파의 앞날이 오직 운지의 저 가냘픈 어깨에 달려 있다는 걸 생각하면 가슴이 아팠다. 그녀가 이 아미산처럼 큰 대원(大願)을 발하여 굳은 심지로 어려움을 극복하기를 바랄 뿐이다.

소정 사태는 마음속으로 그녀의 가녀리고 작은 두 어깨가 금강석처럼 단단해지도록 해달라고 날마다 부처님께 발원드릴 작정을 했다.

*　　*　　*

아미산에서 그런 일이 벌어지고 있을 때, 저 멀리 산서 오대산 중대봉 기슭의 풍화곡에서도 긴장과 변화의 조짐이 드러나고 있었다.

강호의 냉혹한 여협으로 이름 높은 풍화곡주(楓華谷主) 독수선자(毒手仙子) 교채려(喬彩麗)에 의한 일이다.

"운몽이라고?"

교채려의 얼굴에 서릿발 같은 한기가 어렸다. 그 앞에서 상문경은 알 수 없는 두려움으로 몸을 떨었다.

"그렇습니다."

"그 녀석이 혈사기주를 내쫓았단 말이지?"

"그렇습니다."

"어떻게?"

"벌써 여러 번 말씀드렸습니다. 저는 장청이라는 고약한 계집애의 일장에 맞아 부상을 입는 통에 그를 따라가 그와 혈사기주가 싸우는 걸 보지 못했다고요."

"장청은 어떤 계집애냐?"

"장 대인의 일점혈육이라고 들었습니다."

"장 대인?"

"섬서 도호부의 추관(推官)으로 오랫동안 봉직했던 사람인데, 본명은 장학봉(張鶴峰)이라고 한답니다."

"장학봉?"

교채려가 눈살을 찌푸렸다.

"그는 평생을 관직에서만 보냈단 말이냐?"

"제자가 듣기로 그렇습니다."

"그런데 그의 외동딸은 절세고수인데다가 심성이 사악하기 짝이 없는 소악녀란 말이지?"

"그렇습니다."

"흐음, 이건 좀 이상한걸?"

고개를 갸웃거리는 사부를 보며 상문경은 남몰래 한숨을 쉬었다.

장청에 의해 심한 부상을 입고 풍화곡으로 돌아온 지 벌써 석 달이 지나고 있었다.

그동안 사부의 비전 처방과 도움으로 간신히 목숨을 건지고 몸도 거의 회복되어 가고 있는 중이다.

그녀가 의식을 되찾기 무섭게 교채려는 제자에게 그동안의 일들을 물었다. 그리고 상문경에게서 혈사기에 대한 말을 듣자 깜짝 놀라 더욱 급하게 다그쳤던 것이다. 마치 심문하는 듯했다.

상문경은 제가 아는 한 자세하게 말해주었는데, 교채려는 만족하지 못했다. 그리고 지난 석 달 동안 같은 질문을 몇 번이나 했는지 모른다.

이제 상문경은 사부가 묻고 제가 답해야 하는 순서를 외우고 있을 지경이 되었다.

잠시 생각하던 교채려가 다시 물었다. 여전히 냉엄한 얼굴이었다.

"네 몸은 이제 움직일 만하냐?"

"사부님의 보살핌 덕분에 많이 회복되었습니다. 예전 같아지려면 아직 몇 개월 더 정양해야 하겠습니다만 움직이고 활동하는 데 큰 지장은 없습니다.”

“그렇다면 지금 당장 나와 함께 가자.”

뜻밖의 말에 상문경이 깜짝 놀랐다.

“예?”

“운몽이라는 녀석이 있는 곳으로 가잔 말이다. 태을산장에 있다고 했지?”

상문경을 데리고 온 담옥상이 그렇게 말해주었던 것이다.

상문경은 사부의 말이 뜻밖이라 놀라는 한편, 운몽을 다시 볼 수 있다는 생각에 기쁜 마음도 되었다.

“하오나 태을산장은 안휘에 있지 않습니까? 사부님께서 행차하기에는 너무 먼 길이 아닐지…….”

곡주인 교채려는 벌써 십여 년째 풍화곡 안에 틀어박혀 꼼짝하지 않고 있었던 것이다.

오랜만의 나들이치고는 너무 먼 곳이라 걱정하지 않을 수 없다.

교채려가 흥, 하고 코웃음을 쳤다.

“혈사기에 관계된 일인데 만 리 길이면 어떠리. 너는 나를 안내해서 갈 것이냐 말 것이냐? 그것만 말해라.”

“아!”

사부의 말투와 얼굴은 언제나 쌀쌀맞고 냉정했다. 그때마다 상문경은 상심해서 눈물을 흘리곤 했다.

하지만 겉으로는 그렇게 냉엄해도 속에는 하나뿐인 제자

를 아끼고 사랑하는 마음이 크다는 걸 잘 알기에 사부를 원망
하지 못한다.

"이곳에서 태을산장까지는 네 말처럼 먼 길이니 한 달 보
름은 족히 잡아야 할 것이다. 그동안에 너는 무공을 완전히
회복할 수 있도록 해야 한다."

사부는 이미 결정되었다는 듯 말했다. 언제나 그렇다.

상문경이 머리를 조아렸다.

"제자 명심하겠습니다."

열화 같은 독수선자 교채려는 그 즉시 출발 준비를 하도록
곡 내의 종들을 다그쳤다. 그리고 날이 저문 것도 상관하지
않고 십여 년 만에 풍화곡을 나섰다.

담옥상은 그보다 앞서 태을산장에 찾아왔는데, 숭의산장
앞에서 이별한 지 한 달이 지난 뒤였다.

운몽을 보자 그는 마치 십오 년 동안 떨어졌다 만난 것처럼
반가워했다.

그 무렵 운몽은 아늑한 환경 속에서 밤낮으로 사문의 신공
을 운용하여 조금씩 내상을 회복해 가는 중이었다.

이청풍과 채시화가 정성으로 그를 보살핀 것은 말할 것도
없다.

특히 채시화는 운몽이 정양하고 있는 별원에서 살다시피
했다. 주위 사람들의 눈길마저 의식하지 않는 듯해서 운몽으

로서는 여간 부담스러운 게 아니었다.

하지만 그녀의 정성이 워낙 지극하고 간절한지라 조금도 그런 내색을 할 수가 없었다.

그렇게 하루 이틀이 지날수록 운몽의 사라졌던 내력은 빠르게 회복되기 시작했고, 조용히 연공하며 심법을 수행하는 중에 적지 않은 깨달음도 얻을 수 있었다.

사문의 무공에 대하여 미처 알아채지 못했던 세세한 부분들까지 돌아볼 수 있게 되었음은 물론, 그것의 궁극적인 이치도 사색할 수 있게 되었으니 화가 변하여 복이 되어가고 있는 중이었다.

"운 소제, 이곳에서 몸을 회복한 다음에는 반드시 천웅보에도 찾아와야 하네. 나는 그곳에서 운 소제를 기다리고 있을 거야."

담옥상은 서슴없이 운몽을 소제라고 불렀다. 운몽도 그런 담옥상의 호탕함을 진작부터 마음에 들어하고 있던 터라 담 형님이라고 호칭했다.

그것을 본 이청풍 또한 운몽을 소제라고 호칭했으나 담옥상과는 호형호제하려고 하지 않았다.

서로의 친밀함 못지않게 보이지 않는 호승심을 두 사람 모두 가지고 있었던 것이다.

스스로 운신할 수 있게 된 운몽은 가끔씩 바깥출입을 하였다. 그때마다 채시화가 그림자처럼 따랐음은 물론이다.

이청풍은 그런 사매를 지켜보면서 마음속으로 한 가닥 불안을 느끼고 있었다. 운몽을 대하는 사매의 마음이 한결같다면, 운몽에게서는 어딘지 꺼려하는 기색이 엿보였기 때문이다.

혹시 그 때문에 사매가 상심하게 되는 일이 생길까 봐 걱정하지 않을 수 없다.

태을산장을 나온 운몽이 찾아가는 곳은 경정산 북쪽 울창한 송림 속이었다.

태산이 예외일 뿐, 산동을 포함해서 강소와 안휘, 하남, 하북 일대가 온통 드넓은 평원인지라 경정산은 높지 않음에도 불구하고 내륙의 그 어떤 높은 산보다 우뚝 솟아 보인다.

끝없이 넓은 들이 훤히 내려다보이는 그 북쪽 기슭에 오래된 암자가 있었는데, 태백쌍악과 철선공자는 그곳에 은거한 채 자신들의 무공을 수련하고 있었다.

지난 몇 개월 동안 그들은 서로 마음을 터놓는 사이로 발전하여 망년지우라는 말에 걸맞게 변해 있었다. 그런 터라 무공을 수련함에 있어서도 서로의 장점을 기꺼이 알려주고 단점은 지적해 주었다.

서로 그렇게 장단점을 주고받으며 보완해 나아가자 세 사람 모두 장족의 발전을 했는데, 아무래도 태백쌍악보다 한 수 아래였던 철선공자 여상풍이 얻는 게 더 많을 수밖에 없었다.

두 달이 지난 뒤부터 운몽이 가끔씩 그들에게 찾아오게 되었고, 그런 운몽을 그들은 누구보다 반갑게 맞았다.

운몽이 그냥 왔다 가는 법 없이 그들 세 사람에게 무공을 지도해 주었기 때문이다.

태백쌍악은 말할 것도 없고 여상풍 또한 운몽보다 훨씬 나이가 많은 연장자다.

하지만 그들은 운몽이 잘못된 곳을 지적해 줄 때마다 겸손하게 받아들였다.

운몽이 이것저것 무공 초식이며 운용에 대하여 말할 때는 정신을 모아 귀를 기울인다.

마치 사문의 존장에게서 가르침을 받는 후학들 같았던 것이다.

처음에는 멋쩍어하던 운몽도 그들의 그런 진지함에 감동이 되어 이제는 성심성의껏 자신이 알고 있는 것을 가르쳐 주었다.

하지만 그들은 이미 오랫동안 자신들만의 절기를 지니고 익혀온 사람들이었다. 운몽이 가르쳐 주는 것을 그대로 따라 배울 수가 없다. 빈 그릇이 아니라 이미 꽉 차 있는 그릇이었기 때문이다.

다만 운몽과의 초식 대결을 통해서, 또 서로의 비무를 지켜본 운몽의 감평을 통해서 그동안 깨닫지 못하고 있던 새로운 것을 스스로 찾아내고 보완해 나갈 수 있을 뿐이다.

　그것만으로도 그들은 가뭄에 단비를 만난 것처럼 기뻐 어쩔 줄 몰라 했고, 새 풀이 돋아나듯 무공의 경지가 쑥쑥 높아져 갔다.

第十章
아미산에 부는 바람

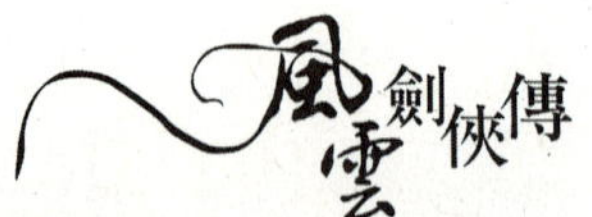

1

장문인을 따라 금정에 올라온 운지는 쉴 새도 없이 곧 촬신애(撮身崖) 북쪽에 있는 조사동으로 들어가야 했다.

그곳은 바닥이 보이지 않을 정도로 솟아 있는 촬신애를 끼고 돌아야 하는 곳이었다.

깎아지른 벼랑에 위태롭게 걸쳐 있는 잔도(棧道)를 딛고 한참을 돌아 내려가면 만장 절벽에 그것의 숨구멍인 것처럼 뚫려 있는 동혈에 이르게 되는데, 그곳이 조사동이다.

한 사람이 겨우 오갈 수 있을 뿐, 새가 아닌 다음에야 그곳에서 정상으로 날아올라 갈 수가 없고 아래로 내려갈 수도 없으니 절대적인 험처(險處)이면서 비처(秘處)인 것이다.

조사동에 들어가기 전 운지는 잔도를 딛고 서서 까마득히 멀어 보이는 저 아래의 세상을 바라보았다.

첩첩한 산봉우리들과 그것을 감싸고 있는 구름의 바다가 발아래 펼쳐져 있을 뿐이지만 운지의 마음의 눈은 그것을 뚫고 가로질러 운몽이 있을 세상을 보는 것이다.

한숨이 절로 새 나왔다.

당장이라도 새처럼 훨훨 날아 그곳으로 가고 싶은 마음이 굴뚝같다. 그러나 제 두 어깨에 아미파의 운명이 지워져 있다는 걸 알게 되었으니 그럴 수 없는 게 한스러웠다.

"잠시만 더 참으면 돼."

운지는 제 자신을 달랬다. 오 년 동안이나 참고 있었는데 설마 이곳에서 다시 오 년을 보내야 하는 건 아닐 것이라고 생각한다.

장문 사숙은 아미의 정종심법과 신공을 가장 충실하게 지니고 있는 사람이었다.

소화 사태야말로 아미파 무공의 뿌리를 제대로 계승한 사람인 것이다.

그러므로 장문 사숙의 신공절학들을 전해 받으면 운지는 비로소 뿌리와 줄기를 모두 지니게 된다.

그녀는 품에 들어 있는 몇 권의 아미 비서(秘書)와 장문 사숙이 전해준 구결들을 간직하고 천천히 조사동 안으로 걸어 들어갔다.

마음속으로 자기 자신에게 여섯 달을 약속했고, 무슨 일이
있어도 꼭 지키겠다고 단단히 결심한 채였다.

*   *   *

시간은 물 흐르듯 무심하게 흘러간다.

가을이 왔나 싶었는데 겨울이 빠른 걸음으로 지나가고 새
봄이 아미산 기슭을 온통 파릇파릇하게 물들이고 있었다.

학정봉 남쪽 골짜기의 개울가에도 봄은 와 있었다.

얼음장 밑을 흐르는 맑은 물소리가 청량하고, 우산처럼 가
지를 드리우고 있는 두견화 꽃나무에도 파란 잎들이 돋아나
고 있었다.

그 개울가에 한 여인이 앉아 있었다.

헐렁한 낡은 잿빛 승복을 입고 목에 염주를 걸었으니 비구
니인 듯한데, 허리까지 늘어진 치렁한 검은 머리카락으로 보
아서는 또 속세의 여인 같기도 했다.

개울가에 쪼그리고 앉아 멍하니 있던 그녀가 한숨을 쉬고
몸을 일으켰다.

운지였다.

저쪽, 계절과 상관없이 늘 푸른 소나무 그늘 아래 그린 듯
서 있던 마른 몸의 중년 비구니가 불호를 중얼거리고 나서 조
용히 말했다. 운수 비구니다.

"사매, 언제까지 여기 있을 수는 없지 않느냐?"

그 말을 듣고 돌아보는 운지의 검은 눈동자에 그리움과 슬픔이 깃들어 있었다.

"이곳을 기억하시겠지요?"

운수 비구니가 쓸쓸한 미소로 대답했다.

"바로 저기에서 사형은 그 아이를 몹시 때렸었지요."

그때의 일로 인해 오 년 동안이나 절연암게 갇히는 벌을 받아야 하지 않았던가.

그 후에도 운몽은 몇 차례 운수 비구니에게 죽도록 얻어맞았지만 운지는 그것에 대해서는 조금도 알지 못했다.

운지가 손가락으로 가리키는 곳을 바라본 운수 비구니가 탄식했다.

"벌써 오래전의 일이구나."

"하지만 저의 기억 속에는 조금 전의 일인 것처럼 생생하게 남아 있답니다. 이곳의 모든 정경들이 그때와 다름없군요."

쓸쓸하게 말하며 바람에 날리는 머리카락을 쓸어 넘긴 운지가 주위를 두리번거렸다.

"노란 작은 새가 오기에는 아직 봄이 멀리 있는 걸까요?"

"노란 작은 새라니?"

"사형은 모르겠군요. 그런 게 있답니다."

운지의 쓸쓸한 얼굴을 물끄러미 바라보면서 운수 비구니

는 남모르게 탄식해야 했다.

'사매의 마음속에는 그 못된 녀석만 가득하니 이렇게 불쑥 강호로 내보내는 것이 과연 그녀를 위해서, 아미파를 위해서 잘하는 일인지 아닌지 모르겠구나.'

운수 비구니는 바람에 가벼이 흔들리고 있는 운지의 치렁한 머리카락을 바라보았다.

비구니에게 그것은 지극히 예외적인 것이 아닐 수 없다.

운지는 조사동에서 나온 후 당연히 다시 삭발을 해야만 했다.

그것을 말린 건 다른 사람도 아닌 소령 사태였다.

"강호에서 활동하려면 비구니라는 신분은 많은 제약을 받을 수밖에 없어요. 어디를 가든 이목을 끌지요. 때로는 변장을 하고 활동해야 하는 경우도 있는데, 그때에 민숭민숭한 머리는 정말 곤란하답니다. 그러니 운지에게 삭발을 강요할 필요는 없지 않을까요?"

소령 사태의 그 말은 소정이나 소화 두 노사태에게 있어서 뜻밖의 것이었다.

두 노사태가 믿을 수 없다는 얼굴로 막내 소령을 바라보았다.

운지는 지난 오 년 육 개월 동안 기른 머리카락에 대한 미련 따위는 없었다. 이미 출가한 몸이고 구족계까지 받지 않았던가. 속세의 번뇌를 상징하는 머리카락은 없어도 좋다.

하지만 소령 사숙이 만류하니 아무 말도 하지 않고 그저 두 분 사숙과 사부의 처분만 기다리고 있을 뿐이었다.

소령 사태의 마음속에는 작은 거리낌이 있었는데, 바로 운몽과의 약속 아닌 약속이 그것이었다.

강퍅한 노사태의 마음속에는 그래서 저도 모르는 사이에 어쩌면 운지를 환속시켜야 할지도 모른다는 생각이 깃들어 있기도 했다.

그런 한편으로는 그녀가 정말 운몽을 만나 백 년을 해로하는 좋은 사이가 되는 것을 바라고 있기도 했다.

그게 아미산을 떠나지 않고 있는 이 지긋지긋한 악업의 고리를 끊어버리는 일이 될지도 모른다고 여기게 된 것이다.

그러니 노사태 또한 자신도 의식하지 못하는 사이에 운몽과 광명존자의 영향을 받고 있었다고 해야 하리라.

소령 사태의 말을 듣고 잠시 무엇인가를 생각하던 장문인 소화 사태가 빙그레 웃었다.

"하긴, 마음이 중요하지 한낱 머리카락이 있고 없음 따위가 무엇이 중요할 것이냐. 모든 것은 마음에서 비롯되고 마음으로 이루며 마음으로 돌아오지 않던가. 그리고 그것을 그렇게 만들어주는 게 불보살의 후생지덕이라고 해야 할 것이다."

"장문께서는 운지의 장발을 허락하는 것이오?"

운지의 사부인 소정 사태가 깜짝 놀라 눈을 휘둥그레 뜨고 묻자 소화 장문인이 다시 빙그레 웃었다.

"언니가 이래라저래라 할 수는 있겠지만 결국 그것을 결심하는 건 운지의 마음 아니겠습니까? 나는 저 아이의 마음을 보겠습니다. 그게 곧 부처님의 마음이라고 생각하니까요."

그리고 지그시 운지를 바라본다.

소령 사태가 운지에게 가만히 눈짓을 했다. 그것을 본 운지가 마음을 정한 듯 장문 사숙에게 머리를 조아렸다.

"제자는 이대로 아미산을 내려가겠습니다. 불살생계를 범하고자 하산하는 길이니 본래는 비구니이지만 또한 잠시 비구니라는 걸 잊어야 하는 애매한 몸이 되었습니다. 긴 머리카락이 그것을 의미하는 것도 되고, 스스로에게 잊지 않도록 해 주는 일도 되겠지요. 무사히 아미산으로 돌아오게 된다면 그때에 삭발하도록 하겠습니다."

그 마음을 알았다는 듯 사부가 침울한 얼굴로 외면했고, 소화 사태도 엄숙한 얼굴이 되어서 한동안 침묵했다.

한참 뒤에 소화 사태가 무겁게 입을 열었다.

"그 모든 게 부처님의 뜻이라. 육신의 오고 감이 다르겠으나 나가고 들어오는 마음만은 오직 하나이니라. 네가 그것을 명심하고 있다면 족하다."

운지가 비구니이면서 머리를 길러도 좋다는 장문인의 허락이 떨어진 것이다.

그때의 일을 들어 알고 있는 운수 비구니는 제 사부의 마음을 충분히 짐작할 수 있었다.

소령 사태는 운지를 이대로 환속시키려는 뜻이 있는 것이다. 역시 운몽 때문이리라.

운수 비구니는 제 사부 소령 사태의 명을 받고 운지를 안내하고 수행하는 역할을 하기 위해 동행하고 있었다.

운지가 강호에 처음 나서는 길이니 경험이 없어서 곤경에 처하게 될까 봐 걱정한 소령 사태의 배려인 것이다.

운수 비구니는 그동안 수시로 강호에 출입했고, 그때마다 명성을 날렸으므로 소화 장문인과 소정 사태 또한 그녀가 운지를 잘 돌보아줄 것이라고 믿었다.

운지의 손에는 반짝이는 조약돌 한 개가 들려 있었다. 보석처럼 영롱하고 고운 돌이다.

그녀가 그것을 내밀어 운수 비구니에게 보여주며 말했다.

"이 개울가에서 운몽이 제게 건져 준 것이랍니다. 태어나서 처음 받아보는 선물이었지요. 이렇게 개울가에 다시 찾아와 보니 그때의 일이 더욱 그리워지는군요."

"사매, 나는 심히 걱정스럽다."

운수 비구니가 냉정한 말투로 책망했다.

"너는 설마 산문을 나서기 무섭게 본래의 마음을 잊은 건 아니겠지?"

“어떤 게 본래의 마음일까요?”

“청정심이 본래의 마음이고 부동심이 본래의 마음이다. 그게 바로 불성(佛性)이기도 하지.”

“인성(人性)은 어떤가요?”

“무엇이?”

“아니에요. 제가 잘못했어요. 언니는 걱정하지 마세요. 저는 본래의 마음도 잊지 않았고, 장문 사숙의 명도 잊지 않았으며, 사문에 대한 걱정도 잊지 않았으니까요.”

“그렇다면 다행이다. 이제 곧 알게 되겠지만, 강호는 네가 상상하는 그 어떤 것보다 끔찍하고 사악한 곳이다.”

운수 비구니가 엄숙한 얼굴을 하고 설법하듯 말했다.

“중생들의 삶이라는 게 언제나 우매하고 분별이 없어서 스스로 고통에 빠져 허우적거리는 것이라면, 강호야말로 그러한 삶을 가장 잘 보여주는 곳이지. 나는 감히 단언하건대, 이 땅에 지옥이 있다면 그곳이 바로 강호라고 말하겠다. 너는 언제나 냉정한 이성을 지녀야 하고, 조금도 한눈을 팔아서는 안 되며, 선과 악의 구분을 명확히 해야 한다. 그리하여 악이라고 판단되는 것은 서슴없이 베고 짓밟아 버려야 한다. 조금의 연민도 자비도 필요없어. 연민과 자비는 선한 자들에게 베풀어줄 뿐이다. 내 말을 명심해야 해. 한 명의 악인을 제거하는 것이 열 명, 백 명의 선한 자들을 구하는 것임을 안다면 주저함이 있을 수 없지.”

운수 비구니의 말은 곧 그녀의 생각이자 신념이었고, 그것은 또한 소령 사태의 것이기도 했다.

운지는 사형의 그 말에 아무 대꾸도 하지 않았지만 마음 깊이 승복하지는 않았다.

그녀의 마음속에는 운수 비구니의 그것과는 조금 다른 생각이 자리 잡고 있었던 것이다.

'선과 악은 본래 하나다. 구분하지 않았을 때는 그 자체로 선도 아니고 악도 아니었지. 그런데 굳이 그 둘을 떼어놓음으로써 선은 더욱 선하게 되고 악은 더욱 악하게 되었다. 이것은 인간이 행한 일이고 부처님의 행함은 그렇지 않을 것이다. 티끌보다 못한 인간 세상의 삶인데 굳이 구분하여 무엇 할 것인가. 모름지기 불제자는 오직 힘써서 미욱한 중생을 무량광대한 불법의 세계로 이끌기 위해 공을 다해야 할 것이다. 그것이 바로 대발심(大發心)이다. 혼란한 세상을 불국토로 정화하는 일이며, 티끌 같은 인생을 커다란 진리의 바다로 인도하는 일이니, 또한 정각(正覺)이면서 정행(正行)이고 정법(正法)이 아니랴.'

운지는 그렇게 생각했다. 그건 그녀의 생각이면서 사부인 소정 사태의 불심이기도 했다.

2

운지와 운수 두 사람은 아미산에서 함께 불도를 닦았지만 그것을 드러내는 생각은 그렇게 달랐다.

소령 사태는 늘 '산문에 사천왕이 괜히 있는가?' 하고 크게 소리쳤는데, 그 말이 틀린 것은 아니었다.

"불법을 전하는 방법이 수만 가지인데, 마귀를 짓밟아 세상을 고요하게 하는 것도 한 방법이다. 소정 언니는 자비로 선한 자를 이끌고 나는 스스로 아미산의 사천왕이 되어 마귀를 짓밟음으로써 세상을 평온하게 할 것이다. 그게 나의 불법이야."

소령 사태의 그 말은 그녀의 성품을 잘 드러낸 것이라고 할 수 있다.

그와 같은 성품을 제자인 운수 비구니가 고스란히 물려받았다고 해서 이상할 것도 없다.

하지만 운지는 그런 운수 비구니의 차가움이 왠지 두렵기만 했다. 어려서부터 제일 무섭게 여겨왔던 사형과의 동행이 그래서 즐겁지만은 않다.

"언제까지 이곳에서 옛 추억만 곱씹고 있을 것이냐?"

운수 비구니가 눈살을 찌푸리고 재촉했다.

운지가 한숨과 함께 조약돌을 품 안의 주머니에 넣었다. 그래도 아쉬운지 저 멀리 구름에 가려져 있는 봉우리들을 바라본다.

그리로 반나절만 가면 거기 학정봉이 있기 때문이다.

운몽이 이십여 년 동안이나 살았던 곳이고, 무공을 수련했던 곳 아닌가. 아직도 풍소애의 반정도관에는 광명존자가 살고 있을 것이다.

사부님의 엄한 명령 때문에 한 번도 학정봉에 올라가 보지는 못했지만, 이제는 그곳에도 갈 수 있다는 생각에 마음이 더 심란해진다.

가서 운몽의 자취를 더듬어보고, 그의 체취를 느껴보고 싶었다. 그의 사부인 광명존자를 만나보고 싶기도 하다. 그러면 밤새 존자로부터 운몽에 대한 이야기를 들을 수 있지 않겠는가.

하지만 운지는 옛날이나 지금이나 여전히 학정봉에 갈 수 없다는 걸 알았다. 인연이 아니라고 생각한다.

"그래요, 가요."

운지가 울 듯한 음성으로 말했다. 운수 비구니는 아무런 감정도 감흥도 없는 사람 같았다. 말없이 돌아서서 성큼성큼 길을 갈 뿐이다.

한참을 뒤도 돌아보지 않고 그렇게 가던 운수 비구니가 역시 돌아보지도 않고 불쑥 말했다.

"제일 먼저 정주의 숭의산장으로 갈 거야. 그곳에 혈사기가 나타났었으니까."

"그리고 그곳에 운몽도 있었다고 했지요?"

"그놈 생각은 잊어버리는 게 좋을 것이다. 혼자가 아니었어. 여러 명의 꽃다운 아가씨들에게 둘러싸여 있었지."

그 말에 운지의 하얀 얼굴에 우울한 그늘이 드리웠다.

'그는 다정다감한 사람인데다가 혈기 왕성하고 귀엽게 생겼으니 많은 여자들이 따르겠지. 그런데도 아직까지 나를 기억하고 있을까? 어쩌면 벌써 다 잊어버렸는지도 몰라.'

슬며시 손을 넣어 주머니 속의 조약돌을 만지작거리는 운지의 얼굴이 더욱 쓸쓸해졌다.

생각해 보면 운몽이 저를 찾아다니던 때 그는 철없는 소년에 지나지 않았다.

그래서 순진하고 순수했지만 그게 남녀 간의 애정이라고 말할 수는 없지 않을까? 하고 생각하게 된다.

지금 저는 성숙한 여인의 몸이 되었고, 운몽 또한 스물한 살의 늠름한 청년이 되어 있을 터였다.

남녀 간의 애정이라는 것에 대해서도 이미 눈을 떴을 것이고, 그건 저와 운몽이 만나 즐겁게 놀곤 하던 때와는 다른 감정이라는 걸 잘 알 수 있다.

그래서 운지는 슬퍼졌다.

어쩌면 운몽이 제 마음에 드는 아리따운 아가씨를 만나 사랑에 빠졌을지도 모른다고 생각했기 때문이다. 저와의 어렸을 적 일들은 그저 아련한 추억으로만 남아 있을지도 모른다.

운지에게는 그게 슬프고 무서운 일이었다.

혈영자라는 전대의 대악마를 찾아내어 없애는 일보다 변

해 버린 운몽과 맞닥뜨리게 되는 일이 더 두려운 것이다.

*   *   *

그 무렵, 북악 항산 기슭의 혼원현에 속해 있는 잠촌에도 커다란 변화의 조짐이 보이고 있었다.

그곳은 금룡협에 이웃해 있는 곳이고, 금룡협 위에는 서안에서 이주해 온 장 대인이 세웠던 장원이 있었다.

지금은 불에 타 없어지고 검게 그을린 잔해들만 남아 있는 곳인데, 최근 몇 개월 사이에 그곳을 찾는 자들이 눈에 띄게 늘었던 것이다.

모두가 강호의 인물들이었다. 그리고 하나같이 고수 아닌 자들이 없었다.

그들의 움직임은 극히 은밀하고 신속했다. 또한 서로를 경계하고 꺼려해서 좀체 마주치는 일이 없었다.

강호의 무리들은 대부분 가까운 잠촌의 객잔에 묵거나 혼원현 중의 여각에 머물고 있었는데, 서로 아는 사람을 만나도 모르는 척 지나치곤 했다.

이곳에 와 있다는 것 자체를 서로 밝히고 싶지 않으니 절로 이곳에서의 일은 모른 척한다는 묵계가 형성되었던 것이다.

그들의 목적은 두 가지였다.

하나는 장 대인의 장원에서 사라져 버린 절세의 비급, 현천도록을 찾는 일이고, 다른 하나는 장청을 찾는 것이었다.

그건 곧 장 대인의 생사 여부와 행방을 찾는 일과도 직결되었다.

강호의 무리들은 이제 장 대인을 의심하기 시작한 것이다. 아무도 그 얘기를 꺼내놓지 않았지만 그가 혈사기와 관계된 인물은 아닐까? 하는 의혹을 공유하고 있다.

그건 장청이 숭의산장에서 자신을 드러낸 일이 계기가 되었는데, 강호의 이목이 치밀하고 집요하며, 소문이 바람보다 빠르다는 걸 잠깐 잊은 결과였다고 해야 하리라.

장청은 그 일로 인하여 가장 지독한 벌을 받고 있는 중이었다.

                    *   *   *

"이게 다 그놈 때문이야."

뽀도독, 하고 이 가는 소리가 석실 안에 끔찍하게 울려 퍼졌다.

가물거리는 유등 하나가 벽에 달려 있을 뿐, 집기라고는 아무것도 없는 텅 빈 석실이었다. 을씨년스럽고 삭막하기만 하다.

화려하고 예쁜 걸 좋아하는 장청에게는 이처럼 끔찍한 곳에서 반년을 보내야 한다는 게 죽기보다 싫은 형벌이었다.

그녀는 숭의산장에서 운몽에게 크게 혼이 난 직후 뒤도 돌아보지 않고 도망쳐 그 길로 금룡협 깊은 곳에 감추어져 있는 비동으로 돌아왔었다. 그리고 며칠 뒤 손막소가 인사불성이 된 화운평을 업고 금방이라도 숨이 넘어갈 것처럼 헐떡거리며 뛰어들었다.

그것을 본 장 대인, 장학봉은 대로했다. 여태까지 한 번도 보지 못했던 큰 노여움이어서 장청은 사색이 된 채 벌벌 떨기만 할 뿐, 한마디도 변명을 할 수가 없었다.

"고약한 계집애 같으니! 그렇게 신신당부했건만 아비의 명을 어기고 제멋대로 날뛰었더란 말이냐?"

꾸짖음에 서슬 퍼런 노여움이 고스란히 실렸다.

"소녀는, 소녀는 다만……."

장청은 혼수상태로 누워 있는 사형을 곁눈질하며 그에 대한 그리움 때문이었다는 말을 할 수가 없었다.

생각해 보면 제가 아무것도 아닌 일을 가지고 너무 성급하게 굴었다는 후회도 든다.

단지 사형으로부터 선물 받았던 귀고리 한 짝을 찾기 위해 그 난리를 부렸던 것이었으니 스스로 생각해도 어처구니없다.

하지만 그건 장청의 본래의 마음이었다. 맹목적이라고 할 만큼 지독한 사랑 때문에 눈이 멀었던 것이다.

그것이야말로 정열적인 소녀의 특징이고, 그만큼 그녀의

사랑이 크고 깊다는 반증이기도 하다.

또한 그녀가 아직 세상을 알지 못한다는 걸 말해주기도 한다. 때문에 비록 성품이 잔혹하고 냉정하지만, 적어도 사랑에 있어서만은 정열적이고 순수한 감정을 지키고 있었던 것이다.

하지만 그녀의 그러한 마음쯤은 장 대인, 장학봉에게 있어서 아무것도 아니었다.

장청으로 인해 계획에 차질이 생겼고, 하나뿐인 제자 화운평이 이토록 엄중한 부상을 입었다는 게 분할 뿐이다.

그녀가 일점혈육이 아니었다면 당장 죽임을 당했을 것이다. 하지만 그럴 수 없으니 애꿎은 화가 손막소에게 향했다.

벌벌 떨고 있는 손막소를 지그시 노려보던 장학봉이 낮고 음침하게 말했다.

"변명은 필요없다."

손막소가 사색이 되어 이마를 단단한 돌바닥에 찧었다.

그는 이 무서운 주인이 무엇 때문에 자기를 장청과 동행하도록 지시했는지 잘 알고 있었다.

하지만 마지막 고비를 넘기지 못하고 장청이 제멋대로 행동해 버리는 바람에 모든 일을 그르치고 말았다.

그러나 그렇다고 변명할 수도 없는 일이었다. 저 철없는 장청 때문에 모든 일이 이렇게 되었다고 감히 어떻게 말할 수 있을 것인가.

‘이제 죽는 일만 남았구나.’

손막소는 살기를 체념했다.

억울한 죽음을 맞고 원귀가 되어 세상을 떠도는 신세가 될지언정 한마디도 변명할 수 없는 것이다.

“너는 지금부터 장청의 일부가 된다. 청아가 죽으면 너도 죽는 것이고, 청아가 살면 너도 사는 것이다.”

손막소를 장청에게 줘버리겠다는 의미의 말이었다.

손막소의 얼굴이 당장 죽으라는 말을 들었을 때보다 더 새하얗게 질렸다.

변덕이 죽 끓듯 하고, 제멋대로인 장청의 손에 제 목숨이 달렸으니 언제 죽을지 늘 불안에 떨며 살아야 하기 때문이다.

산다는 게 차라리 죽는 것보다 못한 고통일 것이다.

하지만 손막소는 여전히 아무 말도 할 수 없었다. 그저 바닥에 머리를 찧으며 복명할 뿐이다.

장학봉이 한쪽에 새침하게 서 있는 장청을 돌아보았다.

평소의 애정 넘치던 따뜻한 눈길 대신 남을 보는 것처럼 싸늘하다.

“네 잘못을 알겠느냐?”

장청이 입을 삐죽 내민 채 마지못해 대답했다.

“잘 알고 있어요.”

“너는 앞으로 육 개월 동안 참회동에 머물면서 한 걸음도 밖으로 나올 수 없다. 그 안에서 철극기공을 십성에 이르도록 연공하고, 나의 철기패검(鐵氣覇劍)을 십성 연마해야만 한다.
일 푼이라도 공부가 부족할 때는 다시 육 개월을 가두어둘 테
니 명심해라.”

아버지의 말에 장청이 울상을 지었다. 눈물마저 그렁그렁
해진다. 하지만 아버지의 기색이 그 어느 때보다 냉엄하니 한
마디 불만의 말도 꺼낼 수가 없었다.

그녀는 부친으로부터 배운 무공을 모두 칠, 팔성에 이르도
록 연마하고 있었는데, 그것을 십성으로 끌어올리는 일이 얼
마나 어려운 것인지 잘 안다.

그것도 육 개월 동안 해야 한다니 자고 먹는 것을 잊은 채
오직 연공에만 매달려도 될까 말까 했다.

하지만 그 안에 이루어내지 못하면 다시 육 개월을 갇혀 있
어야 한다니 그건 죽기보다 싫었다.

'까짓, 죽어버리면 그만 아니겠어?

장청의 마음에 그런 모진 생각마저 들었다. 야속한 아버지
에 대하여 미운 마음이 불쑥 든 것이다.

자기 자신에 대해서도 모질고 독한 아가씨였다.

그날부터 벌써 넉 달째, 장청은 매일매일 시간이 어떻게 가
고 오는 건지 모를 지경이 되었다.

처음에는 갑갑해서 미칠 것 같더니 이제는 어느덧 이 폐쇄
된 공간도 제 일부가 된 것처럼 익숙해졌다.

그 안에서 장청은 하루종일 연공을 했다. 그녀의 머릿속에

는 오직 운몽에 대한 미움이 있을 뿐이었다.

이곳에서 나가는 날 그놈을 반드시 죽여 버리고 말겠다는 결심으로 어느덧 아버지에 대한 미움은 잊은 것이다.

그래서 그녀에게 있어서도 벌은 오히려 약이 되고 있었다.

이제 장청은 가친의 무공을 거의 십성에 이르도록 끌어올렸다.

그전에도 절정고수들마저 우습게볼 만큼 무서운 그녀였는데, 참회동을 나가는 날은 어떻게 될지…….

3

자기 자신을 위하여 시간의 큰 덕을 보고 있는 사람은 또 있었다. 바로 화운평이다.

그는 죽을 지경에까지 이르도록 큰 부상을 입고 제 사부에게 찾아왔는데 이제는 오히려 부상을 입기 전보다 더 높은 경지의 무공을 맛보고 있었다.

사부인 장학봉의 지극한 보살핌 덕분이다.

장학봉은 그가 운몽에게 그와 같은 부상을 입었다는 걸 알고 미칠 듯이 분노했다. 그건 자기 자신에 대한 분노이면서 운몽에 대한 분노이고, 운몽의 사부가 틀림없는 광명존자에 대한 분노였다.

자기의 제자가 운몽을 당하지 못했다는 건 상상도 하기 싫은 일이다.

'오십여 년 전의 일을 제자에게 똑같이 물려줄 수는 없다.'

그런 생각으로 장학봉은 자신을 위하여 마지막까지 아껴 두고 있던 마지막 한 알의 천선단(天仙丹)을 기꺼이 화운평에게 내주었다.

그건 세상에 오직 하나밖에 남지 않은 무상지보였는데, 바로 현천도록상에 언급된 것이기도 했다.

옥황현문(玉皇玄門)의 금황기공(金皇氣功)을 이루는 데 없어서는 안 되는 절세의 보단(寶丹)인 것이다. 전설 속의 옥황현문이 세상에 남긴 세 알의 보단 중 마지막 것이기도 하다.

한 알은 선천기문으로 넘어갔고, 한 알은 오래전에 장학봉이 장청을 위해 사용했으며, 마지막 한 알은 자신의 대공(大功)을 이룰 때 쓰기 위하여 소중히 간직해 왔는데 그것을 아낌없이 내준 것이다.

장학봉은 자신의 삶에 마지막 불꽃을 피워 올리기 위해 지난 오십여 년을 죽은 듯 살아왔다.

엄중한 부상을 입어 무공을 모두 잃어버리다시피 한 몸으로는 강호의 어느 곳에도 몸을 숨길 곳이 없었다.

그가 부상을 입고 은거해 있다는 소문은 반드시 나게 마련이고, 그렇게 되면 수많은 원수들이 벌 떼처럼 달려들 게 뻔하기 때문이다.

생각 끝에 그는 제 몸을 관(官)의 그늘 아래 숨기기로 작정했다.

그리고 전혀 다른 신분이 되어서 은밀하게 연공했고, 조금씩 내공을 회복해 갔는데, 비로소 공이 쌓여 전성기 때의 몸으로 회복되기 직전이었다.

이때 또 한 알의 보단을 사용한다면 오히려 부상을 입기 전보다 심후한 내공을 쌓게 될 것이다.

화후가 삼화취정, 오기조원의 경지에 이르게 되는 것이다.

그것이야말로 무공을 수련하는 자들 모두가 꿈에서도 그리는 유일무이의 경지이고, 선법을 수행하는 자들이 우화등선하기 위해 반드시 이루어야 하는 높은 경지이기도 했다.

하지만 장학봉은 그것을 아끼는 제자를 위해 포기했다.

오직 자신의 제자가 광명존자의 제자를 죽여서 복수를 대신해 주기를 바라는 일념에서였다.

하지만 여전히 마음에 걸리는 일이 있었다.

바로 광명존자의 분광검법이다.

장학봉이 세상에서 유일하게 패배했던 검법이었고, 그래서 유일하게 두려워하는 검법이기도 하다.

그것을 스스로 익히기 위해 지난 오십 년의 세월 동안 노력했지만 일정한 경지를 뛰어넘을 수 없었다.

삼양신공이 없기 때문이기도 하고, 검법 속에 깃들어 있는

존자의 검의를 엿볼 수 없기 때문이기도 했다.

처음 현천도록을 발견했을 때는 거기에 삼양신공이 들어 있는 걸 보고 미칠 듯 기뻐했었다.

광명존자의 신공을 알게 되었으니 그것을 파훼할 방법도 찾을 수 있을 것이기 때문이다.

그러나 도록에 기록되어 있는 신공은 완전한 것이 아니었다. 건성건성 대략적인 설명에 그치고 있을 뿐이다.

그때 실망했던 일을 떠올리던 장학봉이 회심의 미소를 지었다.

'어쩌면 이번 일이 나에게도 좋은 기회인지도 모르지.'

한편으로 그런 생각이 들기도 했던 것이다.

'그 철없는 녀석이 공을 세우고 돌아온 면도 있는 거야.'

장청을 통해서 운몽이 현천도록을 탐내고 있다는 걸 알게 되었기 때문이다. 또한 장청을 따라서 제 발로 이곳에 오겠다 고도 했다지 않은가.

물론 장청이 제 본래의 모습을 감추고 있었을 때 맺은 약속 이다. 그렇다고는 해도 한 가닥 가능성은 여전히 남아 있다고 생각했다.

운몽을 잡기만 하면 무슨 수를 쓰던지 그에게서 삼양신공 의 완전한 구결을 빼낼 자신이 있었다. 또한 그놈이 익히고 있을 게 분명한 분광검법의 오의(奧義)를 털어놓게 할 수도 있다.

그것이야말로 장학봉이 지난 오십여 년 동안 꿈에서도 그리던 일이었다.

그 일을 해낼 수만 있다면 자신이 대공을 이루지 못하더라도 상관없었다. 화운평이 대신 모든 것을 이루어줄 것이기 때문이다.

*　　　　*　　　　*

어느덧 다섯 달이 지났다.

그동안 운몽은 부상에서 말끔히 회복한 건 물론 내공이 더욱 높아져서 삼양신공의 대성을 목전에 두고 있었다.

반정도관에서 본격적인 수련을 시작했을 때 사부가 매일같이 달여주던 쓰디쓴 약을 무려 석 달 동안이나 장복한 일이 있다.

그때는 약 먹기가 죽기보다 싫었는데 석 달 뒤에는 탈태환골 비슷한 경험을 했고, 선약(仙藥)에 의한 보기(寶氣)가 차곡차곡 몸 안에 쌓이게 되었다.

운몽은 아직 그것의 반도 채 이끌어 쓰지 못하고 있었는데, 이번 일을 계기로 해서 약기운을 모두 이끌어낼 수 있었다.

혈의괴인을 맞아 내공을 남김없이 뽑아 써버려서 단전이 텅 빈 곳간처럼 되어버린 덕이었다.

그러자 빈 항아리에 물이 채워지듯, 그의 몸 안 혈맥들 속에 가라앉아 있던 선약의 기운이 조금씩 녹아 단전으로 흘러들기 시작했다.

운몽은 운기할 때마다 그 기운을 느꼈다. 날이 갈수록 점점 커져서 어떤 때는 스스로 제어하기 벅찰 정도였다.

숫구쳐 오른 내력을 이끌어 대주천을 할 때면 단전에 태양이 들어앉은 것처럼 뜨거워지고, 그 열기는 그의 몸을 태워버릴 듯이 치솟았다.

그것이 임독양맥을 막힘없이 운행한다.

마치 천마 한 마리가 몸 안에 들어 있어서 불의 수레를 이끌고 거침없이 하늘을 나는 것 같기도 했다.

그럴 때의 운몽은 화광(火光)을 후광처럼 온몸에 두르고 있었다.

이글거리는 열기가 때로는 석 자나 뻗치기도 했다.

그건 곧 축기(畜氣)에 의해 새로이 생성한 운몽의 내공이 극성에 이르렀다는 증거이기도 했다.

그는 드디어 스스로의 힘으로 현관(玄關)을 깨뜨리고 오기조원, 삼화취정의 경지에 든 것이다.

온몸이 타 없어지는 것 같은 지독한 고통 뒤에 공청석유(空淸石乳)의 호수 속에 풍덩 빠져든 것 같은 시원한 열락이 그의 영혼을 충만하게 채웠다.

여섯 달을 생각하고 있던 운몽은 다섯 달 만에 대공을 이루고 스스로의 힘으로 화를 복으로 바꾼 것이다.

　그리고 그때를 기다렸던 듯 멀리 오대산 풍화곡에서 독수
선자 교채려가 채시화를 대동하고 태을산장에 찾아왔다.

『풍운검협전』 4권에서…

입소문을 통해 아는 분은 다 알고 계십니다!
올 한해 공인중개사 최고의 화제작!

수험생 기본 필독서
만화 공인중개사

제목 : 만화공인중개사 쓰신 분에게 감사드립니다.

학원을 두 달 다녔어요. 근데 과연 그 숫자 외우기 그런 게 몇 문제나 나올까 생각을 했어요.
아니라는 생각이 드네요. 학원강의를 뒤로하고 서점을 갔어요. 내 머리에 가장 이해될 수 있는
책이 없나 하구요. 거기서 만화를 발견했어요. 무조건 세 번 봤어요. 3개월 걸렸어요. 문제집을 보라고
했는데 그건 시행을 못했어요. 근데 합격을 했네요.
어떻게 감사의 말을 해야 될지…….
도서관에서 만화책 들고 다니니까 사람들이 비웃더라구요. 만화책으로 공인중개사를 공부한다고
미친 사람처럼 보더라구요. 근데 그거 다 감수하고 했던 내가 자랑스럽습니다.
어떻게 감사의 말을 해야 할지… 정말 감사합니다.
부디 행복하세요. 제 나이 41살에 좋은 스승을 만난 것 같습니다.
엎드려 감사드립니다.

ㅡ본사 홈페이지에 독자분이 올린 메일 中에서 발췌ㅡ

2008년 봄 그들이 온다!!

권왕무적의 초우, 궁귀검신의 조돈형, 삼류무사의 김석진, 태극검해의
한성수, 프라우슈 폰 진의 김광수, 흑사자의 김운영, 송백의 백준 등

총 20여 명에 이르는 호화군단의 인더북 이북 연재 확정!!
그 외에도 많은 정상급 작가들의 이북 연재 런칭 예정!!

**포도밭 그 사나이, 새빨간 여우 등의 로맨스 정상급 작가
김랑의 작품을 이북 연재로 만나다!!**

오직 인더북에서만 독점 연재!!

아쉬움을 남기고 1부에서 막을 내린 **권왕무적 시리즈의 2부** 등 인기 작가들의 수준 높은
미공개 작품들이 시중에 책으로 출간되지 않고, 오직 인더북에서만 연재됩니다.

COMING SOON! INTHEBOOK.NET

1. 인더북의 이북 유료연재는 2008년 1월 말 ~ 2월 중순경 오픈
2. 인더북에 연재되는 작품들은 시중에 출판되지 않은 작품들로 엄선

**이북 유료연재의 새로운 도전! 그리고 새로운 시작! 인더북!!
곧 새로운 모습의 이북 연재 사이트로 여러분께 다가가겠습니다.**